Le Fauteuil hanté

아카데미의 유령

가스통 르루 장편소설 · 김혜경 옮김

책만드는집

차례 contents

1
영웅의 죽음

"참 고약한 순간이 되겠군……."

"그러게 말이야. 세상 무서운 것이 없는 사람이라고 하던데."

"아이들도 있대?"

"아니, 홀아비래!"

"오히려 잘 된 일이야."

"그래도 죽지 않기를 바라야지……. 자, 서두르자!"

10년 전부터 라피트 거리에 있는 가게에서 그림과 골동품을 파는 성실한 상인 가스파르 랄루에트는, 그날 볼테르 강변로를 산책하면서 옛날 세공품이며 온갖 골동품을 늘어놓은 가게 진열창을 유심히 살펴보고 있다가, 이 대화를 듣고는 천천히 고개를 돌렸다.

바로 그때, 보나파르트 가의 모퉁이에서 좁은 길로 들어선 베레모를 쓴 학생 셋이 그와 살짝 부딪쳤는데, 그들은 미안하다는 말도 없이 자기들끼리 떠드느라고 바빴다.

가스파르 랄루에트는 그들의 무례한 행동에 기분이 나빴지만 불쾌한 말다툼이라도 하게 될까 싶어 참기로 했다. 그리고 그는 그들이 무슨 결투라도 보러 달려가고 있는 중이겠거니 생각했다.

다시금 그는 루이 9세(1226~1270 프랑스의 왕—옮긴이주) 시대로 표시된, 어쩌면 블랑슈 드 카스티유(루이 9세의 어머니—옮긴이주)가 성가집을 넣어두는 데 사용했을지도 모르는 백합꽃 장식이 있는 상자를 주의 깊게 바라봤다. 바로 그 순간, 뒤에서 누군가가 말하는 소리가 들렸다.

"사람들이 뭐라고 생각할지는 몰라도 그야말로 용감한 남자 아닌가!"

누군가가 말했다.

"세계일주를 세 번이나 했다고 하더구만……! 하지만 솔직히 말해서, 그 사람 처지가 되기보다는 생긴 대로 사는 편이 낫겠어. 그나저나 우리가 늦은 건 아니겠지?"

가스파르 랄루에트는 몸을 돌렸다.

두 노인이 지나가고 있었다. 그들은 바로 서둘러 프랑스 학술원으로 가는 중이었다.

'뭐야! 노인네들도 갑자기 젊은이들처럼 열정적이 된 건가?'(가스파르 랄루에트는 젊지도 늙지도 않은 45살이었다) 하고 가스파르 랄루에트는 생각했다.

'지금 저 노인들도 조금 전의 그 학생들처럼 운명의 장소로 가고 있겠지…….'

가스파르 랄루에트는 그런 생각에 빠진 채 마자린 가의 길모퉁이로 가고 있었다. 그때, 만약 르댕고트(영국 승마복에서 유래된 길다란 코트—옮긴이주)와 높다란 모자를 쓰고 모로코 가죽 가방을 손에 든 교수로 보이는 네 명의 신사가, 시끄럽게 떠들며 그의 앞에 나타나지 않았다면, 그는 꼬불꼬불한 마자린 가로 접어들었을 것이다.

"설마하니 그 사람이 유언했다는 걸 나보고 믿으라는 건 아니겠지요?"

"유언장을 남기지 않았다면 그 사람이 실수한 거지요."

"그 사람은 죽기 직전까지 가본 게 한두 번이 아니라고 하던데요."

"운명이 아니라며 설득하러 간 친구들을 글쎄 그 사람이 쫓아냈다지 뭡니까!"

"하지만 마지막 순간에는 생각을 바꾸겠지요."

"그 사람이 겁쟁인 줄 아십니까?"

"자, 저기요. 그 사람이에요……. 그 사람이에요!"

그렇게 말한 네 명의 교수들은 달리기 시작했고, 길 건너 강변로를 가로질러 오른쪽으로 비스듬히 돌아서 퐁 데 자르(데 자르 다리) 쪽으로 갔다.

가스파르 랄루에트는 골동품 보는 일을 아무 미련 없이 포기했다. 한 가지 호기심이 그를 강하게 이끌었기 때문이다. 아직은 알 수 없지만 어찌되었건 그는 영웅적인 조건과 이유 때문에 자기의 생명을 거는 일을 감행하려는 사람이 과연 누군지 알고 싶어졌다.

그는 교수들을 따라잡기 위해서 프랑스 학술원의 아치 밑을 가로질러, '쿠폴'(둥근 지붕)이라고 불리우는 반원 천장을 머리에 이고 있는 건물(흔히 프랑스 학술원 회관을 건물 모양을 따서 '쿠폴'이라고 부른다—옮긴이주) 하나가 덩그렇게 있는 광장으로 들어섰다.

광장에는 사람들이 바글거리고 있었다. 마부들과 노점상들의 시끄러운 고함 속에서 마차들이 부산스럽게 움직이고 있었다. 프랑스 학술원의 첫번째 광장으로 통하는 궁륭 아래에는 소란스러운 군중이 어떤 사람을 둘러싸고 있었는데, 군중에 둘러싸인 그 사람은 열광적인 군중의 포위망으로부터 벗어나려고 무척 애쓰고 있었다.

네 명의 교수도 거기서 이렇게 외치고 있었다.

"잘한다……!"

가스파르 랄루에트는 쓰고 있던 모자를 손에 쥐고, 옆에 있는 남자에게 무슨 일이 일어났는지 설명을 좀 해달라고 부끄러운 듯이 부탁했다.

"거 참! 선생도 보시다시피……, 막심 돌네 선장아니오!"

"저 사람이 결투라도 하려는 건가요?"

가스파르 랄루에트는 아주 겸손하고 예의 바른 말투로 다시 물었다.

"천만에요……! 아카데미 프랑세즈에서 입회 연설을 할 거란 말이오!"

옆에 있던 교수가 짜증스럽게 말했다.

그러는 사이에 가스파르 랄루에트는 밀려드는 군중 때문에 교수들 일행과 떨어졌다. 막심 돌네를 호위해온 친구들은 그와 감격적인 포옹을 하고 나서, 공개 회의가 열리는 회의장 안으로 뚫고 들어가려고 무척 애쓰고 있었다. 그러는 와중에 한바탕 실랑이가 벌어지기도 했다. 그들이 갖고 있는 입장권은 아무 소용이 없었기 때문이다. 사전에 대책을 세워서 자리를 잡아달라고 심부름꾼에게 돈을 쥐어 보낸 사람들 역시 돈만 날리고 말았다. 대신 자리를 맡아주러 온 사람들이 돈을 벌겠다는 생각보다는 호기심이 앞서서 자기가 잡은 자리에 그만 주저앉아 버렸기 때문이었다.

가스파르 랄루에트는 한쪽 구석으로 몰려 학술원 입구를 지키고 있는 돌사자의 발톱 사이에 몸이 끼어 옴짝달싹도 못하고 있었다. 그런 그에게 돈을 받고 자리를 맡아주러 온 사람 중 하나가 이런 제안을 한가지 했다.

"들어가시죠. 이십 프랑입니다."

가스파르 랄루에트는 비록 골동품과 그림을 파는 상인에 불과했지만, 문학에 대한 존경심이 대단했다. 그 자신도 글을 쓰는 사람이었다. 그는 일생의 자랑거리인 두 권의 저서가 있는데, 한 권은 유명 화가의 서명과 작품의 진품 여부를 판단하는 방법을 다룬 책이고, 다른 하나는 표구 기술에 관한 책이었다. 그는 그 책들 덕분에 아카데미 프랑세즈(프랑스 학술원에 속한 다섯 개의 아카데미 가운데 하나—옮긴이주)의 교육 공로 훈장 수훈자가 되었지만, 지금까지 아카데미 프랑세즈에 들어가 본 일은 한번도 없었다. 그는 아카데미 프랑세즈의 회합이, 십오 분 전부터 자신이 보고 듣고 있는 그 모든 것과 비슷하리라고는 전혀 생각하지 못했다. 예를 들어, 아이가 없는 홀아비다, 용감하다, 유언을 했다 안 했다 같은 사실이 입회 연설을 하는 데에 그렇게 중요한 것인지에 대해서는 생각조차 해본 적이 없었다. 그는 이십 프랑을 내고, 이리 부딪치고 저리 부딪치고 한 끝에, 사람들이 모두 선 채로 실내를 내려다보고 있는 이층석에 겨우 자리를 잡았다.

막심 돌네가 입장하고 있었다. 창백한 얼굴을 한 그의 모습이 보였고, 그의 양옆으로 그보다 더 창백하게 질린 얼굴을 한 그의 추천자 드 브레 백작과 팔레소 교수가 따라 들어오고 있었다.

한순간, 그곳에 모인 사람들 사이로 감동의 물결이 휩쓸고 지나가는 듯했다. 그곳에는 우아하고 멋져 보이는 여성들이 많이 있었는데, 그녀들은 넘쳐나는 존경심과 감탄을 주체하지 못하는 듯했다. 계단식 좌석에 있는 청중은 모두 일어나 있었다. 마치 고인의 행렬이 지나갈 때처럼, 현장에서 느끼는 모든 감정이 무한한 경외감을 자아내고 있었다.

제자리에 도착한 신입 회원은 고개를 든 채 확고한 눈빛으로 두 명의 경호원 사이에 앉았다. 그리고 동료들과 청중, 책상과 그의 입회식을 맡고 있는 아카데미 프랑세즈 회원의 슬픔에 잠긴 얼굴을 차례로 둘러보았다.

보통 때 같으면 이런 종류의 의식에 참석할 때 입회식을 맡은 회원의 얼굴에는 은연중에 잔인한 표정이 나타나기 마련인데, 그것은 그가 언어로 할 수 있는 온갖 은밀한 고통의 수단을 연설로 써서 준비해 왔다는 징조이기도 했다. 하지만 그날은 환자의 최후의 순간을 지켜주러 온 고해신부 같은 동정 어린 표정이 그의 얼굴에서 보이는 듯했다.

가스파르 랄루에트는 떡갈나뭇잎 장식이 달린 옷을 입은 이 무리들이 펼치는 광경을 주의 깊게 바라보면서도, 자기 주위에서 들려오는 소리를 한 마디도 놓치지 않으려고 애썼다.

사람들은 이렇게 이야기하고 있었다.

"그 *불쌍한* 주앙 모르티마르도 저이처럼 젊고 잘생겼었지!"

"회원으로 선출되었다고 참 좋아했었지!"

"연설을 하려고 일어서던 모습을 기억하십니까?"

"마치 광채가 나는 듯했었지요……. 생기도 가득 넘쳤고요……."

"사람들이 뭐라고 하든, 그것은 절대로 자연사가 아니었어."

"그럼요, 자연사가 아니었고 말고요……."

가스파르 랄루에트는 더 이상 이야기를 듣고 있을 수가 없었다. 그는 고개를 돌려 옆사람에게 누구의 죽음에 대해서 말하고 있는 건지 물어보았다. 그는 자기가 말을 건넨 사람이 조금 전에 퉁명스럽게 대답을 했던 그 교수라는 것을 알아챘다. 이번에도 그 교수는 예절 따위는 조금도 아랑곳하지 않고 퉁명스럽게 말했다.

"선생은 신문도 읽지 않으시는구만!"

그 말이 맞았다. 가스파르 랄루에트는 신문을 읽지 않았다. 그 이유에 대해서는 나중에 말할 기회가 있겠거니와, 가스파르 랄루에트는 남들에게 그 이유를 공공연히 알리고 다니지도 않았다. 그러나 지금은 단지 그가 신문을 읽지 않는다는 이유 때문에, 이십 프랑을 내고 궁륭을 지나 학술원 안으로 들어서면서 들기 시작한 의혹이 매순간 점점 더 짙어지고 있었다. 그렇기 때문에, 모두들 '아름다운 마담 드 비티니'라고 부르는 부인이 자기에게 배정된 칸막이 좌석으로 들어갈 때 항의조의 말들이 터져나오는 이유도 전혀 알 수가 없었다. 일반적으로 사람들은 마담 드 비티니가 무척 뻔뻔스럽다고 생각했다. 하지만 가스파르 랄루에트는 그 이유 또한 알지 못했다. 부인은 차갑고 거만한 태도로 참석자들을 둘러보았고, 자기와 같이 온 젊은이들에게 짧은 몇 마디를 던지고는, 앞에 있는 손안경을 들어 막심 돌네에게 눈을 고정시켰다.

"저 여자가 그에게 불행을 불러올 거야!"

누군가가 소리쳤다. 그리고 여기저기서 사람들이 그 말을 되풀이하는 소리가 들렸다.

"맞아, 맞아! 저 여자는 그에게 불행을 불러올 거야!"

가스파르 랄루에트는 궁금증을 참지 못해 사람들에게 물었다.

"왜 저 여자가 그에게 불행을 가져온다는 거죠?"

그러나 아무도 대답하지 않았다. 다만 확실한 것은, 지금 연설하려고 하는 사람의 이름이 막심 돌네라는 것과, 그는 선장이며, 〈나의 선실 주위로의 여행〉이라는 책을 썼고, 과거에 아베빌 주교가 차지했던 의석에 선출되었다는 사실이었다.

사람들이 소리치며 미친 듯이 손짓 발짓을 하기 시작하자, 또 다른 의혹이 생겨났다.

그때 청중석에서 일어선 한 사람이 이렇게 소리쳤다.

"*그 사람처럼*……! 열지 말아요……! 아, 그 편지……! *그 사람처럼*……! *그 사람처럼*……! 읽지 말아요……!"

가스파르 랄루에트는 아카데미 사무직원이 막심 돌네에게 편지를 가지고 나오는 것을 보았다. 그 사무직원과 편지의 등장으로 청중은 모두 정신을 잃은 듯했다. 아카데미 프랑세즈 회원들만은 침착하려고 노력하고 있었으나, 인간성 좋은 종신 서기 이폴리트 파타르는 떡갈나뭇잎 장식이 흔들릴 정도로 온몸을 떨고 있었다.

막심 돌네는 자리에서 일어나서 사무직원의 손에서 편지를 받아들고 봉투를 열었다. 그는 청중의 함성에 가벼운 미소로 답했다. 아직 사무국장이 나타나지 않아서 회합은 시작되지 못했고, 그는 그 사이에 편지를 읽으며 미소를 지었다. 청중석에서는 저마다 같은 말을 되풀이하고 있었다.

"그가 웃고 있어……! 웃고 있다고……! *그 사람도 웃었는데*……!"

막심 돌네가 자기를 추천한 회원들에게 그 편지를 건넸는데도 그들은 아무도 웃지 않았다.

편지의 문구는 곧 모든 사람들의 입에서 입으로 전해져서 회합장 안의 모든 사람이 알게 되었다.

가스파르 랄루에트도 편지에 쓰여진 내용이 뭔지 알았다.

"*자신의 선실 주위로 하는 여행보다 더 위험한 여행이 있다!*"

이 문구가 장내를 흥분의 도가니로 몰아넣은 순간, 종이 몇 번 울린 후에야 잔뜩 경직된 목소리로 개회를 선언하는 의장의 목소리가 들렸다. 그리고 비통한 침묵이 장내에 깔렸다.

그러나 막심 돌네는 용감하다 못해 당돌하기까지 한 모습으로 일어서 있었다. 그리고는 연설문을 읽어나가기 시작했다.

연설문을 읽는 그의 목소리는 굵고 낭랑했다. 그는 먼저 자신을 받아들이는 영광을 베풀어준 아카데미 프랑세즈에 대해, 지나치게 자신을 낮추지 않으면서 감사의 표시를 했다. 그리고는 최근 아카데미 프랑세즈 안에까지 충격을 줬던 불미스런 사건에 대해 짧은 암시의 말을 한 후에, 아베빌 주교에 대해서 말했다.

그는 계속해서 연설문을 읽었다.

가스파르 랄루에트 옆에 있던 교수는 *"저번 사람보다 더 오래 가는군!"* 하고 중얼거렸다. 가스파르 랄루에트는 그 말을, 연설을 너무 길게 한다는 뜻으로 알아들었다.

막심 돌네의 연설은 계속되었고, 그의 연설이 길어지면서 청중의 숨결은 한결 편안해져 갔다. 이윽고 여기저기에서 안도의 숨소리가 들렸고, 여인들은 마치 위험한 상황을 겪은 후 다시 만나기라도 한 것처럼 서로 마주보며 미소를 지었다. 그리고 갑작스런 사고로 연설이 중단되는 일 따위는 벌어지지 않았다.

아베빌 주교에 대한 찬사의 끝 부분에 가서 갑자기 그의 목소리는 한층 쾌활해졌다. 그 탁월한 고위 성직자의 재능을 언급할 즈음에 그는 흥분한 나머지 성직자의 강론에 대한 일반적인 인식에 대해 발언을 하기도 했다. 연사는 반향을 불러일으킨 몇몇 강론과 관련해서 인문과학에 대한 존경심이 부족하다는 이유로, 아베빌 주교에게 벼락처럼 몰아쳤던 세속적인 질책에 대해 이야기하고 있었다.

신입 아카데미 프랑세즈 회원은 불경함과 오만함으로 가득 찬 이 세속적인 학문을 자기 자신이 나서서 단죄하고 내려치기라도 할 것처럼, 흔히 볼 수 없는 이상한 몸짓을 했다.

그는 전통적인 방식의 선원교육을 받은 사람으로 학술과는 전혀 관련이 없으나 그렇기 때문에 오히려 더 멋져 보이기까지 했다.

그는 고양된 목소리로 외쳤다.

"신의 분노가 프로메테우스를 바위에 묶어놓은 지 육천 년이 지났습니다, 여러분! 따라서 저는 인간들이 내리는 벼락은 두렵지 않습니다. 제가 두려워하는 것은 오직 신이 내리는 벼락뿐입니다!"

불운의 막심 돌레는 이 말을 채 마치기도 전에 비틀거리더니, 고통스러운 몸짓을 하며 얼굴을 손으로 가리면서 육중한 물건처럼 쓰러져버렸다.

프랑스 학술원 회관 둥근 지붕 아래에 모인 청중석에서는 공포에 찬 함성이 터져 나오기 시작했다. 아카데미 프랑세즈 회원들은 그에게 달려갔다. 그리고 몸을 굽혀 생기 없는 그의 몸을 내려다보았다.

막심 돌네는 이미 죽어 있었다.

그리고 가까스로 회관 안에 있던 사람들을 밖으로 내보냈다.

두 달 전, 아베빌 주교의 후임으로 선출되었던 첫번째 회원이며 〈비극적인 향기〉를 쓴 시인 주앙 모르티마르가 입회식이 한창 진행되던 중에 죽은 그때와 똑같은 상황이었다. 그 사람도 협박 편지를 받았는데, 그 편지를 가져온 심부름꾼은 그 후에 종적을 감추었고, 그 편지에는 *"향기는 사람들이 생각하는 것보다 더 비극적인 경우도 있다"*라고 적혀 있었다. 그리고 얼마 후 그는 쓰러졌다. 이것이 가스파르 랄루에트가 조금 전에 프랑스 학술원의 방청석을 가득 메웠던 군중이 강가에 모여 혼란의 도가니에 빠진 채 미친 듯이 떠드는 소리를 열심히 주워들어 알게 된 좀더 구체적인 사건의 전

말이었다.

그는 더 자세한 내용을 알고 싶었고, 적어도 사람들이 주앙 모르티마르가 죽었다고 해서 막심 돌네가 죽지 않을까 두려워하는 이유만은 꼭 알고 싶었다. 복수라는 단어를 들었지만 내용이 너무도 어이가 없어서 신경 쓰지 않았다. 그렇지만 혹시라도 꺼림칙한 구석이 없도록 하기 위해서, 그리고 이제 겨우 입회를 했을 뿐인 상황에서 복수를 해야만 했던 사람의 이름만은 꼭 알아두어야겠다고 생각했다. 그러나 사람들이 너무도 이상한 말들을 늘어놓는 통에 그는 그들이 자기를 놀리는 거라고 생각했다. 겨울인지라 곧 어두워질 듯싶어 그는 퐁 데 자르를 건너서 집으로 돌아가기로 작정했다. 그 다리 위에는 귀가가 늦은 아카데미 프랑세즈 회원들과 초청 인사들이, 공교롭게 일치한 두 번의 죽음으로 받은 심한 충격으로부터 아직 벗어나지 못한 채 집으로 돌아갈 채비를 서두르고 있었다.

카루셀 광장 입구 주위는 이미 어둠이 깔려 있었는데, 그 어둠 속으로 들어가려던 가스파르 랄루에트는 생각을 고쳐먹었다. 그리고는 퐁 데 자르를 걸어 내려오고 있는 신사를 불러 세웠다. 그 신사는 신경이 곤두선 것으로 보아, 아직도 충격에서 벗어나지 못한 것 같았다.

가스파르 랄루에트는 그 신사에게 물었다.

"선생님, 그분의 사인이 무엇인지 밝혀졌습니까?"

"의사들 말로는 뇌 동맥류 파열로 죽었다고 하더군요."

"전에 그 사람은 사인이 무엇이었습니까?"

"의사들은 뇌충혈이라고 합디다……!"

그때 그림자 하나가 두 사람 사이로 끼어들며 말했다.

"모두 다 허튼소립니다……! 그 두 사람은 모두 '*유령 들린 의석*' 에 앉으려고 했기 때문에 죽은 겁니다!"

　가스파르 랄루에트는 그늘에 가려진 자신의 팔을 뻗어서 그 그림자를 잡으려고 했지만 그림자는 이미 사라지고 없었다.

2
사전 편찬실의 밀담

악운의 날이 지난 다음날, 이폴리트 파타르는 한 시를 알리는 종이 치는
순간에 프랑스 학술원의 궁륭 밑을 지나 들어오고 있었다.

수위실에 서 있던 수위는 그에게 온 우편물을 건네주며 이렇게 말했다.

"종신 서기 선생님, 오늘은 일찍 나오셨군요. 아직 아무도 오시지 않았습
니다."

이폴리트 파타르가 부피가 꽤 나가는 자기의 우편물을 수위로부터 넘겨
받고는 그 친절한 수위에게 한 마디 대꾸도 없이 자기 갈 길로 가려고 하는
순간이었다.

수위는 그의 태도에 놀라서 말했다.

"종신 서기 선생님께서는 무척 바쁘신가 봅니다. *그런 일이 있은 후에* 여
기 계시는 분들 모두가 심한 충격을 받으셨습죠!"

이폴리트 파타르는 뒤도 돌아보지 않았다. 하지만 수위는 말을 덧붙이는

실수를 저지르고 말았다.

"오늘 아침 '에폭' 지에 나온 '유령 들린 의석' 기사를 읽으셨습니까?"

이폴리트 파타르는 어떤 때는 생기발랄하며, 잘 웃고 싹싹하며, 친절하고 너그러웠다. 그래서 매력적인 분홍색 파타르(프랑스어로 분홍색은 유쾌하고 즐겁고 낙천적인 것을 상징한다—옮긴이주)가 되어서 아카데미 프랑세즈에서 모두들 '나의 친한 친구'라고 부르곤 했다. 물론 막일을 하는 고용인들은 빼고 말이다. 하지만 이폴리트 파타르는 이들에게 종종 안부도 묻고 배려도 해주고 하는 친절을 보였다.

그런 반면 어떤 때에는 신경질적이고, 화를 잘 내며, 조바심 내는 깡마른 노란색 레몬 같은 노인네(프랑스어에서 노란색은 부정적이며 사악하다는 뜻을 내포하고 있다—옮긴이주)로 돌변하기도 했다. 그럴 때면 그의 친한 친구들은 이폴리트 파타르를 거창하게 '종신 서기 선생님'이라고 불렀으며, 막일을 하는 고용인들은 그를 무서워하며 벌벌 떨었다.

이폴리트 파타르는 아카데미 프랑세즈를 무척 애지중지했으므로 온몸을 다 바쳐서 봉사하고 그곳을 사랑하며 옹호했다. 그래서 아카데미 프랑세즈가 대대적인 승리를 쟁취하는 날이나 덕행 표창을 받는 날이나 성대한 의식이 거행되는 날은 길한 날로써, 그때는 분홍색 이폴리트 파타르가 되어 나타났다. 하지만 엉터리 문인이 성스러운 아카데미 프랑세즈에게 당연히 표해야 할 경의를 표하지 않고 버릇없이 구는 날은 불운한 날로써, 노란색 이폴리트 파타르가 나타났다.

그날 수위는 종신 서기 선생으로부터 준엄한 대꾸를 듣지 않아서 어떤 빛깔의 이폴리트 파타르가 나타났는지 분명 알지 못하고 있었던 것이다.

'유령 들린 의석' 운운하는 소리를 들은 이폴리트 파타르가 휙 돌아서며 말했다.

"당신 일에나 신경 쓰시오! 그 '유령 들린 의석' 이 있는지는 모르겠소. 그러나 수위실은 항상 신문기자가 들끓는 곳이라는 사실은 알고 있소. 내 말뜻을 새겨들으시기를……. 그럼 수고하시오!"

그리고 그는 어리둥절해하는 수위를 뒤로 한 채 돌아섰다.

'*유령 들린 의석*' 기사를 읽으셨냐고? 이미 몇 주 전부터 신문에 온통 그 기사뿐인 것을! 주앙 모르티마르의 충격적인 사망 소식을 전하고 있는 언론이 막심 돌네의 갑작스런 죽음처럼 흥미진진한 기삿거리를 두고 하루 이틀 내에 다른 데로 관심을 돌릴 리는 없는 일이었다. 하지만 정말 분별력 있는 사람이라면, 어떻게 두 죽음에서 대단히 유감스러운 우연의 일치 이외의 것을 볼 수 있단 말인가? 이폴리트 파타르는 잠시 생각을 멈추고 그 말을 되뇌었다. 주앙 모르티마르는 뇌충혈로 죽었으니, 그것은 아주 자연스러운 일이었다. 막심 돌네 또한 전임자의 비극적인 종말에 충격을 받았고, 엄숙한 의식 때문에 동요되어 있었으며, 그의 선출과 관련해서 문학계의 일부 잡배들이 불길한 예언을 했기 때문에 격앙된 상태에서 뇌 동맥류 파열로 죽은 것이다. 그러니까 그것도 주앙 모르티마르의 죽음 못지않게 자연스러운 것이다.

프랑스 학술원의 첫번째 뜰을 건너지르던 이폴리트 파타르는 왼쪽으로 몸을 돌려 사무국으로 통하는 계단 쪽으로 가면서 이끼로 뒤덮인 울퉁불퉁한 바닥을 쇠로 된 우산꼭지로 톡톡 두드렸다.

"뇌 동맥류 파열보다 더 자연스러운 일이 어디 있다는 건가?"

그는 혼자 중얼거렸다.

"뇌 동맥류 파열로 인한 죽음은 누구에게나 있을 수 있는 일 아닌가? 물론 아카데미 프랑세즈에서 연설문을 읽다가도 생길 수 있지……!"

그리고 덧붙이기를, "아카데미 프랑세즈 회원이라면 누구나 다 그럴 가능성이 있는 거지!"

그는 그 말을 하고는 첫번째 계단에서 잠시 발걸음을 멈추고 생각에 잠겼다. 자신이 아무리 부인한다고 해도 그는 미신을 꽤 믿는 편이었다. 그는 비록 그들이 '불멸의 지성' 이라는 호칭으로 불리지만(프랑스 사람들은 아카데미 프랑세즈 회원들을 '불멸의 지성' 이라고 부른다—옮긴이주) 그들도 언제든지 뇌동맥류 파열로 죽을 수도 있다는 생각이 들자, 무의식중에 왼손에 들고 있던 우산의 나무 손잡이에 재빨리 오른손을 가져다댔다. 나무가 사람을 저주로부터 지켜준다는 말은 누구나 알고 있는 사실이었다.

그는 다시 계단을 내려가기 시작했다. 그리고 사무국 앞에서 멈추지 않고 계속 올라가서 두 번째 층계참에 서서 큰 소리로 말했다.

"두 통의 편지만 없었다면! 하지만 바보 같은 것들이 그 편지에 말려든단 말이야! 그 엉터리 같은 엘리파스의 이름을 나타내는 이니셜 이디에스이디티디엘엔(EDSEDTDLN)이라고 서명된 그놈의 편지 두 통!"

이폴리트 파타르는 어두컴컴한 계단의 엄숙한 분위기 속에서, 악의에 찬 마법을 걸어서 고명하고 평화로운 아카데미 프랑세즈에 계속된 불행을 불러온 것으로 보이는 가증스러운 이름을 큰 소리로 말하기 시작했다.

"엘리파스 드 생텔름 드 타이유부르그 드 라 녹스(Eliphas de Saint-Elme de Taillebourg de la Nox)!"

'그 따위 이름을 가지고 감히 아카데미 프랑세즈에 지원할 생각을 하다니! 자칭 마술사라고 하는 그 따위 불행을 가져오는 협잡꾼 따위가, 사르라는 이름으로 불러주기를 강요하는 놈, 〈영혼의 외과〉라는 괴상망측한 책을 쓴 놈이 감히 아베빌 주교의 의석에 앉는 불멸의 영예를 누리기를 바라다니……! 그래, 마술사야! 마법사라고도 하지. 과거와 미래를 알고, 인간을 우주의 주인으로 만들어줄 모든 비밀을 알고 있는 자! 연금술사라는 게지, 뭐! 점쟁이! 점성가! 주술사! 강신술가! 그따위가 감히 아카데미 프랑세즈의 일원이 되려고 했다는 거지!'

이폴리트 파타르는 숨이 콱 막히는 듯했다. 하지만 그 마술사가 너무도 당연한 결과인 낙선의 고배를 마신 일이 있은 후에 아베빌 주교 자리에 선출된 두 명의 신입 회원이 죽은 것이다!

종신 서기 선생이 '*유령 들린 의석*'이란 기사를 읽었느냐고! 그는 바로 그날 아침 이 신문 저 신문에서 그 기사를 여러 번 읽었고, 이제 곧 '에폭' 지에서 그 기사를 읽을 예정이었다. 그는 매우 거칠게 신문을 펼쳤다. 그 기사는 1면에 2단으로 나 있었는데, 그가 지금까지 귀가 아프도록 들어온 온갖 엉터리 같은 이야기의 반복이었다. 어느 살롱(프랑스의 상류사회 저택에서 부인이 주최하던 사교적 모임—옮긴이주)에 가나 어느 도서실에 가나 들어가자마자 '*이봐, 유령 들린 의석 말야!*' 하는 소리를 신물이 나게 듣고 있던 중이었다.

'에폭' 지는 유난히도 학술적인 두 죽음 사이에 있는 놀라운 우연의 일치에 관해서 다루면서, 아베빌 주교의 의석을 둘러싼 전설적인 이야기의 전말을 보도해야 한다고 믿고 있었다. 퐁 데 자르를 지나서 있는 아카데미 프랑세즈에서 일어나고 있는 일에 대해서 지대한 관심을 기울이고 있는 파리의 일부 계층에서는, 그 *의석*이 엘리파스 드 생텔름 드 타이유부르그 드 라 녹스 사르의 '*복수에 불타는 유령에 들렸다*'고 믿고 있었다.

또한 엘리파스는 실패를 맛본 후에 사라졌고, 그가 사라지기 직전에 협박조의 발언을 한데 이어 애석하게도 두 번의 유감스러운 죽음이 잇달아 발생했다. 때문에 '에폭' 지는 그가 한 협박조의 발언에 대해 유감스러움을 금할 길이 없다고 했다. 엘리파스는 마담 드 비티니의 살롱에서 자기가 만든 영물학(영혼에 관한 연구를 하는 학문—옮긴이주) 모임을 떠나면서 아베빌 주교의 의석에 관해서 문자 그대로 다음과 같이 이야기했다.

"나보다 먼저 그 자리에 앉으려고 하는 자들에게 화가 있으라!"

결국 아직 안심할 수 없는 상황이라는 것이 '에폭' 지의 입장이었다. 고인들이 죽기 직전에 받은 편지에 대해서는, 아카데미 프랑세즈의 상대가 불성실한 사람일 수도 있지만 미친 자일 수도 있다고 말하고 있었다. '에폭' 지는 엘리파스를 찾아야 한다고 주장하고 있었다. 신문에서 주앙 모르티마르와 막심 돌네의 시체 부검을 요구하지 않는 것이 그나마 다행한 일이었다.

기사를 쓴 사람의 이름은 적혀 있지 않았다. 이폴리트 파타르는 그 익명의 글쓴이에게 노골적인 비난을 퍼붓고 나서, 회전문을 밀고 기둥과 반신상과 고인이 된 아카데미 프랑세즈 회원들을 추억하여 만든 조각 기념물이 가득 들어찬 첫번째 방을 가로질러 두 번째 방, 다시 세 번째 방으로 들어섰다. 그리고 그는 고인들의 곁을 지날 때 그들에게 인사하는 것도 빼놓지 않았다. 세 번째 방에는 단색으로 된 초록색 테이블 보가 덮인 책상들이 있었고, 그 주위로는 대칭으로 잘 정돈된 안락의자가 놓여 있었다. 그리고 방의 뒷부분에는 커다란 패널을 배경으로 아르망 장 뒤 플레시스 리슐리외 추기경의 전신상이 두드러져 보였다.(리슐리외는 아카데미 프랑세즈를 정식으로 발족시킨 인물이다—옮긴이주)

이폴리트 파타르는 지금 *'사전 편찬실'*에 들어와 있었다.

방은 텅 비어 있었다.

그는 문에 달린 휘장을 내려뜨리고 평소 자기가 앉는 자리로 가서, 우편물을 내려놓고는 마치 신성한 물건이라도 되는 듯이 조심스럽게 다뤘고, 외출할 때 늘 가지고 다니는 우산을 눈에 잘 띄는 곳에 내려놓았다. 그리고 쓰고 있던 모자를 벗어, 수가 놓여 있는 챙 없는 검은색 둥근 비로드 모자로 바꾸어 쓰고는, 조심스럽게 책상 주위를 돌기 시작했다. 책상과 책상 사이에는 마치 조그만 박스같이 생긴 공간이 있었고, 그곳에는 의석이 들어 있었다. 그 중에는 유명한 의석들도 많았다.

그는 유명한 의석 곁을 지날 때면 슬픈 눈길로 의석을 쳐다보며 고개를 끄덕이곤 했다. 그리고 유명인사의 이름을 중얼거렸다. 그렇게 해서 리슐리외 추기경의 초상 앞까지 갔다.

그는 비로드 모자를 벗으며 말했다.

"위인이시여, 안녕하십니까?"

그리고는 잠시 멈춰 서서 위인 쪽으로 등을 돌려 바로 자기 앞에 있는 의석을 응시했다.

그것은 다른 의석들과 별반 다를 것이 없었고, 다리 네 개와 네모난 등받이가 달려 있는 그저 평범한 의석이었으나, 회합 때마다 그 의석에 앉았던 사람은 아베빌 주교였으며, 주교 이후로 거기에 앉은 사람은 아무도 없었다. 가련한 주앙 모르티마르도, 불쌍한 막심 돌네도 그곳에 앉아보지 못했고, 사람들은 흔히 사전 편찬실이라고 부르는 비공개 회의실의 문턱을 넘어본 일이 없었다. '불멸의 지성' 이라는 왕국에서 가장 중요한 곳은 그곳이었는데, 그 이유는 사십 개의 의석인, 안락의자가 바로 그곳에 있었기 때문이다.

그러니까 이폴리트 파타르는 아베빌 주교의 의석을 바라보고 있는 중이었다.

그는 큰 소리로 말했다.

"유령 들린 의석!"

그리고는 어깨를 으쓱하며 불행을 불러온 그 문장을 조롱조로 내뱉었다.

"나보다 먼저 그 자리에 앉으려고 하는 자들에게 화가 있으라."

그는 갑자기 의석에 손이 닿을 만큼 가까이 다가갔다. 그리고 손으로 가슴을 두드리면서 말했다.

"저주나 엘리파스 드 생텔름 드 타이유부르그 드 라 녹스 따위에는 개의치 않는, 나 이폴리트 파타르는 네 위에 앉으련다, 이 유령 들린 의석아!"

그는 몸을 돌려 앉을 태세였다. 그러나 몸을 반쯤 구부린 상태에서 멈추더니, 다시 몸을 일으켜 세우며 말했다.

"아니야, 앉지 않겠어! 너무 바보 같은 짓이야! 그런 바보 같은 짓에 중요성을 부여해서야 쓰나."

이폴리트 파타르는 우산의 나무 손잡이에 손가락 하나를 슬쩍 대면서 자기 자리로 되돌아갔다.

그때 문이 열리고 사무국장이 들어오더니, 그 뒤로 원장이 따라 들어왔다. 사무국장은 세 달에 한 번 선출하는 그저 평범한 사람에 지나지 않았지만, 그 분기의 원장은 세계에서 가장 뛰어난 학자 중 하나인 '위대한 루스탈로'였다. 그는 마치 시각 장애인처럼 다른 사람의 손을 잡고 들어왔다. 앞을 잘 볼 수 없어서가 아니라 너무나 많은 실수를 하는 사람으로 유명했기 때문이었다. 그래서 아카데미 프랑세즈에서는 한시도 그에게 눈을 뗄 수가 없었다.

그는 교외에서 살았다. 파리에 오기 위해서 집을 나왔을 때는, 12살 정도 된 소년이 프랑스 학술원의 수위실까지 그를 안내해 주었고, 그곳에서부터는 사무국장이 안내를 맡았다.

위대한 루스탈로는 주위에서 일어나는 일에 대한 소식을 전혀 듣지 않고 지내고 있었다. 조용히 일상적인 생활의 조건을 바꿀 만한 기발한 생각을 할 수 있도록 모두들 그를 가만히 내버려두었다.

그러나 그날은 상황이 너무도 심각했으므로, 이폴리트 파타르는 원장에게 현재 상황에 대해서 상기시키고 일어난 일을 직접 보고하는 일조차 주저하지 않았다. 위대한 루스탈로는 그 전날 회합에 참석하지 않았기 때문에 그의 집으로 급히 사람을 보내서 그를 모셔왔다. 아마 이 시간에 이 문명화된 세계에서, 막심 돌네가 주앙 모르티마르와 똑같이 잔인한 운명의 희생자가 되었다는 사실을 모르는 사람은 원장 한 사람뿐일 터였다.

"원장님, 이 무슨 일입니까!"

이폴리트 파타르는 손을 위로 들어올리면서 소리쳤다.

위대한 루스탈로는 순진하게도 이렇게 물었다.

"무슨 일이 있는데 그러시오? 친애하는 친구!"

"아니, 모르고 계십니까! 사무국장님이 아무 말씀도 안 드렸습니까? 그렇다면 그 슬픈 소식을 전해드려야 하는 것이 바로 저라는 말씀이군요! 막심 돌네가 죽었습니다!"

"오! 신께서 그의 영혼을 받아주시기를……!"

어렸을 때의 신앙을 하나도 잃지 않은 위대한 루스탈로가 말했다.

"주앙 모르티마르처럼 아카데미 프랑세즈에서 연설을 하다가 죽었습니다!"

"그럼 잘 된 일이군요. 거, 아름다운 죽음입니다!"

원장은 더할 나위 없이 진지하게 말했다. 그리고 만족스러운 표정으로 두 손을 비비더니(프랑스인이 손을 비비는 것은 만족의 표시다—옮긴이주) 다음과 같이 덧붙였다.

"그 일 때문에 저를 방해하셨습니까?"

순간 이폴리트 파타르와 사무국장은 서로 아연실색하며 바라보았다. 그들은 위대한 루스탈로의 멍한 시선을 보고는 이 고명하신 학자께서는 벌써 다른 일을 생각하고 있다는 것을 알았다. 그들은 더 이상 이야기를 끌지 않고 원장을 그의 자리로 모셨다. 그리고 원장을 자리에 앉히고는 종이와 펜과 잉크를 가져다주고는, '자 이제는 얌전히 있겠지' 라고 서로에게 말하는 듯한 기색으로 원장 곁에서 물러 나왔다.

창틀 안쪽의 공간으로 물러선 종신 서기 선생과 사무국장은 텅 빈 마당을 내다보며 신문기자들을 쫓아내기 위해서 자기들이 세운 전략에 대해서 회심의 미소를 지었다. 그들은 막심 돌네의 장례식에 단체로 참석하기로 결정한 후, 아카데미 프랑세즈가 아베빌 주교의 후임자 선출을 위한 모임을 십오 일 정도 후에나 갖기로 했다고, 전날 저녁에 공식 발표를 하도록 했던 것이다. 연이은 두 번의 회원 선출이 있었음에도 불구하고, 세간에서는 아베빌 주교의 의석에 선출된 회원이 없었다는 듯이 계속 아베빌 주교의 의석이라고 이야기하고 있었다.

사실은 언론을 속인 것이었다. 신입 회원을 선출하는 날짜는 막심 돌네가 죽은 다음날, 그러니까 조금 전에 이폴리트 파타르를 따라서 우리가 사전 편찬실로 들어갔었던 바로 그날이었다. 각 회원은 종신 서기 선생으로부터 직접 개별적으로 연락을 받았다. 비공개 특별회의가 이제 삼십 분 후에 열릴 것이다.

사무국장이 이폴리트 파타르의 귀에 대고 말했다.

"마르탱 라투슈는요? 그 사람 소식을 들으셨습니까?"

그 말을 하면서 사무국장은 흥분된 감정을 감추지 못하고 이폴리트 파타르의 얼굴을 가만히 쳐다보았다.

"모르겠는데요."

이폴리트 파타르는 회피하려는 듯이 말했다.

"아니, 뭐라고요? 모르신다니요……!"

이폴리트 파타르는 아직 열어보지 않은 우편물을 가리켰다.

"아직 우편물을 열어보지 않았습니다."

"아, 딱하기도 하시지. 어서 열어보세요!"

"사무국장, 꽤 서두르시는군요!"

이폴리트 파타르는 약간 주저하는 듯이 말했다.

"파타르 선생, 무슨 말씀이신지……!"

"막심 돌네와 함께 용감하게도 지원을 포기하지 않은 유일한 후보인 마르탱 라투슈……. 게다가 지금 이 순간에 그가 선출되지 않으리라는 것을 알면서, 사무국장께서는 *우리에게 남은 유일한 사람*, 마르탱 라투슈가 지금 아베빌 주교의 후임으로 지원하는 일을 포기한다는 소식을 그렇게도 빨리 알고 싶은 모양입니다그려!"

사무국장은 놀라서 눈을 크게 뜨더니, 이폴리트 파타르의 손을 꽉 움켜쥐었다.

"파타르 선생! 무슨 말씀인지 알겠습니다……."

"다행이군요! 사무국장. 다행이에요!"

“그럼…… 그 우편물을…… 나중에야…….”

“예, 맞아요, 사무국장. 마르탱 라투슈가 선출된 다음에라도 그 사람이 지원하지 않을 거라는 사실을 알게 될 시간은 충분히 있을 겁니다! ‘*유령 들린 의석*’에 지원하는 후보가 워낙 적단 말씀입니다.”

이폴리트 파타르는 이 마지막 말을 제대로 마치기도 전에 몸을 부르르 떨었다. 종신 서기인 그가 마치 자연스러운 일이라는 듯이 아무렇지도 않게 ‘*유령 들린 의석*’이라고 말해 버렸던 것이다.

두 사람 사이에 잠시 침묵이 흘렀다. 바깥에서는 사람들이 모여들어 마당 여기저기에 작은 무리를 이루기 시작했지만, 생각에 몰두한 두 사람은 신경 쓰지 않았다.

이폴리트 파타르는 한숨을 내쉬었다.

사무국장이 이마를 찌푸리면서 말했다.

“생각해 보세요! *아카데미 프랑세즈에 서른아홉 개의 의석밖에 없다면* 그 무슨 수치입니까!”

이폴리트 파타르는 말했다.

“그렇게 되면 나는 죽을 겁니다!”

그는 자기가 말한 대로 정말 그렇게 할 사람이었다.

그 순간에 루스탈로는 코에 온통 검정 잉크를 묻히고 있었다. 잉크병을 코담뱃갑인 줄로 착각하고 그 속에 손가락을 집어넣었던 것이다.

갑자기 우당탕탕 소리가 나면서 문이 활짝 열렸다. 유서 깊은 궁정파 콩데 가문(프랑스 부르봉왕가에서 나온 명문—옮긴이주)을 다룬 〈콩데 가문의 역사〉의 저자 바르방탄이 들어왔다.

“그 *사람*의 이름을 아십니까?”

그가 큰 소리로 말했다.

"누구 말입니까?"

현재 자기가 처한 비참한 기분에 빠져서 또다시 새로운 불행한 사건이 터질까 봐 전전긍긍하고 있던 이폴리트 파타르가 물었다.

"그 사람 말입니다. *당신의* 엘리파스요!"

"무슨 소리예요. *우리의* 엘리파스라니!"

"그러니까, *그들의* 엘리파스군요……! 음, 엘리파스 드 생텔름 드 타이유 부르그 드 라 녹스의 이름은 그저 다른 사람과 마찬가지로 평범한 보리고 예요! 보리고 씨랍니다!"

다른 아카데미 프랑세즈 회원들도 이제 막 도착해 있었는데 모두들 열심히 이야기하고 있었다.

"맞아요! 맞아요!"

그들은 되풀이해서 말했다.

"보리고 씨에요! 아름다운 마담 드 비티니가 멋진 모험담을 청해듣던 그 보리고 씨입니다……! 기자들이 그러더군요!"

"그렇다면 기자들이 왔다는 얘기군요!"

이폴리트 파타르는 큰 소리로 말했다.

"어째서 저 사람들이 여기 왔습니까? 아니, 마당에 가득 찼군요. 저들은 우리가 모인다는 것을 알고 있고, 또 마르탱 라투슈가 나타나지 않을 거라고 주장하고 있단 말입니다."

이폴리트 파타르의 얼굴은 창백해졌다. 그는 한숨을 쉬면서 용감하게도 이렇게 말했다.

"나는 그와 관련해서 아무런 연락도 받지 못했는데……."

모두들 걱정스럽게 그에게 질문공세를 퍼부었다. 그는 그들을 안심시켰다. 그러나 자기 말의 효과에 대해서 별로 확신이 없었다.

"이번에도 기자들이 꾸며낸 이야깁니다. 나는 마르탱 라투슈를 잘 알아요. 마르탱 라투슈는 겁먹을 사람이 아닙니다. 게다가 이제 곧 그 사람을 선출하는 절차에 들어갈 건데……."

막심 돌네의 추천자 중 한 사람인 드 브레 백작의 갑작스러운 도착으로 그의 말이 중단되었다.

"그가 무엇을 팔았는지 아십니까, 여러분들의 보리고가요?"

그가 물었다.

"올리브유를 팔았어요! 프로방스의 변방 카레이 계곡에서 태어났으니까요. 처음에는 장 보리고 뒤 카레이(카레이의 장 보리고)라고 불리기를 원했지요."

그 순간 다시 문이 열렸고, 최초의 피라미드에 관해 산을 이룰 만큼의 많은 책을 쓴 연로한 이집트학자 레몽 드 라 베시에르가 들어왔다.

"카레이의 장 보리고, 저는 그 사람을 그 이름으로 알고 있습니다."

그는 단지 이렇게 말할 뿐이었다.

레몽 드 라 베시에르가 입장하자 냉랭한 침묵이 흘렀다. 그는 엘리파스에게 찬성표를 던진 유일한 회원이었다. 그 사람 때문에 아카데미 프랑세즈는 엘리파스에게 찬성표를 하나 던졌다는 오명을 쓰게 되었다. 하지만 레몽 드 라 베시에르는 아름다운 마담 드 비티니의 오래된 친구였다.

이폴리트 파타르가 그에게 다가가며 말했다.

"친애하는 동료여, 혹시 보리고 씨가 그 당시에 올리브유를 팔았는지, 아니면 어린아이의 가죽을, 또는 늑대의 이빨을, 아니면 목매달아 죽은 사형

수의 비계를 팔았는지 이야기해 줄 수 있습니까?"

어디선가 웃음소리가 들렸다. 하지만 레몽 드 라 베시에르는 웃음소리 같은 것에 신경 쓰는 사람이 아니었다.

그는 말했다.

"아니요! 당시에 그 사람은 이집트에서 샹폴리옹(유명한 프랑스 이집트어학자이며, 이집트학의 창시자―옮긴이주)의 유명한 계승자인 마리에트 베의 비서로 일하고 있었어요. 그는 수천 년 전에 사카라에서 제5왕조와 제6왕조 왕들의 피라미드 벽에 새겨진 난해한 문서를 해독하는 작업을 하고 있었는데 토트의 비밀을 찾고 있었습니다."

그 말을 하고 나서 늙은 이집트학자는 자기 자리로 갔다. 그런데 그의 자리에는 이미 다른 동료가 앉아 있었고, 그 동료는 그가 와도 전혀 신경을 쓰지 않았다. 은근히 악의 섞인 시선으로 레몽 드 라 베시에르의 움직임을 좇고 있던 이폴리트 파타르가 안경 너머로 그를 보면서 말했다.

"보시오, 선생! 저 자리에 앉지 않으시렵니까? 아베빌 주교의 자리가 선생께 팔을 벌리고 있는데요!"

레몽 드 라 베시에르의 대답하는 말투가 조금 이상했던지, 몇 명의 회원들이 뒤를 돌아보았다.

"아니요! 아베빌 주교 자리에는 앉지 않겠습니다."

"왜요?"

이폴리트 파타르는 살짝 기분 나쁜 미소를 지으면서 물었다.

"왜 아베빌 주교 자리에는 절대 앉지 않겠다는 겁니까? 설마 선생조차 사람들이 *'유령 들린 의석'*에 대해서 하는 허튼소리를 진지하게 받아들이시는 것은 아니겠지요?"

"종신 서기 선생, 난 유언비어처럼 떠도는 헛소리를 진지하게 받아들일 수 없습니다. 하지만 거기 앉지는 않겠어요. 그러고 싶은 마음이 없으니까요. 간단한 문제입니다!"

레몽 드 라 베시에르의 자리에 앉았던 동료는 곧 바로 그에게 자리를 내주면서, 이번에는 빈정대는 기색 없이 아주 예의 바르게, 레몽 드 라 베시에르에게 물었다.

"선생은 이집트에서 오랫동안 살았고, 카발라(유대교의 신비적인 사상—옮긴이주)의 기원까지 거슬러 올라가는 연구를 했는데, 혹시 *실제로 저주가 존재한다고 믿습니까?*"

"그것을 부인할 생각할 생각은 없습니다!"

그가 말했다.

그 말을 들은 사람들은 모두 귀가 솔깃해졌다. 때마침 투표를 하려면 15분이나 남아 있었으므로 모두들 레몽 드 라 베시에르에게 자세하게 설명해 줄 것을 요청했다.

레몽 드 라 베시에르는 주위를 한 바퀴 둘러보고는 웃는 사람도 없고, 파타르 역시 더 이상 농담할 기색이 아니라는 것을 확인했다.

그는 장중한 목소리로 말하기 시작했다.

"그 주제는 신비와 관련이 있는 겁니다. 우리를 둘러싸고 있는 보이지 않는 모든 것은 신비한 것입니다. 현대과학은 눈에 보이는 것에 있어서 과거의 과학보다 많은 진실을 파헤쳤습니다. 그러나 눈에 보이지 않는 것에 대해서는 옛날 사람들에 비해 매우 뒤쳐져 있습니다. 옛날의 과학을 깊이 이해한 사람은 보이지 않는 세계를 꿰뚫어볼 수 있었던 겁니다. '저주' 란 것은 눈에 보이지는 않지만 분명 존재합니다. 행운이나 불운이 있다는 것을 부인할 사람이 어디 있습니까? 행운이나 불운은 사람이나 기업이나 물건에 끈덕지게 달라붙습니다. 오늘날 사람들은 행운이나 불운에 대해서, 어떻게도 할 수 없는 운명이라고 말합니다. 과거의 학문은 수백여 세기에 걸친 연구를 통해서 그 비밀스런 힘을 측정해냈습니다. 그 학문의 원천에까지 거슬러 올라간 사람에게는 그 힘을 조종하는 법, 다시 말해서 *주술로써 좋은 운명과 나쁜 운명을 만드는 것이* 가능할 수도 있습니다. 저는 분명 '가능할 수도' 있다고 말했습니다. 그렇고 말고요."

침묵이 흘렀다. 모두들 그 *의석*을 바라보며 입을 다물고 있었다.

잠시 후에 사무국장이 말했다.

"엘리파스 드 라 녹스 씨는 정말로 눈에 보이지 않는 것을 통찰했을건가요?"

레몽 드 라 베시에르가 단호하게 말했다.

"저는 그렇게 생각합니다. 그렇지 않다면 그에게 찬성표를 던졌을 리가 없지요. 그가 우리 회원이 될 자격이 있는 것은, 그가 카발라에 대한 풍부한 지식을 갖고 있기 때문입니다."

그는 덧붙였다.

"오늘날 *영물학*이라는 이름으로 다시 태어나고 있는 듯이 보이는 카발라는 가장 오래된 학문이며, 그 때문에 더욱 더 존중할 만한 가치가 있는 겁니다. 바보가 아니라면 카발라에 대해서 비웃지 않을 겁니다."

레몽 드 라 베시에르는 다시 한번 자기 주위를 둘러보았다. 여전히 아무도 웃는 사람이 없었다.

어느새 방안에는 차츰 사람들이 많아졌다.

누군가가 물었다.

"*토트의 비밀이 뭡니까?*"

그러자 레몽 드 라 베시에르가 말했다.

"토트는 이집트 마술의 발명가이고, 그의 비밀이라면 생명과 죽음의 비밀을 말합니다."

그러자 이폴리트 파타르의 "쳇" 하고 비웃는 소리가 들렸다.

"그런 비밀을 갖고 있다면 아카데미 프랑세즈 회원으로 선출되지 못해서 자존심이 상할 만도 하구만!"

레몽 드 라 베시에르가 엄숙하게 말했다.

"종신 서기 선생, 보리고 씨 아니 엘리파스 씨가, 사실 어떻게 부르셔도 상관없습니다. 호칭은 전혀 중요하지 않으니까요. 그 사람 자신이 주장하는 것처럼 토트의 비밀을 간파했다면 말이지요, 그는 선생이나 저보다 훨씬 강합니다. 제발 믿어주세요. 만약 제가 그 사람을 저의 적으로 만들기라도 하는 날에는, 밝은 대낮에 아무 무기도 들고 있지 않은 그를 만나는 것보다는 차라리 한밤중에 무장강도 떼를 만나는 길을 택할 겁니다."

그 늙은 이집트학자는 마지막 부분을 매우 확신 있게 힘 주어 말했고, 그의 말은 아주 깊은 감명을 주었다.

이폴리트 파타르는 메마른 웃음소리를 내면서 말을 이었다.

"번쩍거리는 야광 옷을 입고, 파리의 살롱을 들락거리라고 알려준 것도 바로 그 토트겠군요! 그 사람이 번쩍거리는 가운을 입고……, 그 아름다운 마담 드 비티니의 *영물학* 모임을 이끌었다고 하던데요."

"누구나 다 나름대로 별난 버릇을 갖고 있는 법이지요."

레몽 드 라 베시에르가 조용히 말했다.

"무슨 말씀을 하시려는 겁니까?"

신중하지 못하게도 이폴리트 파타르가 이렇게 물었다.

그러자 레몽 드 라 베시에르는 수수께끼 같은 대답을 했다.

"아무것도 아닙니다. 하지만 친애하는 종신 서기 선생! 실례지만, 보리고 뒤 카레이같이 진지한 마술사를 조롱한 사람이, 우연히도 우리 중 최고의 물신숭배자라는 것을 보고 저는 놀랐습니다!"

"제가 물신숭배자라고요?"

이폴리트 파타르는 마치 이집트학을 통째로 삼켜버리기라도 할 듯이, 틀니가 보일 정도로 입을 크게 벌리며 소리쳤다.

"아니, 도대체 어디를 보고 제가 물신숭배자라는 겁니까?"

"보는 사람이 아무도 없다고 생각하셨겠지만, 저는 선생께서 나무를 만지시는 것을 보았습니다."

"내가요? 나무를 만져요? 내가 나무를 만지는 것을 직접 봤습니까?"

"하루에도 스무 번 이상은 되지요!"

"거짓말을 하고 있군요, 선생!"

그러자 이들을 말리려는 소리가 어수선하게 들려왔다.

"자, 자, 선생들……! 선생들!"

"종신 서기 선생, 진정하세요!"

"선생 자신과 우리 아카데미에 부끄럽게 이 무슨 언쟁입니까? 레몽 드 라 베시에르 선생!"

고명한 아카데미 프랑세즈의 모임이 불멸의 지성에게서는 절대 볼 수 없을 것 같은 열기 속으로 말려들었다. 단지 위대한 루스탈로만은 아무것도 보지도 듣지도 못하는 듯이, 이번에는 확신에 찬 몸짓으로 그의 펜을 코담뱃갑 안으로 집어넣고 있었다.

이폴리트 파타르는 자리에서 일어서더니 그 조그만 눈으로 연로한 레몽 드 라 베시에르를 쏘아보면서 소리를 질러댔다.

"이 사람이 그 '엘리파스도 생텔름도 타고 부르고 녹수는 버리고 뒤지레' 인지 뭔지를 갖고 꽤나 성가시게 구는구만……!"

레몽 드 라 베시에르는 이폴리트 파타르의 입에서 그처럼 어처구니없는 농담이 터져나오는 데도 불구하고, 전혀 이성을 잃지 않고 말했다.

"종신 서기 선생! 저는 지금까지 거짓말을 한 적이 없습니다. 새삼스레 이 나이에 거짓말을 할 생각은 더더욱 없습니다. 오래도 아니고 바로 어제, 엄숙한 식이 시작되기 직전에 선생께서 선생의 우산 손잡이를 어루만지는 것을 보았단 말입니다……!"

이폴리트 파타르는 펄쩍 뛰었다. 사람들은 그가 연로한 이집트학자에게 달려들려는 것을 말리려고 무척 애썼다.

그는 소리를 질러댔다.

"내 우산이라고……. 내 우산……! 나는 일단 당신이 내 우산을 가지고 왈가왈부하는 것이 싫단 말이오!"

그러나 레몽 드 라 베시에르가 비통한 몸짓으로 *유령 들린 의석*을 가리키자 그는 잠잠해졌다.

"그럼, 선생은 물신숭배자가 아니시니, 저 위에 앉아보시지요. 어디 할 수 있는지 봅시다!"

웅성거리던 사람들의 동작이 일순간 정지되었다. 모든 사람들의 눈이 의석에서 이폴리트 파타르한테로, 이폴리트 파타르한테서 의석으로 번갈아 왔다갔다했다.

그러자 이폴리트 파타르가 말했다.

"나는 내가 원할 때 앉을 것이오! 그 누구도 나에게 이래라저래라 할 수 없소! 여러분, 죄송하지만 투표할 시간이 이미 오 분이나 지났음을 알려드립니다."

그러고 나서, 그는 갑자기 태도를 바꿔서 품위 있는 몸짓을 하며 자기 자리로 돌아갔다.

그가 자기 의석의 책상 앞으로 갈 때까지, 몇몇 사람의 미소가 그의 뒤를 따랐다.

그는 그들이 미소짓는 것을 보았다. 그러나 곧 시작할 투표 때문에 모두들 제자리로 돌아가고 있었고, *유령 들린 의석*이 비어 있었으므로, 그는 잘난 척하는 '노란색의 파타르' 가 되어서 말했다.

"동료들 중에서 원하시는 분이 있으시면, 아베빌 주교의 의석에 앉으셔도 규정에 위반되지 않습니다."

그러나 어느 누구 하나 꼼짝하는 사람이 없었다. 그런데 그때 그들 중에서 재치 있는 어느 한 사람이 나서서 모든 사람의 마음의 짐을 덜어주었다.

"아베빌 주교에게 경의를 표하는 뜻에서 그 자리에는 앉지 않는 것이 좋을 듯합니다."

1차 투표에서는 단일 후보인 마르탱 라투슈가 만장일치로 선출되었다.

그러자 이폴리트 파타르는 자신의 우편물을 개봉했다. 그런데 기쁘게도 마르탱 라투슈에 관한 소식은 없었으므로, 이폴리트 파타르의 모든 고통도 그와 함께 사라졌다.

그는 아카데미 프랑세즈로부터, 마르탱 라투슈에게 가서 직접 그 행복한 결과를 알려주라는 임무를 부여받았다.

그런 일은 처음이었다.

"그에게 뭐라고 말씀하시겠습니까?"

사무국장이 이폴리트 파타르에게 물었다.

조금 전의 그 우스꽝스런 사건을 겪고 난 뒤 머리가 혼란스러웠던 이폴리트 파타르는 막연하게 대답했다.

"뭐라고 말했으면 좋겠습니까……? 글쎄, '*친구여 용기를 가지시오*'라고나 할까 봅니다."

저녁 10시를 알리는 종이 울렸다. 그때 미행을 의식하는 듯한 매우 조심스러운 그림자 하나가 나타났다. 그 그림자는 유서 깊은 도핀 광장의 인적 없는 도보 위를 미끄러지듯 걸어가서 나지막한 집 앞에 멈춰 섰다. 그리고는 문에 달린 쇠고리를 두드려서 그 적막한 풍경 속에서 다소 음산한 소리를 내게 되었던 것이다.

3
걸어다니는 상자

이폴리트 파타르는 저녁 식사 후에 외출하는 일이 거의 없었다. 그래서 밤에 파리의 거리를 산책하는 것이 어떤 건지 잘 몰랐다. 사람들의 말이나 신문에서는, 그것이 매우 위험한 일이라고들 했다. 한번은 꿈에서 파리의 밤을 본 적이 있는데 마치 루이 15세(1710~1774 프랑스의 왕—옮긴이주) 시절처럼, 부르주아를 숨어서 기다리는 수상쩍은 그림자들이 가로질러 다녔고 이곳저곳에 가로등이 밝혀진 어둠침침하고 꼬불꼬불한 길이 보였다.

이폴리트 파타르는 문학적으로도 성공을 거두지 못했을 뿐더러 학술 분야의 지위도 높지 않아서 그다지 쾌적하지 못한 뷔시 사거리에 있는 조그만 아파트를 떠나지 못하고 그냥 눌러앉아 살고 있었다. 게다가 그날 밤은 좁고 오래 된 길과 인적 없는 강변로를 지나고 무서운 퐁 뇌프를 건너 적막감이 감도는 도핀 광장으로 가고 있었기 때문에 자신의 상상 속의 파리와 음산한 현실 사이에 아무런 차이점도 발견하지 못했다.

그래서 그는 두려웠다.

도둑을 만날까 봐……, 특히…… 기자들이 나타날까 봐 두려웠다.

종신 서기인 그는, 아카데미 프랑세즈 신입 회원인 마르탱 라투슈에게, 한밤중에 무슨 수작을 하고 있는 것을 어떤 신문쟁이가 보지나 않을까 하는 생각에 온몸을 바들바들 떨었다.

그럼에도 불구하고 그로서는 그처럼 특별한 일을 대낮에 하는 것보다는 어둠 속에서 하는 것이 한결 편했다. 게다가 사정을 속속들이 다 밝히자면, 그는 온갖 관례에도 불구하고 그날 밤에 마르탱 라투슈에게 공식적으로 선출을 알리는 것이, 그가 *지원*을 하지 않았을 뿐더러 아베빌 주교의 의석을 거부한다고 선언했다는데 그것이 정말인지 마르탱 라투슈에게 직접 듣는 것보다는 나았던 것이다. 물론 마르탱 라투슈가 아직까지 그 사건을 모르고 있을 리는 만무하지만 말이다.

그날 저녁 신문에서는 그렇게 이야기하고 있었던 것이다. 만약 그 사실이 정확한 것이라면, 아카데미 프랑세즈는 곤혹스럽고…… 아주 우스운 입장에 처하게 되는 것이다.

이폴리트 파타르는 주저하지 않았다. 저녁 식사 후 그 끔찍한 기사를 읽고 난 그는 외투를 입고 모자를 쓰고 우산을 집어들고는 거리로 나섰다. 칠흑 같은 어둠이 깔린 거리로…….

그리고 그는 도핀 광장에 있는 마르탱 라투슈의 집 앞에 서서 문에 달린 쇠고리를 흔들면서 벌벌 떨고 있었다. 쇠고리가 문을 내리쳤으나 문은 열리지 않았다.

그때 그는 자기 왼쪽에서 흔들리는 가로등 불빛 속에서, 놀랍고도 뭐라고 설명할 수 없는 이상한 그림자가 움직이는 것을 본 듯했다. 분명히, 그는

걸어가고 있는 상자 같은 것을 보았다. 다리가 달린 정사각형 상자가 아무 소리도 없이 캄캄한 밤 속으로 달아나고 있었다.

이폴리트 파타르는 상자 위에 무엇이 있는지 아무것도 분간할 수 없었다. 걸어다니는 상자! 그것도 밤에! 도핀 광장에서! 그는 쇠고리로 문을 정신나간 듯이 두드려댔다.

그러다가 그는 가까스로 용기를 내어 그 이상한 물체가 나타났던 쪽으로 눈길을 돌렸다.

그때, 마르탱 라투슈가 사는 건물의 낡은 문에 뚫린 구멍이 열리면서 환한 빛이 쏟아졌다. 그곳으로부터 새어나온 불빛은 질겁한 이폴리트 파타르의 얼굴 한복판 위로 떨어졌다.

"당신, 누구요? 무슨 일이죠?"

거친 목소리가 물었다.

"접니다, 이폴리트 파타르요."

"파타르?"

"종신 서기요……. 아카데미……."

이 *아카데미*라는 말이 떨어지기가 무섭게 구멍은 요란하게 닫혔고 이폴리트 파타르는 다시금 그 적막한 광장에 혼자 남게 되었다.

그런데 이번에는 그의 오른쪽으로 조금 전에 보았던 *걸어다니는 상자*의 그림자가 지나가는 것이 보였다.

고명한 아카데미 프랑세즈에서 온 특사의 야윈 얼굴을 따라서 땀이 흘렀다. 이폴리트 파타르를 칭송하는 뜻에서 말하자면, 그가 그 고통스러운 순간에 견디기 힘들 정도로 엄습하는 극심한 불안감을 느낀 것은, 들도 보도 못한 *걸어다니는 상자*나 도둑에 대한 두려움 때문이 아니었다. 그것은 종신 서기라는 개인을 통해서 아카데미 프랑세즈 전체가 모욕당했다는 사실 때문이었을 것이다.

상자는 나타나자마자 다시 사라졌다.

가련한 그는 맥이 풀려서 멍한 시선으로 주위를 둘러보았다.

아주 오래된 광장, 계단이 있는 높은 지대의 길들, 커다란 창문이 뚫린 우중충한 건물의 정면들, 그 건물의 장식 없는 검은색 창문은 오랫동안 내버려져 있던 쓸모없는 커다란 방을 바람으로부터 보호해 주고 있는 듯이 보였다.

이폴리트 파타르는 슬픔에 잠긴 눈으로 뾰족한 지붕 저 멀리로 무거운 구름이 흘러가는 궁륭 쪽을 바라보다가, 다시 땅 위로 시선을 돌려서 언뜻 달빛이 비치고 있는 재판소 건물 앞 광장 위를 *걸어다니는 상자*를 바라보았다.

그 상자는 그 짧은 다리로 있는 힘을 다해서 시계탑이 있는 쪽으로 뛰어가고 있었다. 그것은 악마를 연상시키는 광경이었다!

가련한 그는 두 손으로 자기 우산의 나무 손잡이를 절망적인 몸짓으로 만졌다. 그러다가 갑자기 그는 소스치게 놀랐다. 방금 그의 뒤쪽에서 무언가가 폭발했던 것이다.

그것은 성난 목소리였다.

"또 그놈이구만! 또 그놈이야! 한 차례 실컷 두드려 패야겠어……."

이폴리트 파타르는 소리조차 지를 수 없을 만큼 다리에 맥이 풀려 그대로 벽에 달라붙어 있었다. 빗자루 대같이 생긴 막대기가 그의 머리 위를 빙빙 돌고 있었다.

그는 이제 죽는구나 하면서, 아카데미 프랑세즈를 위해서 죽을 각오를 하고 질끈 눈을 감았다.

그는 그러다가 아직도 살아 있다는 것에 놀라면서 다시 눈을 떴다. 펄렁대는 치맛자락 위로 빗자루 대는 여전히 돌면서 멀어져가고 있었고, 보도 위를 서둘러 달려가는 오버슈즈(고산 등반이나 비 오는 날 방한 방수용으로 구두 위에 덧신는 신—옮긴이주) 소리가 들렸다.

그러니까 그 빗자루와 고함 소리와 협박은 그를 향한 것이 아니었다. 그는 안도의 한숨을 내쉬었다. 그런데 그 두 번째 놈은 어디에서 나온 걸까?

이폴리트 파타르는 뒤를 돌아보았다. 문은 반쯤 열려 있었고, 그는 그 문을 열고 겨울바람이 몰려드는 뜰로 통하는 길로 들어섰다.

그는 지금 마르탱 라투슈의 집에 와 있는 것이었다.

이폴리트 파타르는 사전에 이런저런 조사를 해보았다. 마르탱 라투슈는 노총각이고, 그가 유일하게 좋아하는 것은 음악뿐이었다. 그는 늙은 가정부와 함께 살았는데, 그 가정부는 음악을 무척 싫어했고, 성질이 난폭해서 마르탱 라투슈를 못살게 군다는 평판이 자자했다. 그러나 그 가정부는 사람들이 생각하는 것과는 달리 마르탱 라투슈에 대해서 헌신적이며, 마르탱 라투슈를 마치 어린아이 다루듯이 애지중지했고, 그는 이러한 헌신적인 행동을 순교자의 순종하는 마음으로 참아낸다.

장 자크 루소 역시 그런 종류의 시련을 겪었음에도 불구하고 〈신엘로이즈〉를 써냈다. 마르탱 라투슈도 가정부 바베트가 음악의 선율과 취주악기를 증오하는 데에도 불구하고, 다섯 권으로 된 〈음악의 역사〉라는 두꺼운 책을 저술했으며, 그 책으로 아카데미 프랑세즈에서 가장 큰 상을 받기까지 했다.

이폴리트 파타르는 마당으로 들어서지 않고 통로 끝에 멈추어 섰다. 바베트가 나가는 소리를 들은 것 같았기 때문이다.

그는 바베트가 다시 돌아올 거라고 생각했다.

그는 그 집에 사는 성질 사나운 사람들을 깨울까 봐 겁이 나서 입을 다문 채 아무도 부르지도 못했고, 일이 잘못 될까 봐 두려워서 뜰에 나서지도 못하고, 단지 한 가닥 희망만을 품으며 기다리고 있었다.

이폴리트 파타르의 인내심은 충분히 보상받은 듯했다. 오버슈즈 소리가 다시 나더니 갑자기 문이 닫혔다.

곧 바로 검은 그림자 하나가 소심한 방문객과 부딪쳤다.

"누구여?"

"접니다. 이폴리트 파타르…… 아카데미 프랑세즈, 종신 서기…….'

"오 리슐리외(아카데미 프랑세즈의 창설자―옮긴이주)여……!"

이폴리트 파타르는 떨리는 목소리로 말했다.

"여긴 웬일이세여?"

"마르탱 라투슈 씨를…….'

"지금 없에여……. 일단 들어와 보서여……. 지가 선상님헌테 몇 가지 할 말이 있에여…….'

이어서 둥근 천장 아래 달려 있는 방문이 열리고, 이폴리트 파타르는 거의 떠밀리다시피 방안으로 들어갔다.

가련한 이폴리트 파타르는 그제야 조잡한 흰색 나무 탁자 위에서 불타고 있는 등잔불이 줄줄이 놓인 부엌 식기를 비추고 있는 것을 보고, 자신이 찬방(부엌에서 조리된 음식을 상에 올릴 준비를 하는 방―옮긴이주)에 와 있다는 것을 알았다.

그때 뒤에서 문이 "쾅" 하며 닫혔다.

그리고 그의 눈앞에는, 바둑판 무늬의 에이프런으로 덮인 커다란 배와, 허리 양쪽에 올려놓은 멋들어진 주먹 쥔 두 손이 보였다. 한 손에는 아직도 빗자루 대가 들려 있었다.

그리고 어둠 속에서 거칠고 상스러운 목소리가 들렸는데 이폴리트 파타르는 감히 고개를 돌려 그 소리 나는 쪽을 쳐다보지도 못했다

"그르니까, 그분을 죽일 작정이지여?"

아베롱 지방 특유의 사투리가 섞인 말투였다. 바베트는 마르탱 라투슈와 마찬가지로 로데즈(프랑스 남서부에 위치한 아베롱 지방에 있는 도—옮긴이주) 출신이었다.

이폴리트 파타르는 대답을 하지 못하고 떨고 있었다.

그 목소리가 말을 이었다.

"말해 보서여. 종신 선상님, 그분을 죽이려는 거지여?"

이폴리트 파타르는 아니라고 머리를 세차게 흔들었다.

'아니요, 부인. 저는 그 사람을 죽이려는 것이 아니고, 그 사람을 만나러 온 겁니다.'

그는 말할 엄두도 내지 못하고 입 속으로만 중얼거렸다.

"그 사람을 만나셔야져, 종신 선상님. 선상님은 올바른 사람인 것 같애서 지 마음에 들었에여……. 그분을 만나셔야져……. 지금 계시니까여. 허지만 그전에 선상님하고 말을 좀 해야겠에여……. 그래서 선상님 같은 분을 찬방으로 이렇게 모신 것이니까 용서하서여……."

그러고 나서 바베트는 빗자루 대를 내려놓고 이폴리트 파타르에게 손짓을 하며 의자 두 개가 놓여 있는 창문 구석으로 데려갔다.

그러나 바베트는 자리에 앉기도 전에 자기가 들고 간 등잔불을 굴뚝 뒤쪽에 숨겼기 때문에, *이폴리트 파타르*가 있는 구석진 곳은 아무것도 보이지 않을 정도로 캄캄해졌다. 그녀는 되돌아와서 창문에 달려 있는 덧문 한쪽을 조심스럽게 열었다. 그러자 창살이 달린 유리창이 보였다. 그리고 정면에 있는 보도에 버려둔 가로등의 가물거리는 불빛이 창살 사이로 미끄러져 들어와 바베트의 얼굴을 부드럽게 비추고 있었다. 이폴리트 파타르는 그녀가 하는 그 모든 신중한 행동에 궁금증이 일었고 심지어는 걱정도 되었지만, 그녀를 보자 일단 안심이 되었다. 어떤 때 보면 무섭게 느껴질 것 같기도 한 그 얼굴이 어두컴컴한 그 순간에는 부드럽고 동정 어린 표정으로 바뀌어 있어서 신뢰감 같은 것이 느껴졌다.

바베트는 이폴리트 파타르 앞에 앉으면서 말했다.

"종신 선상님, 제 행동을 보고 놀라지 마서여. 허디거디(배럴오르간의 원리를 응용해서 유랑악사들이 거리에서 연주하기 편리하게 소형화한 악기—옮긴이주)를 켜는 악사를 감시하려고 어두운 데 앉으시게 했에여. 하지만 지금 그게 문제가 아니어여……. 지금 당장 선상님께 드리고 싶은 말은 이거 한 가지뿐이어여(이때 그녀의 거칠고 상스러운 목소리는 거의 울음으로 변했다). *그분을 죽이고 싶으서여?*"

바베트는 그 말을 하면서 두 손으로 이폴리트 파타르의 두 손을 잡았으나, 이폴리트 파타르는 손을 빼지 않은 채 그대로 있었다. 가슴으로부터 나오는 아베롱 지방의 사투리가 섞인 비탄에 잠긴 그 목소리에 깊이 감동했기 때문이다.

바베트의 말이 이어졌다.

"보서여, 종신 선상님, 정말 진심으로 묻는 거여여. 판사들이 말하듯이 양심에 맹세코, 진심으로, 사람들이 그렇게 죽는 것이 *자연스럽다고* 생각하서여? 대답해 주서여, 종신 선상님!"

전혀 예상하지 못했던 이 질문을 받자 *이폴리트 파타르*는 어느 정도 마음의 동요를 느꼈다. 그러나 그 짧은 시간은 바베트에게 엄숙하게 느껴졌고, 그는 곧 확신에 찬 목소리로 말했다.

"양심에 맹세코, 예……, 저는 그 죽음이 모두 자연사라고 생각합니다."

다시 침묵이 흘렀다.

"종신 선상님, 어쩌믄 선상님은 생각을 충분히 해보지 않으신 것 같아여……."

바베트의 저음 깔린 목소리가 말했다.

"아주머니, 의사들이 말하기를……."

"선상님, 의사들은 자주 실수를 해여……. 법원에서 그러잖아여……. 종신 선상님, 잘 생각해 보서여. 한 가지 말씀을 드리겠어여……. *미리 꾸민 일이 아니라믄, 사람이 갑자기, 같은 곳에서, 그것도 두 사람이나, 비슷한 연설을 하믄서, 몇 주일에 한 명씩 그렇게 죽을 수는 없에여!"*

바베트는 정확하다기보다는 표현력 있는 말로써 상황을 놀랍게도 잘 요약하고 있었다. 이폴리트 파타르는 그 점에 대해서 충격을 받았다.

"그럼, 아주머니는 어떻게 생각하십니까?"

그가 물었다.

"지는 그 엘리파스 드 라 녹스가 못된 마법사라고 생각해여……. 그 자는 복수를 하겠다고 말했어여. 그 사람들을 독살한 거여여……. 편지에 독이 묻어 있었을 수도 있에여……. 그렇게 생각하지 않으서여……? 어쩌믄 그게 아닐 수도 있을 거라구여? 허지만 종신 선상님, 지 말 좀 들어봐여……,

그렇다면 다른 것일 수도 있에여……! 하나만 묻겠에여. 만약에 라투슈 선상님께서 찬사의 연설을 하다가 그 두 사람처럼 죽는다고 해도, 여전히 *그것이 자연스럽다고* 생각하실 건가여?"

"아니요, 그렇게 생각하지 않을 겁니다!"

이폴리트 파타르는 조금도 주저하지 않고 말했다.

"양심에 맹세코여?"

"양심에 맹세코!"

"종신 선상님, 지는 그분이 죽는 것을 원치 않에여!"

"그분은 죽지 않습니다!"

"막심 돌네 선상님에 대해서도 사람들이 그렇게 말했지만 그분은 죽었에여!"

"그렇다고 해서 라투슈 씨가……."

"가능한 일이어여! 어쨌든 지가 그분을 아카데미 프랑세즈에 지원하지 못하게 *금지했에여*……."

"그분이 선출되었는데요, 아주머니……! 그분은 선출되었어요!"

"아니지여, 그분이 지원하지 않았으니까여! 여기 온 기자들에게 지는 그렇게 말했에여……. 이미 해버린 말을 취소할 이유가 없에여."

"뭐라구요? 그분이 지원을 하지 않았다구요? 우리는 그분에게서 온 편지를 갖고 있어요."

"그것은 더 이상 문제가 안 되지여. 그분이 어제 저녁에 지 앞에서 편지를 쓴 후에, 그 막심 돌네 선상님의 사망 소식을 듣자마자……. 그분이 여기서, 바로 지 앞에서 그것을 쓴걸여. 그 사실을 부인할 수는 없을 거여여……. 그 편지를 오늘 아침에 받으셨을 텐데여……. 그분이 저에게 그 편지를 읽어주셨에여……. 그분이 이제는 아카데미 프랑세즈에 지원하지 않겠다고 하셨어여.”

“맹세코 저는 그 편지를 받지 못했습니다!”

이폴리트 파타르가 말했다.

바베트는 잠시 뜸을 들이더니 결심을 한 듯 말했다.

“선상님 말씀을 믿습니다, 종신 선상님.”

이폴리트 파타르가 말했다.

“우체국에서 실수를 하는 일이 가끔 있지요.”

“아니어여.”

바베트는 한숨을 쉬며 말했다.

“아니어여, 종신 선상님……! 그게 아니어여! 편지를 받지 못하신 것은 *그분이* 편지를 부치지 않았기 때문이어여.”

그러고 나서 그녀는 다시 한숨을 내쉬었다.

“그분이 얼마나 선상님의 아카데미 프랑세즈 회원이 되고 싶어했는데여, 종신 선상님!”

이 말을 하고 바베트는 울었다.

“그 일은 그분에게 불행을 가져올 거여여……! 분명 불행을 가져올 거여여!”

그녀는 울면서 다시 말했다.

“예감이 들어여……. 끈질긴 예감이여. 틀림없에여……. 종신 선상님, 안 그런가여? 그분이 다른 사람들처럼 죽는다면 자연스러운 일이 아니지여……? 그러니까 그분을 다른 사람들처럼 죽도록 내버려두지 마서여……. 그분에게 찬사의 연설을 하게 하지 마서여……!”

이폴리트 파타르는 그렁그렁한 눈으로 대답했다.

"그것은……, 그것은 불가능합니다……! 누군가 아베빌 주교에 대한 찬사의 연설을 해야만합니다."

바베트가 응수했다.

"지하곤 상관없는 일이어여. 하지만 그분은, 아……, 그분은 그 일만 생각하고 있에여. 아베빌 주교에 대한 치하의 연설을 하는 일이여……. 나쁜 구석이라고는 눈곱만큼도 없는 분이어여……. 아, 찬사의 말, 그분은 그것을 하고 말거여여……! 그것을 안하려고 선상님의 아카데미 프랑세즈에 들어가는 것을 포기하지는 않으실 거여여……. 허지만 지는 정말이지 너무 걱정이 돼여."

바베트는 갑자기 울음을 그쳤다.

"쉿!"

그녀가 말했다.

그러더니 정면에 있는 거리를 사납게 노려보았다. 이폴리트 파타르도 그 시선을 따라 바라다보니, 가로등 바로 아래에 *걸어다니는 상자*가 보였다. 이번에는 다리만 달린 것이 아니고 머리까지……. 머리카락이 덥수룩하고 수염까지 난 이상한 머리가…… 커다란 상자 바깥으로 비죽 나와 있었다…….

"배럴오르간 연주자……."

이폴리트 파타르가 중얼거렸다.

"허디거디 연주자여여……!"

뜰에서 연주를 하는 사람이면 모두 허디거디 연주자라고 생각하고 있는 바베트가 한숨을 쉬면서 말했다.

"어머? 저놈이 또 왔네! 우리가 잠든 줄 알지도 몰라여. 움직이지 말고 가만히 계서여!"

바베트는 얼마나 흥분했던지 심장 뛰는 소리가 들렸다.

그녀는 다시 말했다.

"저이가 뭘 하는지 두고 보아여!"

앞에 있는 *걸어다니는 상자*는 더 이상 걷지 않고 있었다.

상자 위로 튀어나온 덥수룩한 머리털과, 턱수염이 난 머리는 꼼짝도 하지 않은 채 이폴리트 파타르와 바베트가 있는 쪽을 바라보고 있었다. 머리를 산발하고 있어서 얼굴 형태를 알아보기는 힘들었지만, 그의 눈만은 생기 있고 날카로웠다.

이폴리트 파타르는 생각했다.

'어디서 본 듯한 눈인데……'

그리고는 곧 그 생각을 잊었다. 하지만 무슨 새로운 일이 터지지 않는데도 불안감은 점점 더 커져만 가고 있었다. 낡은 부엌의 컴컴한 창문 앞에서 용감한 가정부와 마주하고 있는 순간이 너무나 이상하고, 불안했다. 바베트가 던진 질문들은 그의 마음을 흔들어놓기에 충분했다.

이폴리트 파타르는 생각했다.

'정말! 아, 정말! 그는 두 사람이 죽은 것이 자연사라고 말했다……. 그런데 만약 세 번째 사람도 죽는다면? 나는 어떤 책임을 짊어져야 할 것이며, 또 어떤 회한에 시달릴 것인가!'

이폴리트 파타르의 심장도 바베트의 심장만큼이나 강하게 뛰고 있었다…….

배럴오르간 위로 튀어나온 덥수룩한 머리털과 턱수염은 이 시간에 인적

없는 거리에서 뭘 하고 있는 걸까? 조금 전에 그 상자는 왜 그렇게 이상하게 걸어다닌 걸까? 나타났다가는 사라지고, 쫓겨났다가는 다시 오고? 그 한밤중에 바베트가 오버슈즈를 신은 발로 보도를 저벅거리며 힘껏 달려서 열심히 뒤쫓아다닌 것은 분명 저 상자임이 틀림없다. 무엇 때문에 상자가 있는 가로등 아래로 다시 온 걸까? 저 침범할 수 없는 턱수염과, 작고 깜박거리는 눈을 하고서 말이다. 바베트는 "저이가 뭘 하는지 두고 보아여"라고 말했지……. 그러나 그는 아무 일도 하지 않고 그저 바라보고만 있었다.

"기다리서여……! 기다리서여!"

바베트가 속삭였다.

그러고 나서 그녀는 극도로 조심을 하면서 부엌 문 쪽으로 다가갔다. 다시 추격을 시작하려는 것이었다. 아! 그녀는 겁을 먹고 있으면서도 대단히 용감했다……!

이폴리트 파타르는 바베트의 움직임을 좇느라고 보도 위에 움직이지 않고 있는 상자에서 잠시 눈을 떼었다가 다시 길 쪽을 바라보았는데 이미 상자는 사라지고 없었다.

그는 말했다.

"아! 가버렸군."

바베트가 창문 곁으로 돌아왔다. 그녀 역시 길을 내다보고 있었다.

"이제 아무것도 없네!"

그녀는 신음 소리 를 냈다.

"그놈 때문에 지는 무서워 죽을 지경이어여……! 이 갈고리 같은 손으로 그놈의 수염을 낚아챌 수만 있다면야……!"

"그 자가 바라는 것이 뭡니까……?"

이폴리트 파타르는 혹시나 하는 생각에 물어보았다.

"저자에게 물어봐야 알겠지여, 종신 선상님! 저자에게 물어봐야 해여……! 허지만 도무지 가까이 다가가지를 못하게 하니……. 그림자보다 더 잘 사라져여……. 지는 로데즈 출신이거든여! 거기서는 허디거디 악사가 불행을 가져다준다고 말하지여!"

"아……! 그런데 왜요?"라고 말하면서 이폴리트 파타르는 우산 손잡이에 손을 가져다댔다.

바베트는 성호를 그으면서 아주 낮은 목소리로 말했다.

"라 방칼……."

"라 방칼이 어쨌는데요?"

"사람들이 그 불쌍한 퓌알데스를 암살하는 소리를 듣지 못하도록 허디거디를 연주하는 길거리의 악사들을 불러왔에여. 그건…… 이미 잘 알려진 이야기인데여……, 종신 선상님."

"예, 알고 있습니다. 퓌알데스 사건이오……. 하지만 이해가 안 됩니다."

"모르시겠에여……? 바요, 들리서여? 들리나여?"

그러더니 바베트는 연극이라도 하는 듯한 몸짓으로 귀를 바닥에 대고 이폴리트 파타르에게까지는 이르지 않는 어떤 소리를 듣는 듯했다.

이폴리트 파타르는 그녀의 태도에는 아랑곳하지 않고 충동적으로 벌떡 일어났다.

"지금 즉시 나를 마르탱 라투슈 선생에게 데려다주시오."

그는 순간 권위 같은 것을 보이려고 애쓰면서 말했다.

그러나 바베트는 의자 위로 도로 주저앉았다.

그녀는 말했다.

“나가 미쳤지……! 그럴 줄 알았어……. 허지만 그런 일은 있을 수 없어……. 종신 선상님, 선상님께서는 아무 소리도 듣지 못하셨나여?”

“아니요, 전혀…….”

“그래여……, 우리한테서 떠나지 않는 그놈의 악사 때문에 미쳐버릴 거여여.”

“무슨 소립니까? 그가 당신들한테서 떠나지 않다니?”

“아, 대낮에 전혀 예상도 못한 순간에 그 사람이 마당에 와 있는 거여여……. 지가 그 자를 쫓아내져……. 그러고 좀 있으면 계단에 또 와 있고……, 문 구석이고 어디고 아무 데나……. 자기 음악 상자를 감출 만한 곳이면 어디든 상관없나 바여……. 그리고 밤이면 우리 창문 아래로 어슬렁거리고 다녀여.”

“그것이야말로 자연스러운 일이 아니군요.”

이폴리트 파타르가 말했다.

“바여……! 선상님께서도 그렇게 말씀하시네여…….”

“이 근처에서 얼씬거린 지 오래됐습니까?”

“한 삼 주일쯤 되었어여…….”

“그렇게나 오래되었습니까……?”

“며칠씩 나타나지 않을 때도 있에여……. 들어보서여, 그 사람을 처음 보았을 때에는 낮이었는데…….”

바베트가 말을 멈추었다.

“그래서요?”

갑작스러운 침묵에 놀라서 이폴리트 파타르가 물었다.

바베트는 중얼거렸다.

"해서는 안 될 말들이 있에여……. 어쨌든, 종신 선상님! 그 악사는 라투슈 선상님께서 아카데미 프랑세즈에 지원했을 때에 나타났어여……. 지가 선상님께 이렇게 말하기까지 했져. 그것은 좋은 징조가 아니라고여! 다른 두 사람이 죽은 것도 바로 그때어여. 그래서 사람들이 선상님의 아카데미 프랑세즈에 대해서 말만하면 항상 그 순간이 떠올라……. 아니, 아니, 그 모두가 자연스러운 일이 아니어여……. 하지만 종신 선상님께는 아무 말도 할 수가 없에여……."

그녀는 힘있게 머리를 내저었다.

이폴리트 파타르는 강한 궁금증이 생겼다. 그는 다시 자리에 앉았다.

바베트는 마치 자기자신에게 이야기하듯이 말을 이었다.

"어떤 때는 가만히 생각해 보지여……. 그것은 단지 생각일 뿐이라고 스스로 말하지여. 지가 젊었을 때 로데즈에서 허디거디 악사를 보면 성호를 긋고는 했에여. 아이들은 악사들에게 돌을 던졌에여……. 그러면 그들은 도망을 갔지여."

그녀는 생각에 잠겨서 덧붙였다.

"허지만 저자는 계속 다시 와여."

"저에게 아무 말도 할 수 없다고 하셨는데, 악사 이야기 말입니까?"

이폴리트 파타르가 넌지시 물었다.

"오! 어디 악사뿐인가여……."

그러나 그녀는 마치 말하고 싶은 끈질긴 욕구를 떨쳐내려는 듯이 다시 한번 머리를 내저었다. 그녀가 머리를 저으면 저을수록, 이폴리트 파타르는 바베트의 이야기가 더욱 듣고 싶어졌다.

결정타를 올려붙일 결심을 하고 그가 말했다.

"결국, 그 죽음들이…… 어쩌면 사람들이 생각하는 것처럼 그렇게 자연스러운 것은 아니었을 겁니다……. 아주머니께서 뭔가를 알고 계신다면, 앞으로 무슨 일이 생길 경우에 아주머니는 그 누구보다도 더…… 큰 죄를 짓게 되는 겁니다."

바베트는 마치 기도를 하듯이 두 손을 모았다.

"선한 신께 맹세했는걸여."

그녀가 말했다.

이폴리트 파타르는 일어섰다.

"저를 주인님께 인도해 주세요."

바베트는 깜짝 놀랐다.

"그러믄 끝난 건가여?"

그녀가 애원하듯 물었다.

"뭐가 끝났다는 말씀이신지?"

이폴리트 파타르는 약간 거친 목소리로 물었다.

"지 말은, 다 끝난 것이냐구여? 아카데미 프랑세즈에서 우리 선상님을 회원으로 선출하셨고……, 우리 선상님께서는 회원이 되셨고……. 아베빌 주교에 대한 찬사의 말을 하신다는 것이지여?"

"그렇고 말고요!"

"찬사의 말은…… 사람들이 다 있는 앞에서 하나여?"

"그렇습니다."

"저번의 두 분처럼여?"

"저번의 두 사람처럼이냐고요? 그렇게 해야만 합니다!"

이쯤 와서는 이폴리트 파타르의 목소리에 거친 기가 완전히 가셨다.

그녀는 몸을 가볍게 떨기까지 했다.

"그렇다면 당신네들은 암살자들이어여!"

바베트는 크게 성호를 그으면서 조용히 말을 이었다.

"허지만 지는 라투슈 선상님을 암살하도록 내버려두지 않을 거여여. 우리 선상님께서 원하지 않으셔도 선상님을 보호하겠에여……. 지가 맹세를 하긴 했지만……. 종신 선상님, 앉으셔여. 모든 것을 다 말씀드리겠에여."

그녀는 바닥에 무릎을 꿇으면서 말했다.

"지가 비록 지 자신의 구원을 두고 맹세를 했고, 지금 다시 그 맹세를 깨뜨리지만……, 지 마음을 읽으시는 선한 신께서는 지를 용서하실 거여여. 이제부터 지금까지 일어났던 일을 전부 말씀드리겠에여……."

이폴리트 파타르는 바베트의 말을 귀담아 들으면서 반쯤 열린 덧문을 통해서 보이는 거리를 어렴풋이 내다보고 있었다. 거리의 악사가 다시 나타난 것이 보였다. 거리의 악사는 깜박거리는 눈을 공중으로 들어 이폴리트 파타르의 머리 위쪽, 집의 이층쯤 되는 곳의 뭔가를 응시하고 있었다. 이폴리트 파타르는 몸서리쳤다. 하지만 너무 놀라면 길거리에서 일어나고 있는 일을 바베트가 알아챌까 봐서 조심을 하고 있었다.

바베트는 계속 이야기를 했다. 그녀는 무릎을 꿇고 있었기 때문에 아무 것도 볼 수가 없었다. 또 뭘 보려고 애쓰지도 않았다. 그녀는 한숨을 쉬어가면서 고통스럽게, 마치 고해를 하는 것처럼……, 양심을 짓누르고 있는 무게를 가급적이면 빨리 벗어버리려는 듯이 단숨에 이야기를 풀어놓았다.

"우리 주인님께서 아카데미 프랑세즈 회원이 되려다 거부당한 지 이틀이 지났을 때 일이었에여. 그때 아카데미 프랑세즈에서는 우리 주인님 대신에 모르티마르 선상님을 택하셨고, 그 다음에는 돌네 선상님을 택하셨다는 건 선상님도 알지여? 어느 날 오후에 지가 자리를 비우기로 되어 있었는데, 어쩌다 부엌에 남아 있었에여. 라투슈 선상님께서는 그 사실을 모르셨져. 한 남자 분이 오시더니 주인님 방으로 올라가는 계단을 혼자서 찾아가더군여. 주인님은 그 남자와 방에 틀어박혀 계셨에여. 처음 보는 사람이었져. 오 분 정도 지나자 이번에는 또 다른 신사 분이 왔는데 그분도 지가 모르는 분이었에여…… 그 사람도 조금 전의 그 사람처럼 누가 보기라도 할까 봐 재빠르게 올라가더군여. 그 사람이 서재의 문을 두드리는 소리가 났고, 즉시 서재가 열렸에여. 이제 라투슈 선상님과 낯선 두 사람, 이렇게 세 사람이 서재에 있게 된 것이져.

한 시간, 두 시간……, 그렇게 지나갔에여. 서재는 부엌 바로 위에 있에여. 그런데 진짜 놀랍게도 그분들은 걷는 소리조차 나지 않는 것이었에여. 아무런 소리도 들리지 않았에여. 지는 너무 궁금했에여. 솔직히 말씀드리자면 지가 호기심이 많거든여. 라투슈 선상님께서는 그분들이 올 거라는 말을 제게 전혀 하시지 않으셨거든여.

지는 이층으로 올라가서 서재의 문에 귀를 댔에여. 그런데 아무 소리도 들리지 않았에여. 지는 문을 두드렸에여. 그런데 아무런 기척도 없었에여. 그래서 문을 열었는데 방안에는 아무도 없었에여. 출입문을 빼고는 서재로 통하는 문이 작은 사무실 문 하나뿐이었기 때문에 그 문 쪽으로 갔에여. 그 문으로 다가갔는데, 그것은 이 세상 그 무엇보다도 더 놀라운 일이었에여…… 지는 라투슈 선상님의 작은 사무실 안에 들어가 본 적이 한번도 없었거든여. 주인님은 그곳에 아무도 들이지 않았에여. 그분의 이상한 버릇이져. 그 안에서 글을 쓰셨으니까, 아마 그 안에 있을 때에는 방해를 받고 싶지 않았을 거여여. 그곳은 마치 무덤 속처럼 조용하니까여. 대체로 그분은 지가 온당한 부탁을 하면 양보를 많이 해주는 편이었어여. 하지만 사무실 출입에 대해서는 절대로 용납하지 않으셨어여. 특수 열쇠를 만들어 가지고 계셔서, 지나 다른 어떤 사람도 절대로 들어갈 수가 없었어여. 청소도 직접 하셨어여. 저에게 말씀하시기를 '바베트! 그 구석은 내 거야. 다른 곳은 모두 자네 것이니까 마음대로 문질러 닦고 청소하게' 라고 하셨져. 그러신 분이 그 안에 지가 전혀 모르는 두 남자와 틀어박혀 있으니…….

그래서 지는 들었지여……. 문을 사이에 두고 이야기를 엿들으려고 무척 애썼지여. 무슨 일이 일어나고 있는 건지, 무슨 이야기를 하는 건지 이해하려고 애썼지여. 하지만 말소리가 너무 작아서 들을 수 없었고, 화만 났어여. 마침내 지는 이야기가 술술 풀리지 않고 있다는 걸 알게 되었지여. 그러다 갑자기 우리 주인님께서 목소리를 높이면서 말하는 소리가 들렸에여. 그 말은 분명하게 들었에여. '그것이 있을 수 있는 일입니까? *이 세상에 그보다 더 큰 범죄가 어디 있겠습니까!* 그 이야기는 지가 이 두 귀로 분명히 들었에여.

그것이 지가 들은 전부였에여. 지는 얼이 나가 멍하게 있는데…… 문이 열렸에여. 낯선 두 사람이 저에게 달려들었에여. '그 여자를 해치지 마세요! 제가 보장하는 사람입니다!' 주인님이 소리를 지르면서 사무실 문을 조심스럽게 닫았에여. 그리고 주인님께서 제게 와서 '바베트, 자네가 무슨 소리를 들었는지 안 들었는지는 물어보지 않겠네. 하지만 자네가 듣고 본 것을 아무에게도 말하지 않겠다고 무릎 꿇고 선하신 신에게 맹세하게! 나는 자네가 외출한 줄 알았네. 두 신사 분이 우리 집으로 들어오는 것은 못 본 걸세. 자네는 그들은 전혀 모르네. 그렇게 맹세하게, 바베트!'

지는 주인님을 바라다보았에여. 그런 얼굴을 본 것은 처음이었어여. 보통 때에는 지가 원하는 대로 무엇이든 다 해주시는 그렇게도 다정한 분이 그날은 화가 나서 완전히 딴 사람이 되어 있었에여. 그분은 벌벌 떨고 계셨에여. 낯선 두 남자는 협박하는 얼굴을 하고 제 위로 몸을 수그리고 있었에여. 지는 무릎을 꿇고 그 남자들이 원하는 모든 것을 맹세했에여. 그리고 나서 그 사람들은 떠났에여. 길거리를 주의 깊게 살피면서 한 명씩 차례로 떠났에여…….

지는 겁에 질려 거의 죽은 사람처럼 되어서 부엌으로 내려왔에여. 그러고는 그분들이 떠나는 모습을 보고 있었는데, 바로 그때……, 처음으로…… 거리의 악사를 보았에여! 조금 전에 그랬던 것처럼 가로등 아래 서 있었에여. 지는 성호를 그었에여. 집에 불행이 닥친 거였에여."

이폴리트 파타르는 귀로는 바베트가 하는 이야기를 들으면서, 눈으로는 거리의 악사가 하는 행동을 좇고 있었다. 그런데 악사가 음악 상자 위에서 뭔가 이상한 신호를 하는 것을 보고 무척 놀랐다. 마침내 *걸어다니는 상자*는 다시 밤의 어둠 속으로 흔적도 없이 사라졌다.

바베트는 몸을 일으켰다.

"전부 말씀드렸에여. 집에 불행이 닥쳤에여!"

그녀는 다시 한번 강조해서 말했다.

바베트의 이야기 때문에 그 설명할 수 없는 걱정에 휩싸인 이폴리트 파타르가 물었다.

"그런데, 그 남자들……, 그 남자들을 그 후에 다시 본 일이 있습니까?"

"그 중 한 명은 그 후에 다시는 보지 못했에여. 죽었으니까여. 그 사람의 사진을 신문에서 보았에여……. 바로 모르티마르 선상님이어여.”

이폴리트 파타르는 깜짝 놀라 물었다.

“모르티마르……. 그럼 다른 사람, 다른 사람은요?”

“다른 사람이여? 그분 사진도 신문에서 보았에여. 돌네 선상님이었에여……!”

“돌네 씨……! 그럼 그 사람은 다시 본 일이 있나요?”

“예……. 그 선상님은…… 다시 보았에여……. 그분이 죽기 전날 밤에 여기 다시 왔었에여.”

“그가 죽기 전날……. 그러니까 그저께요?”

“그저께……. 아, 지가 전부 말씀드리지를 않았네여! 말씀드려야 해여! 그 사람이 도착하자마자 마당에서 그 악사를 다시 보았에여! 그 자는 지를 보자마자 늘 그렇듯이 도망을 쳤에여. 지는 곧 ‘나쁜 징조야, 나쁜 징조……!’ 하고 생각했에여. 종신 선상님, 지 큰아주머니는 늘 이렇게 말하곤 했에여. ‘바베트야, 허디거디 악사를 조심하거라……!’ 종신 선상님, 연로하신 큰아주머니는 그렇게 말할 만한 일을 겪은 사람이었에여……. 아주머니는 지 고향인 로데즈에서 그 자들이 퓌알데스를 암살하던 밤에 라 방칼의 집 맞은 편에 살고 있었에여. 아주머니는 범죄의 노래를 들었에여. 테이블 위에서는 라 방칼과 바스티드와 다른 자들이 가련한 그 남자의 목을 자르던 그 순간에, 오르간 악사와 허디거디 악사가 길에서 *돌리던* 노래……. 그 노래는…… 그 불쌍한 남자의 귀에 영원히 남았을 거여여. 그것은 큰아주머니가 누구에게 해를 끼칠까 봐 아주 비밀스럽고 낮은 소리로 저에게 불러주던 노래예요……. 어떤 노래가…… 어떤 노래가…….”

그러더니 바베트는 자동인형처럼 갑자기 일어섰다. 앞에 있는 가로등의

흐릿한 붉은 빛에 비친 그녀의 얼굴 위에는 이루 표현할 수 없는 공포의 그림자가 드리워져 있었다……. 그녀의 뻗친 팔은 절망적이고 애조 어린 후렴구가 들려오는 거리를 가리키고 있었다.

"저 노래……! 어머나, 바로 저 노래였에여!"

그녀는 숨을 헐떡이며 말했다.

4
마르탱 라투슈

바로 그때, 부엌 바로 위에 있는 방에서 진짜 싸움이라도 일어난 듯이 가구를 뒤엎는 굉음이 들렸다. 어찌나 소리가 크던지 천장까지 들썩거렸다.

바베트가 울부짖었다.

"그분을 암살하고 있에여……! 사람 살려여……!"

그녀는 벌떡 일어나서 아궁이로 가더니 부지깽이를 집어들고, 부엌 밖으로 달려나가서, 궁륭을 지나 이층으로 향하는 계단으로 올라갔다.

이폴리트 파타르는 중얼거렸다.

'저런……!'

그는 공포감과 그 끔찍한 상황 때문에 맥이 풀려 그냥 그곳에 남아 있었다. 바로 그때 거리로부터 평범한 가락, 이야기 속의 그 저주받은 후렴구가 내리깔리고 있었다……. 새로운 범죄와 공모하는 그 리듬……. 살해당하는 자의 비명이 들리지 않도록 막아주던 악마의 음악……. 지금은 홀로 다른

소리를 다 덮어버리고 이폴리트 파타르의 윙윙거리는 귀에까지…… 차갑
게 식은 그의 심장에까지 이르는 그 음악…….

그는 자기가 기절한 줄로 착각했을 정도였다.

그러나 겁쟁이인 자신의 모습에서 느낀 그 갑작스러운 수치심은, 인간의
영혼이 현기증을 느껴 떨어져버리는 캄캄한 심연의 가장자리에서 그를 붙
들어 주었다. 그는 자신이 불멸의 종신 서기라는 사실을 다시 한번 깨닫고,
파란 많은 그날 저녁에 두 번째로 자신의 불행한 생을 바칠 각오를 했다. 그
리고 정신적, 육체적 노력을 다 기울여 왼손에는 우산을, 오른손에는 부젓
가락을 들고, 바베트가 부지깽이로 흔들거리도록 힘차게 두드리고 있는 이
층의 문 앞에 섰다.

그런데 바로 문이 열렸다.

"자네는 아직도 제 정신이 아닌가, 가련한 바베트?"

가냘프나 평화로운 목소리였다.

회색 빛이 나는 곱슬머리, 발그스름하고 포동포동한 얼굴 주위로 잘 자
란 하얀 턱수염, 정감 있는 눈을 가진 아직도 건장한 육십 살 정도의 남자가
등잔불을 들고 문턱에 서 있었다.

마르탱 라투슈였다.

한 손에는 우산, 다른 한 손에는 부젓가락을 들고 있는 이폴리트 파타르
의 모습을 보자마자, 그는 터져나오는 웃음을 참을 수가 없었다.

"아니, 종신 서기 선생! 대체 무슨 일입니까?"

그는 정중하게 몸을 수그리며 말했다.

그때 바베트가 부지깽이를 내던지며 소리를 질렀다.

"어머, 선상님! 그것은 우리가 선상님께 물어볼 말인데여! 도대체 어떻게

그런 시끄러운 소리를 낼 수가 있에여? 우리는 누가 선상님을 암살하는 줄 알았에여……! 게다가 거리의 악사가 바로 우리 집 창문 앞에서 퓌알데스의 노래를 돌리고 있기 때문에……."

마르탱 라투슈가 조용히 대답했다.

"그 거리의 악사는 잠이나 자러 가는 것이 좋을 것을……! 자네도, 바베트……!"

그러더니 이번에는 이폴리트 파타르 쪽으로 돌아서며 말했다.

"종신 서기 선생! 소생이 무슨 가치가 있기에 지금 이 시간에 선생께서 저를 방문하는 영광을 베푸시는 건지 궁금합니다……."

마르탱 라투슈는 이렇게 말하며 이폴리트 파타르를 서재로 안내하며 그의 손에 들려 있는 부젓가락을 받아서 내려놓았다.

바베트도 그들의 뒤를 따라갔다.

서재에 들어온 그녀는 사방을 둘러보았다. 모든 가구는 질서정연하게 놓여 있었다. 책상과 서가도 모두 본래 있던 자리에 있었다…….

"허참, 종신 선상님과 지가 꿈을 꾼 것이 아닌데! 분명 싸우는 소리, 아니면 이삿짐 싸는 소리 같은 것이 들렸는데……."

바베트가 말했다.

"걱정 말게, 바베트……. 내가 그랬네. 작은 사무실의 안락의자를 옮기다가 실수를 해서 그만……. 자 이제 자리 좀 비켜 주게나!"

바베트는 경계하는 시선으로 작은 사무실 문을 바라보았다. 그녀를 위해서는 단 한번도 열린 적이 없는 그 문을 보고는 한숨을 내쉬었다.

"이 집에서는 언제고 지를 경계하네여!"

"바베트, 저리 가게……!"

"우리한테 아카데미 프랑세즈는 이제 필요 없다고 하서여……."

"바베트, 좀 나가주겠나?"

"그래도 어쨌거나 거기에 대해서는……."

"바베트!"

"우리는 부치지도 않을 거면서 편지를 쓰기도 했지여……."

"종신 서기 선생, 이 늙은 가정부는 정말 참을 수가 없어요……!"

"열쇠로 문을 잠그고 서재 안에 틀어박혀서 문을 반쯤이나 부셔야 열어주지여……!"

"나는 내가 잠그고 싶은 것은 잠그네……! 그리고 내가 원할 때만 열어……! 나는 이 집의 주인이야……!"

"그런 이야기가 아니어여……. 우리는 언제고 바보 같은 짓을 할 수도 있단 말이어여……."

"바베트……! 이제 그만 해두게……!"

"낯선 사람을 비밀스럽게 집에 들일 수도 있고……."

"뭐라고?"

"아카데미 프랑세즈의 낯선 선상님들 말이어여……."

"바베트, 아카데미 프랑세즈에는 낯선 인사가 없어……!"

"오라! 그럼 그분들은…… 맞어여, 죽었기 때문에 알려졌지여……!"

바베트가 이 말을 채 마치기도 전에 키 크고 부드러운 남자, 마르탱 라투슈는 그녀의 목덜미를 움켜쥐었다.

"입 다물어……!"

마르탱 라투슈가 자기 가정부에게 폭력을 가한 것은 처음이었다.

그는 곧 자신의 행동을 뉘우쳤다. 더구나 이폴리트 파타르 앞에서 그런 일을 했다는 것이 더욱 더 창피했는지 그는 곧 사과했다.

격한 감정을 누르지 못해 답답해하는 것처럼 보였으나, 그는 그 감정을 다스리려고 무척 애쓰면서 말했다.

"죄송합니다. 저 늙은 바베트가 오늘 저녁에 제 화를 돋굽니다. 지렁이도 밟으면……. 아! 여자들의 고집이란 정말 끔찍합니다……! 앉으시죠, 선생……."

마르탱 라투슈는 이폴리트 파타르에게 바베트와 등지고 있는 안락의자를 권하고, 자기도 바베트에게 등을 돌렸다. 그녀가 자리를 뜰 기색이 없자, 그녀가 그곳에 있다는 것을 잊으려고 노력하는 듯했다.

바베트가 말했다.

"선상님, 조금 전에 하신 행동을 보니 무슨 일을 하실지 알 수가 없네여. 어쩌면 저를 죽이실지도 모르겠에여……. *하지만 종신 선상님께 모든 것을 다 말했에여.*"

마르탱 라투슈는 몸을 획 돌렸다.

이폴리트 파타르는 그 순간 그의 머리가 어둠에 가려져 있었기 때문에 그의 얼굴 표정이나, 행동이 어떠한 감정에서 나오는 것인지 읽을 수 없었다. 다만 책상 위에 놓인 그의 손이 떨리고 있는 것을 알 수 있었다.

마르탱 라투슈는 잠시 동안 아무 말도 하지 않았다. 마침내 그는 흥분을 가라앉히고 당황한 목소리로 말했다.

"종신 서기 선생께 뭐라고 말했습니까?"

그가 그의 가정부에게 존댓말을 쓰는 것은 처음 있는 일이었다. 이폴리트 파타르는 그것을 사태의 심각성을 나타내는 신호로 인식했다.

"모르티마르 선상님과 돌네 선상님이 선상님을 찾으러 이곳에 왔었고,

선상님과 작은 사무실에 틀어박혀 있었다는 것, 그리고 그 후에 그분들이 아카데미 프랑세즈에서 찬사의 말을 하다가 죽었다고 말했에여……."

"분명, 말하지 않겠다고 맹세하셨잖습니까, 바베트!"

"예, 그렇지만 단지 선상님을 구하기 위해서 말씀드린 것뿐이어여……. 지가 막지 않으면 선상님도 다른 사람들처럼 그곳에 죽으러 가실 테니까여."

마르탱 라투슈는 쉰 목소리로 말했다.

"좋아요. 종신 서기 선생께 또 무슨 말씀을 하셨습니까?"

"작은 사무실 문에 귀를 대고 들은 내용을 이야기했에여."

"바베트, 내 말 잘 들어!"

마르탱 라투슈는 바베트에게 다시 반말을 하기 시작했다. 그것이 이폴리트 파타르에게는 더욱 심각하게 느껴졌다.

마르탱 라투슈가 말을 이었다.

"바베트! 나는 자네에게 문 뒤에서 무슨 소리를 들었는지 결코 물어본 적이 없었네…… 맞는가……?"

"맞어여, 주인님……."

"자네는 그것을 잊겠다고 맹세했고, 나는 그것이 무엇인지 묻지 않았네. 구태여 그럴 필요가 없다고 생각했기 때문이지. 하지만 자네가 들은 내용을 잊지 않고 그대로 기억하고 있다니까……, 종신 서기 선생께 한 말을 나에게 해주어야겠네."

"너무도 지당하신 말씀이어여, 선상님. 선상님 목소리가 *'아닙니다! 아니에요! 그것이 있을 수 있는 일입니까? 이 세상에 그보다 더 큰 범죄가 어디 있겠습니까!'* 라고 말씀하시는 것을 들었다고 저 선상님께 얘기했어여."

　바베트의 말을 들은 그는 아무 말도 하지 않았다. 그는 생각을 하고 있는 듯했다. 그의 손은 책상 위에 놓여 있지 않았고, 전혀 보이지도 않았다. 그는 방에서 가장 어두운 구석으로 물러나 있었다. 이폴리트 파타르는 조금 전에 길거리에 울려 퍼지던 거리의 악사의 곡조보다 오래된 이 집을 짓누르고 있는 그 침묵이 더 무섭게 느껴졌다.

　악사의 소리는 더 이상 들리지 않았다. 인적도 없고, 아무 소리도 들리지 않았다.

　마침내 마르탱 라투슈가 입을 열었다.

　"그 외에 다른 말은 듣지 못했지? 바베트! 그 외에 다른 말은 하지 않았겠지!"

　"아무 말도여, 주인님."

　"자네에게 더 이상 맹세하라고 말하지 못하겠네. 소용이 없을 테니까!"

　"만약 지가 그 외에 다른 말을 들었다면, 종신 선상님께 그 얘기를 했을 거여여. 선상님을 구하고 싶으니까여. 더 이상 이야기하지 않은 것은 그 이상 들은 이야기가 없기 때문이어여……."

　그러자 마르탱 라투슈가 큰 소리로 웃어댔다.

　바베트와 이폴리트 파타르는 놀란 표정을 지었다.

　그는 바베트에게 다가가더니 그녀의 뺨을 어루만졌다.

　"자네에게 겁을 좀 주려고 그랬네! 자네는 용감한 여자야. 난 자네가 좋아. 하지만 종신 서기 선생과 할말이 있어. 내일 보세, 바베트."

　"내일 뵐 게여, 선상님……! 신께서 선상님을 지켜주시기를! 지는 지가 할 일을 했어여."

그녀는 이폴리트 파타르에게 예를 갖춰서 인사를 하고는 서재의 문을 조심스럽게 닫고 나갔다.

마르탱 라투슈는 계단을 내려가는 그녀의 발소리를 들었다. 그리고 나서 이폴리트 파타르에게 다가가 농담조로 말했다.

"아! 늙은 가정부들이란……! 헌신적이기는 한데, 어떤 때는 매우 거추장스러워요. 바베트가 선생께 허황된 이야기를 했을 겁니다……! 바베트는 머리가 약간 이상해졌답니다. 아시겠어요……? 아카데미 프랑세즈에서 두 사람이 죽은 뒤로 정신이 뒤죽박죽됐습니다……."

이폴리트 파타르가 대답했다.

"바베트를 용서해 주세요. 파리에는 그녀보다 훨씬 더 교육을 많이 받은 사람들도 그 사건 때문에 얼이 나가 있어요. 그런데, 친애하는 동료여! 그렇게도 애석한 사건이 고약한 우연의 일치가 있었음에도 불구하고 이렇게 선생의 얼굴이……."

"오! 저는 말입니다, 저는 미신을 믿지 않습니다. 아시겠습니까……?"

"미신을 믿는 사람이 아니더라도……."

바베트가 내지른 고함과 온갖 끔찍한 일을 다 겪고 난 후에 흥분이 아직 가라앉지 않은 가련한 마르탱 라투슈는 이렇게 말했다.

"종신 서기 선생, 저 정신나간 늙은 가정부가 선생께 말씀드린 것처럼 막심 돌네 선생이 돌아가시기 전날의 비밀스러운 이야기를 하자면, 엘리파스의 공개적인 협박……이 있고 나서, 주앙 모르티마르 선생이 급사하자 그분은 매우 충격을 받았습니다……. 막심 돌네 선생은 심장병을 앓고 있었습니다……. 주앙 모르티마르 선생과 마찬가지로 기분 나쁜 농담을 하는 그 어떤 자로부터 편지를 받았을 때, 그분은 겉으로는 의연한 척했지만 내심 심한 충격을 받으셨던 것이 분명합니다. 색전증(혈관이나 림프관 등에서 생기거나 외부에서 들어간 이물질이 혈관 속으로 들어가 혈관을 막게 함으로써 일어나는 병증—옮긴이주)은 그 정도만으로도……."

이폴리트 파타르가 몸을 일으켰다. 그의 가슴은 팽창되면서 공기로 부풀어올랐다. 그는 마치 잠수부가 비정상적으로 오랫동안 물 속으로 사라졌다가 물위로 나왔을 때 쉬는 가파른 숨처럼, 마치 생명을 되돌려 주는 것 같은 큰 숨을 내뱉었다.

그가 말했다.

"아, 마르탱 라투슈 선생! 그렇게 말씀하시는 것을 들으니 얼마나 안심이 되는지요……! 바베트가 들려준 그 모든 이야기를 듣고는 그만, 양식이 있는 사람의 눈에 확연하게 드러나는 자명한 진실에 대해서 의심을 품기 시작했음을 솔직히 말씀드립니다……!"

마르탱 라투슈가 가볍게 냉소를 지으며 말했다.

"그럼요! 그럼요……! 상상이 됩니다……. 거리의 악사……! 퓌알데스 사건……. 모르티마르 선생과 돌네 선생과 저와의 만남……. 그분들의 죽음……. 저의 비밀스런 사무실에서 흘러나온 끔찍한 말들……."

이폴리트 파타르가 잠시 말을 끊었다.

"맞습니다……! 저는 도저히 어떻게 생각해야 할지 모르고 있었습니다……."

마르탱 라투슈는 마치 커다란 신뢰감과 진한 우정을 느끼는 듯한 몸짓으로 이폴리트 파타르의 두 손을 잡았다.

"종신 서기 선생, 저의 비밀스런 사무실로 들어오시지요……."

그가 말했다.

그러면서 그는 이폴리트 파타르에게 미소를 지었다.

그가 말을 이어갔다.

“제 비밀의 전모를 아셔야지요……. 모두 다 들려드리겠습니다……. 선생께서도 저처럼 연로하시니까……. 이해하시겠지요……? 지나치게 우는 소리는 하지 않겠습니다. 아마 듣고 나면 웃으실 겁니다……!”

마르탱 라투슈는 이폴리트 파타르를 이끌고 특수 열쇠로 비밀스러운 작은 사무실의 문을 열었다. 그 열쇠는 ‘결코 손에서 놓는 일이 없는 열쇠’ 라고 그는 말했다.

“자, 바로 그 은신처입니다!”

그 성실하고 정직한 남자가 문을 열면서 말했다.

그것은 불과 몇 제곱미터밖에 안 되는 방이었다. 창문은 아직 열린 채로 있었고, 마루 위에는 책상과 안락의자가 쓰러져 있었고, 종이며 갖가지 물건들이 어지럽게 뒹굴고 있었다. 피아노 위에 놓인 등잔불은 매우 이상한 악기가 걸려 있는 벽을 대략적으로 비추고 있었다. 이폴리트 파타르는 이 난장판을 보고 걱정스레 눈을 크게 떴다.

마르탱 라투슈는 문을 잠그고 창문 쪽으로 다가가 잠시 밖을 내다보고는 곧바로 창문을 닫았다.

그가 말했다.

“이제 그 자가 가버린 것 같군요. 오늘밤에도 *어쩔 도리가 없다*는 것을 알아챘군요……!”

“누구 말씀이신가요?”

다시금 마음이 불안해진 이폴리트 파타르가 물었다.

"아! 예, 물론 우리 바베트가 말했듯이, 허디거디 악사 말이지요."

그러고 나서 그는 침착하게 책상과 안락의자를 바로 세우고는, 이폴리트 파타르를 바라보며 어린아이 같은 천진난만한 미소를 짓고는 낮은 목소리로 말했다.

"종신 서기 선생! 보세요, 이곳이 진짜 제 집입니다……! 다른 방처럼 잘 정돈이 되어 있지 않지요. 하지만 바베트는 여기 발을 들여놓을 권리가 없습니다……! 수집품들, 악기들을 모두 여기 숨겨두지요……. 만약 바베트가 아는 날에는……, 모두 불을 지르고 말 겁니다……! 예, 예! 그렇다니까요……! 불을 지른다구요……! 적어도 15세기까지 거슬러 올라가는 저의 **북방 리라**며 저의 **음유 시인의 하프**며…… 저의 네벨(고대 이스라엘의 현악기에 속하는 활 하프의 명칭—옮긴이주)이며, 저의 프살테리움(14세기경 동양에서 유럽으로 전해져 쓰인 치터형의 발현악기—옮긴이주) 그리고 저의 **기턴**(중세에 사용되던 기타의 옛 형태—옮긴이주)……! 아! 종신 서기 선생, 제 **기턴**을 보셨습니까……? 자 보세요……! 그리고 저의 아치류트(류트의 일종—옮긴이주)……! 저의 테오르보(류트의 일종—옮긴이주)를…… 모두 다 태워버릴 겁니다! 태워버려요……! 그리고 저의 **만도라**(만돌린의 전신—옮긴이주)도……! 아, 제 **기턴**을 보고 계시군요! 지금까지 알려진 것 중에 가장 오래된 거랍니다. 아시겠어요……? 바베트는 이것들을 모두 불 속에 던져버릴 겁니다……! 그럼요! 그렇고 말고요……! 제가 말씀드리는 대로요……! 아! 바베트는 얼마나 음악을 싫어하는지……!"

마르탱 라투슈는 이폴리트 파타르의 가슴까지 저릴 정도로 한숨을 크게 내쉬었다…….

늙은 음악광이의 말은 계속되었다.

　"그 모든 것이……, 그 모두는 바베트가 그 터무니없는 퓌알데스 이야기를 듣고 자랐기 때문입니다……. 우리가 젊었을 때 로데즈에 사는 사람들은 그 이야기만 했습니다! 그 불쌍한 남자를 살해하는 동안 라 방칼의 집 앞에서 허디거디의 손잡이를 돌리고 있던 거리의 악사들……! 종신 서기 선생, 바베트는 평생 악기라고는 거들떠보지도 않았습니다. 이 악기들을 여기에 들여오는 데 얼마나 많은 상상력을 동원해야 했는지, 선생은 절대로……, 절대로 모르실 겁니다……. 들어보세요, 저는 현재 배럴오르간 하나를 사려고 합니다……. 그런 이름으로 불리는 물건이지만, 그 중에서도 가장 오래된 배럴오르간이지요! 그 오르간을 발견한 것이 얼마나 큰 행운인지 상상해 보십시오! 그 악기를 가지고 연주하는 그 불쌍한 양반은 자기가 들고 있는 것이 보물이라는 사실을 꿈에도 모르고 있었습니다…….

　어느 날 오후 네 시쯤 퐁 뇌프와 강변로가 만나는 모퉁이에서 그 양반을 만났습니다……. 그 양반이 적선을 하라고 하더군요……. 저는 정직한 사람이거든요. 제가 그의 오르간 값으로 오백 프랑(한화로 약 구 만원—옮긴이주)을 내겠다고 했습니다. 거래는 곧바로 성사되었지요. 생각해 보세요……! 오백 프랑……! 그것은 그 사람에게는 큰 돈일 테니, 거저 빼앗은 건 아닙니다. 제가 줄 수 있는 만큼 주기로 한 거지요. 하지만 그 악기를 어떻게 손에 넣느냐 하는 것이 문제였습니다! 바베트가 아무것도 눈치채지 못하는 경우에만 지불을 하기로 했습니다! 그런데…… 무슨 운명의 장난인지……. 그 양반이 올 때면 바베트가 늘 있는 거예요……! 우리는 바베트가 집에 없다고 생각하는 순간에, 바베트는 뜰에서, 계단에서 그 양반을 찾아내는 겁니다……! 그리고 죽을힘을 다해 쫓아가는 겁니다……! 다행히도 그 양반이 몸이 날쌔서…….

오늘 저녁에는 바베트가 잠을 자는 것을 확인한 즉시 제가 줄로 악기를 끌어서 곧장 사무실로 올리기로 약속이 되어 있었지요……. 저는 책상 위에 올라가 있었고, 줄을 던지려는 순간에 그만…… 책상이 넘어졌습니다. 그 소리를 듣고 당신네 둘이 누가 저를 암살하는 줄 알고 뛰어 올라온 겁니다……. 아! 종신 서기 선생……, 그때 우산과 부젓가락을 들고 계신 선생 모습은 아주 재미있었습니다. 우습기는 했지만 매우 용감하셨지요……!"

그 말을 하고 마르탱 라투슈는 웃기 시작했다…….

이폴리트 파타르도 따라 웃었다. 마르탱 라투슈가 말한 자신의 모습이 우스워서라기보다는, 자기가 *걸어다니는 상자*를 그토록 무서워한 것이 우스워서였다.

모든 일이 그처럼 자연스럽게 이해가 되다니……! 사실은 모든 것이 다 자연스럽게 이해가 되는 것은 아니었다……! '이 사람은 어린아이만큼의 분별력도 없을 때가 있거든' 하고 파타르는 생각했다. 바베트에게 하는 행동이나 거리의 악사 이야기는 얼마나 우스꽝스러운가!

아……! 미친 듯한 불안감을 한바탕 겪은 후에, 그것은 아주 기분 좋은 순간이었다! 이폴리트 파타르는 많은 사람들이 그렇듯이…… 아, 애석하게도! 자기 가정부의 횡포로부터 벗어나지 못하는 노총각 마르탱 라투슈의 운명이 측은하게 느껴졌다.

마르탱 라투슈가 다시 호인같이 웃으면서 말했다.

"저를 너무 동정하지 마십시오……! 만약 바베트가 없었다면 저의 괴벽 때문에 비참한 신세를 면치 못했을 겁니다……! 저는 부자가 아닌데도 악기 수집을 하느라고 경술한 짓을 많이 했습니다……! 착한 바베트는 한 푼이라도 아껴 써야 했죠. 나 때문에 자기를 위해서는 한 푼도 쓰지 못했어요……! 바베트는 어머니처럼 저를 돌봐줍니다……. 하지만 음악 소리는 지독히 싫어하지요……!"

그 말을 하면서 마르탱 라투슈는 주인과 함께 울고 웃기 위해서 주인의 손길을 기다리며 가련한 영혼이 잠들어 있는 자신의 소중한 악기들을 경건한 손짓으로 어루만졌다.

"그래서 저는 악기들을 아주 부드럽게 어루만집니다……! 아주 부드럽게요……! 너무도 부드러운 동작이어서 우리가 울고 있다는 것을 알고 있는 것은 우리뿐이지요……! 어쩌다가…… 바베트에게 장을 봐오라고 보내는데 성공할 때면……, 제가 구할 수 있는 가장 오래된 줄을 매어둔 조그만 기턴을 집어들고! 진짜 음유 시인(중세 유럽에서 봉건제후의 궁정을 찾아다니며 스스로 지은 시를 낭송하던 시인—옮긴이주)이라도 된 것처럼 아주 오래된 곡조를 연주합니다……. 아니, 아닙니다. 종신 서기 선생……, 저는 절대로 그렇게 불행하지 않습니다. 정말입니다……! 게다가 제게는 피아노가 있다는 점도 알아주세요……! 저는 피아노를 가지고 하고 싶은 대로 뭐든지 할 수 있습니다……! 제가 원하는 곡들을 연주합니다. 멋진 곡, 우렁찬 서곡, 온갖 미지의 것을 향한 행진……! 아, 그것은 바베트가 설거지할 때에 그녀를 방해하지 않는 정말 놀라운 피아노입니다……!"

마르탱 라투슈는 그렇게 이야기하면서 피아노 앞으로 달려가 건반을 정말 열정적으로 훑었다.

이폴리트 파타르는 광란의 피아노 소리를 기대했으나, 피아노는 주인의 심혈을 기울인 연주에도 불구하고 아무 소리도 내지 않았다. 그것은 벙어리 피아노였고 따라서 아무런 소리도 내지 못했다. 이웃을 방해하지 않고 음계 연습을 하도록 만들어진 피아노였다.

마르탱 라투슈는 고개를 뒤로 젖히고, 영감에 따라 곱슬머리를 휘날리며, 눈은 하늘을 향하고 손이 튀어오르도록 연주를 하면서 말했다.

"어떤 때는 하루 종일 연주를 합니다……. *그 소리를 듣는 것은 저 혼자뿐이지요!* 하지만 귀가 멍멍해질 정도로 큰 소리가 납니다……! 오, 그것은 진정한 오케스트라지요……!"

그러더니 그는 갑자기 피아노 뚜껑을 닫았다.

이폴리트 파타르는 그가 우는 것을 보았다……. 그래서 이폴리트 파타르는 그 음악 애호가에게 다가갔다.

"이보시오……."

그는 아주 다정하게 말했다.

마르탱 라투슈가 고르지 못한 목소리로 말했다.

"오, 선생은 정말 좋은 분이십니다! 좋은 분이라는 것을 압니다……! *선생 같은 분이 있는 단체에 들어가게 되어서 영광입니다*……! 이제 선생께서는 저의 모든 걱정거리를 알게 되셨습니다……. 은밀한 만남이 이루어지는 저의 비밀스런 사무실……, 또한 바베트가 문 뒤에서 엿듣는다는 것을 알고 제가 왜 그토록 고민에 빠졌는지도 알게 되셨습니다……. 저는 바베트를 좋아합니다……. 하지만 저는 저의 기턴도 좋아합니다……. 둘 중 어느 것 하나와도 떨어지기 싫습니다……. 비록 집에…… 먹을 것이 떨어질 때도 있습니다마는……. 아! 종신 서기 선생, 아무 말씀도 하지 마세요! 선생은 독신이기는 하지만 수집가는 아니니까요……! 노총각이 수집가의 정신을 갖고 있는 것은 정말 끔찍한 일입니다……! 예, 예, 저에겐 다행히도 바베트가 있습니다……! 그리고 어쨌거나 배럴오르간을 갖게 될 거고…….

아주 오랜 곡조를 들려줄 오르간……. 어쩌면 퓌알데스 사건에 사용되었을지도 모르는 오르간……! 혹시 압니까……?"

마르탱 라투슈는 손등으로 이마의 땀을 훔쳤다.

"자, 시간이 꽤 늦었습니다……!"

그가 말했다.

그는 매우 조심스럽게 이폴리트 파타르를 작고 비밀스런 방으로부터 커다란 서재로 인도했다. 그리고 다시 문을 닫으며 말했다.

"어떻게 이렇게 늦게 오셨습니까, 종신 서기 선생……?"

"선생께서 아베빌 주교의 의석을 거부하신다는 소문이 들리더군요. 저녁 신문에 그렇게 인쇄되어 있습니다."

마르탱 라투슈가 갑자기 단호해진 목소리로 낮게 말했다.

"허튼소립니다……! 허튼소리에요……! 곧바로 아베빌 주교, 주앙 모르티마르 선생, 막심 돌네 선생에 대한 삼중의 찬사의 말을 준비할 겁니다……."

이폴리트 파타르가 말했다.

"내일 신문사에 공문을 띄우겠습니다. 그런데 말씀해 보세요, 선생……."

"말씀하시죠……! 무슨 일입니까?"

"어쩌면 이런 질문을 드리는 것이……."

이폴리트 파타르는 매우 거북해 하는 듯이 보였다. 그는 자기 우산의 손잡이를 이리저리 돌리고 있었다……. 그리고 그는 마침내 뭔가를 결심한 듯 말했다.

"선생에 대한 신뢰감을 갖고 있기 때문에 위험을 무릅쓰겠습니다. 우선,

이것은 곤란한 질문이 아닙니다. 혹시 모르티마르 선생과 돌네 선생을 잘 아십니까?"

마르탱 라투슈는 아무 대답도 하지 않고 책상 위에서 등잔불을 가지고 와서 이폴리트 파타르의 머리 위로 치켜들었다.

그가 말했다.

"종신 서기 선생, 거리로 통하는 문까지 바래다 드리겠습니다. 혹시나 위험한 일을 당할까 두려우시다면 댁까지 모셔다 드리겠습니다……. 하지만 이 동네는 보기에는 음산해 보여도 아주 조용한 곳입니다……."

"아니, 아닙니다, 선생……. 그럴 필요 없습니다……!"

마르탱 라투슈는 더 이상 권하지 않으며 말했다.

"원하시는 대로 하십시오……. 제가 불을 밝혀드리겠습니다……."

그들은 층계참에 서 있었다.

마르탱 라투슈는 조금 전에 받은 질문에 대해 답했다.

"예, 예, 물론입니다……. 저는 주앙 모르티마르……와 막심 돌네……를 잘 알고 있었습니다. 우리는 오래된 친구 사이……, 오래된 동료였지요……. 우리 셋이 모두 아베빌 주교 의석을 계승할 수 있는 대등한 후보의 지위에 올랐을 때……, 일을 복잡하게 꾸미지 말고, 일이 진행되는 대로 맡기자고 결정했지요. 우리는 때때로 모여서 세상 돌아가는 이야기를 했지요. 이 집 저 집 돌아가면서……. 모르티마르가 선출된 후에, 엘리파스의 협박 이야기는 우리에게 그저 재미있는 이야깃거리에 불과했습니다……."

"그 대화가 바베트를 공포의 도가니로 몰아넣었군요……. 친애하는 동료여, 어쩌면 제가 그점에 대해서 실례되는 질문을 드려야 될 것 같군요……. 선생께서 '아닙니다! 아니에요! 그것이 있을 수 있는 일입니까? 이

세상에 그보다 더 큰 범죄가 어디 있겠습니까!' 라고 이야기할 때 무슨 범죄에 대해서 이야기하고 계셨습니까?"

마르탱 라투슈는 이폴리트 파타르에게 뒤꿈치로 더듬어서 계단을 잘 살피라고 주의를 주면서 몇 계단을 내려오도록 했다.

그가 다시 말을 했다.

"아, 아닙니다……! 전혀 실례될 것이 없습니다! 전혀요! 막심 돌네가 농담을 하기는 하면서도, 위협적인 말을 남긴 뒤에 사라진 엘리파스의 말로 인해 내심 충격을 받았다고 말씀드렸습니다……. 그날 막심 돌네는 농담하는 투로 입회 연설에 대한 생각에 몰두해 있는 모르티마르에게 이틀 전에 있었던 선출을 축하하면서, 사르(엘리파스의 다른 이름—옮긴이주)의 위협이 호시탐탐 노리고 있으니까 조심하라고 충고했습니다. 감히 아베빌 주교의 의석 위에 앉으려고 하는 자에게 치명적인 것이 될 거라고 엘리파스가 선언한 적은 없었지 않습니까……? 그래서 저는 그보다 더 좋은……, 아! 이 계단에서는 조심하십시오, 종신 서기 선생! 그래서 저는 이야기를 재미있게 하는데 그보다 더 좋은 방법이 없겠다 싶었지요……. 거기도 조심하십시오……. 궁륭입니다! 그래서 저는 소리를……, 여기! 왼쪽으로요, 종신 서기 선생……! 그래서 저는, 과장되게 소리를 질렀습니다. *'아닙니다! 아니에요! 그것이 있을 수 있는 일입니까? 이 세상에 그보다 더 큰 범죄가 어디 있겠습니까!'* 라고요. 자, 이제 다 왔습니다."

두 사람은 어느새 대문 앞까지 와 있었다……. 마르탱 라투슈는 무거운 쇠창살문을 소리 나게 잡아당겨서 커다란 열쇠를 돌려, 문을 자기 쪽으로 잡아당기면서 광장을 내다보았다.

그가 말했다.

"모두 조용합니다. 모두들 자고 있어요……. 제가 모셔다 드릴까요, 친애하는 종신 서기 선생?"

"아니, 아닙니다! 저는 어리석습니다! 저는 가련하고 어리석습니다! 아! 친애하는 동료여, 마지막으로 선생과 악수를 해도 되겠습니까……?"

"*마지막*이라니요……! 다른 사람들처럼 저도 죽을 거라고 생각하십니까……? 아, 저는 그런 데 대해서는 초연합니다……! 게다가, 저는 심장병도 없습니다……!"

"아니, 아닙니다……! 제가 어리석었습니다……. 지금보다 덜 슬플 때가 오고, 그 모든 것에 대해서 웃을 수 있는 날이 있을 거라는 희망을 가져야 합니다……! 자, 친애하는 신입 회원이여, 안녕히……! 안녕히 계십시오……! 그리고 다시 한번 축하 드립니다……."

이폴리트 파타르가 완전히 원기를 되찾고 용기백배하여 우산을 겨누듯이 들고는 벌써 퐁 뇌프로 접어들고 있을 때, 마르탱 라투슈가 그를 불렀다.

"보시오……! 한 마디만 더……! 그 모두가 저의 작은 비밀이란 것을 잊지 마십시오……!"

"저를 잘 모르시는군요……! 오늘 저녁에 선생을 보지 않은 것으로 합시다! 안녕히 주무시오, 친애하는 친구여……!"

5
세 번째 시도

드디어 그날이 되었다. 아카데미 프랑세즈에서는 막심 돌네의 장례식 이후 열다섯 번째 날을 그날로 정했다. 고명한 단체에서는 앞선 두 신입 회원의 비극적인 종말로 인해 빚어진 유감스러운 상황이 오래 지속되는 것을 원치 않았다. 아카데미 프랑세즈측은, 엘리파스 드 라 녹스의 제자들과 마담 드 비티니의 친구들과 영물학(영혼을 다루는 학문) 모임의 친구들이 끊임없이 퍼뜨리고 있는 그 모든 소문들을 하루빨리 종식시키고자 했다.

사르는 땅 위에서 사라진 듯했다. 그를 만나기 위한 모든 시도는 수포로 돌아갔다. 그를 수소문하기 위해서 유능한 기자들이 파견되었지만 그들은 모두 빈손으로 돌아왔고, 그가 그처럼 오랫동안 나타나지 않는다는 사실은 큰 걱정거리가 되었다. 그것은 사르가 어딘가 숨어 있다는 것이 명백한 사실이 되었다. 하지만 그는 왜 숨어 있는 것일까?

한편, 일반적으로 건강한 정신을 가진 사람들이 첫번째의 충격으로, 아니 오히려 두 번째의 충격으로 약간 횡설수설하기는 했지만 위기가 지나자 완전히 균형을 되찾아갔다. 따라서 마르탱 라투슈와 있었던 그 감동적이고 비밀스러운 만남 이후에 가장 평온했던 사람은 다름아닌 이폴리트 파타르 였다. 그는 자신의 명랑한 분홍색을 되찾기까지 했다.

그러나 마르탱 라투슈의 입회 날이 되자, 현명한 자나 분별없는 자나 할 것 없이 모든 사람들의 호기심이 증폭됐다. 많은 군중은 프랑스 학술원 회 관으로 몰려들었고, 그들은 좀더 앞으로 가기 위해서 서로 다투기까지 해 서 그 주변은 교통이 완전히 마비되었다.

내부의 공개 회의실에서는 남녀 할 것 없이 모두들 서로 밀쳐대면서 서 있었고, 서서히 시간이 흘러가면서 엄청나게 혼란스런 군중을 내리누르는 침묵이 한층 더 무겁고 암울해져가고 있었다.

이 성대한 의식에 아름다운 마담 드 비티니는 참석하지 않은 것을 알 수 있었다. 사람들은 그것을 끔찍한 징조로 받아들였다……. 만약 *무슨 일이 일어난다면*, 그녀가 오지 않은 것은 잘 한 일일 것이다. 그 자리에 있다가는 광란의 도가니에 빠지기 전에 먼저 그녀의 몸이 갈기갈기 찢길지도 모르는 일이었다!

그녀가 요전번 의식 때 차지했던 자리에는 반듯한 신사가 자리잡고 있었 다. 그 남자는 볼록 튀어나온 배 위로 두꺼운 금줄 장식을 하고, 두 손을 조 끼 주머니에 찔러 넣은 채 앉아 있었다. 그의 얼굴은 전혀 천재의 얼굴이라 고는 할 수 없었지만 미련한 것과는 거리가 멀어보였다. 머리카락으로 애 써 가리려고 하지 않은 이마는 대머리가 그대로 노출되어 이마가 좁은 것 이 눈에 띄지 않았다. 평범하게 생긴 코에는 금테 코안경이 걸려 있었다.

그 신사는 가스파르 랄루에트, 바로 그였다. 그는 근시는 아니었지만, 위대한 작가들처럼 많은 문학 작업으로 시력이 나빠졌다는 인상을 주는 것을 싫어하지 않았다.

그는 주위에 있는 사람들 못지 않게 흥분되었고, 꽤 우스꽝스럽게 눈썹을 치켜올리는 신경성적인 버릇이 나타나고 있었다. 그는 마르탱 라투슈가 연설할 단상을 바라보고 있었다.

이제 일 분! 일 분만 있으면, 의장이 개회를 시작할 것이고…… 만약에……, 만약에 마르탱 라투슈가 도착한다면…….

아직 마르탱 라투슈가 도착하지 않았던 것이다. 그의 추천자들은 하릴없이 그를 기다리고 있었다. 그들은 초조하고 실망하는 듯한 기색으로 머리를 이리저리 돌렸다 하면서 문에 서 있었다.

그는 최후의 순간에 물러선 것일까……? 아니면 겁을 먹은 것일까……?

이폴리트 파타르는 그렇게 자문하고 있었다. 그런 생각을 하자 그는 단번에 노란색 파타르로 변했다…….

아! 이렇게 살아야 하나……! 아, 종신 서기의 삶이란……! 의식이 끝날 것으로……, 무사히 끝날 것으로 기대했던 단 한 사람이 여기에 있는데……!

갑자기 이폴리트 파타르는 멀리서 들려오는 함성에 귀를 기울이며……, 똑바로 일어섰다. 밖에서 들리는 함성……. 점점 가까이…… 빠르게 들리는…… 열광에 찬 그 소리는 분명 마르탱 라투슈를 따라오고 있는 함성이었다…….

"그 사람이다!"

이폴리트 파타르가 크게 외쳤다.

함성과 웅성거리는 소리, 혼란스런 군중의 움직임이 한데 섞여 나는 소

음이 위협적일 정도로 커졌는데, 오히려 그 소음은 사람들의 마음을 안심
시켰다. 하지만 밖에서 외치는 소리를 도저히 알아들을 수 없는 지경에 이
르렀다……!

수많은 사람들에 의해서 하나의 흥분된 감정을 하나의 숨결로 호흡하고
있던 공간 전체가 갑자기 숨을 멈추었다……!

마치 폭풍이 둥근 천장을 휘감는 듯했다……. 군중의 파도가 벽에 부딪
치고, 문을 덜커덩거리게 하고……, 경비와 군인들은 회의장 안까지 후퇴
를 했다……. 그런 난리법석 가운데 일종의 특이한 으르렁거림 같은 것이
윤곽을 드러내기 시작했다. 그것은 무한히 지속되는 비통한 신음 소리 같
았다.

이폴리트 파타르는 머리털이 곤두서는 것을 느꼈다.

그때, 사람인지 동물인지 형체를 분간할 수 없는 뭔가가 굴러 들어오고
있었다. 누더기가 된 치마와 이리저리 뜯겨져나간 블라우스를 입고는 꽉
움켜쥔 손으론 고르곤(그리스 신화에 나오는 추악한 얼굴의 세 마녀로 머리에 뱀을 감
고 있다―옮긴이주)의 머리를 쥐어뜯으며 이렇게 외치고 있었다.

"종신 선상님! 종신 선상님……! 그분이 죽었에여……! 선상님께서 그분
을 죽였에여……!"

6
살인을 하는 노래

무자비한 이 소설의 작가는 관심을 갖고 이 극적인 사건을 지켜보는 익명의 군중이 어떤 상태에 있었는지에 대해 설명할 생각을 단념한다.

그러니까 마르탱 라투슈는 죽었다! *다른 사람들처럼* 죽었다! 프랑스 학술원 회관에서 연설을 하다가 죽은 것이 아니고, 연설문을 읽기 위해서 아카데미 프랑세즈로 가려던 순간에 죽은 것이니, 결국 *다른 사람들처럼* 아베빌 주교의 의석을 차지할 태세가 되어 있었는데 죽은 것이다.

울부짖는 늙은 가정부 바베트 주위에 모여 있던 사람들의 감정은 거의 광적인 수준에 도달해 있었고, 밖에 있는 군중은 물론 파리 시민들의 감정까지도 그리 이성적인 상태는 아니었다.

당시의 전체적인 감정 상태를 상기하려면, 그 가증스러운 사건이 재발한 다음날 신문 기사를 다시 읽어보면 된다. '에폭' 지의 편집자 노트가 당시의 감정 상태를 꽤 정확하게 반영하고 있다.

여기 그 편집자 노트가 있다.

"연쇄 변사 사건이 진행되고 있다! 주앙 모르티마르 다음에 막심 돌네, 그 다음에 이번에는 마르탱 라투슈가 '불멸의 지성'의 문턱에서 죽었으며, 아베빌 주교의 의석은 아직 비어 있는 채로 남아 있다! 비밀에 둘러싸인 인물, 엘리파스가 탐냈던 자리에 앉으려고 시도했던 세 번째의 아카데미 회원이 급사했다는 소식은 어제 저녁 번개와 같은 속도로 파리 전 시내에 퍼졌다. 그리고 우리는, 이 믿지 못할 사건이 터진 후 몇 시간 동안 파리 시내에서 무슨 일이 일어났는지 알기 위해서 벼락이라도 동원하지 않으면 안 될 지경에 이르렀다. 하늘에서 벼락이라도 맞은 듯이 정신을 잃고, 거리로, 카페로, 극장으로, 살롱으로 돌아다니면서, 과연 지금 계몽의 도시 파리에서 그런 말을 들어줄 만한 사람이 있을까 의심이 되는 어리석은 말을 하면서 다니는 사람들도 있었다. 그들이 떠들고 다니는 말을 여기서 다시 반복하는 데에 시간을 낭비할 생각은 추호도 없다! 엘리파스 드 생텔름 드 타이유부르그 드 라 녹스는 그의 기괴한 은신처에서 즐거워하고 있을 것이다. 그러나 이제는 웃음을 멈추었다. 우리는 막심 돌네의 죽음 이후 지금까지 암시에 그치고 말았던 우리의 의견을 드높이 만천하에 공포한다……. *아니다! 아니다! 그 모든 죽음은 전혀 자연적인 것이 아니다!* 첫번째 죽음 앞에서 놀라지 않았을 수도 있다. 두 번째 죽음을 보고는 반신반의했을 수도 있다. 그러나 지금 그 세 번째 죽음을 의심을 한다면, 그것은 죄악이다! 그러나 이 점만은 분명히 하자. 우리가 그 죽음들이 자연적인 것이 아니라고 말하는 것은, 알려진 자연 법칙을 벗어난 어떤 불가사의한 힘에 의해 생겨났다는 것을 말하려는 것은 절대 아니다! 그런 객담은 **영물학** 모임의 부인네들에게나 맡기고자 한다. 우리는 '암살자가 개입되어 있으니 그를 잡아야 한다' 고 검사장에게 분명히 말했다."

모든 언론이 이구동성으로 공권력의 개입을 요청하고 있었다. 이 점에 있어서 언론은, 세 명의 아카데미 프랑세즈 회원이 독살당했다고 주장하는 여론을 따르고 있는 것이었다. 죽은 사람의 부검을 맡은 의사들이 마르탱 라투슈는 겉보기에는 건장한 체격이지만 노쇠가 빨리 진전되어 쇠잔해졌기 때문에 죽었다고 발표했음에도 불구하고, 검찰에서는 여론을 잠재우기 위해서 계속 수사를 해야만 했다.

제일 먼저 심문을 받은 사람은 자연히 그 운명적인 날에 기절한 채 집으로 실려왔던 마르탱 라투슈의 가정부 바베트였다. 그날 같은 시간, 이폴리트 파타르는 친구들에 의해서 한심한 상태로 집에 실려왔었다. 주인의 죽음에 대한 복수의 일념에 불타고 있는 바베트가 정말 희한한 마르탱 라투슈의 죽음에 대해 이야기한 바는 다음과 같다.

"얼마 전부터 지 주인께서는여, 오로지 당신께서 해야 할 연설 하나만 위해서 사셨에여. 주인께서 아베빌 주교에 대해 이야기하는 것을 들었에여. 모르티마르 선상님과 돌네 선상님에 대해서도, 마치 무슨 사랑스러운 신이나 되는 것처럼 말을 하셨에여. 어떤 때는 진짜 배우가 된 것처럼, 장에 달린 거울 앞에 서기도 하셨에여. 그 나이에 그러는 것을 보고 있자니, 참 딱하다는 생각이 들었에여. 만약에 지가 그놈의 마법사가 한 말 때문에 걱정만 되지 않았어도, 대놓고 웃어주었을 것이어여. 그 선상님들은 마법사의 말을 그 망할 놈의 아카데미에는 당치도 않은 것으로 생각했지여. 그 마법

96

사가 그때 벌써 두 사람이나 죽였잖어여.

　지는 한 가지 생각밖에 할 수 없었어여. 그놈이 지 주인님을 죽일 거라는 것 말이어여! 그 말은 지가 벌써 종신 선상님께 말씀했어여. 하지만 그 선상님께서는 아카데미 회원이 하나 더 있어야 하기 때문이라고 하든가 뭐라든가, 아무튼 지 말은 듣지 않으셨어여. 그래서 지는 주인님께서 연설 연습을 하실 때마다, 주인님의 발을 붙들고 무릎을 끌어안으면서 미친년처럼 울며 종신 선상님께 사퇴서를 보내라고 애원을 했세여. 지가 그 때문에 얼마나 걱정을 했는데…… 그런데 그 걱정이 들어맞았어여. 그 증거는여, 지가 매일같이 배럴오르간을 켜는 허디거디 악사를 보거든여. 지는 로데즈 출신이어여. 가련한 퓌알데스 사건이 난 다음부터여 허디거디 악사는 불행을 가져와여. 그 얘기도 지가 종신 선상님께 했어여. 허지만 그것도 쇠귀에 경 읽기였어여.

　그래서 지 혼자 다짐했어여. '바베트! 넌 이제부터 주인님 곁에 꼭 붙어 있어야 한다. 마지막 순간까지 주인님을 지켜드려야 한다' 하고여. 연설을 하는 날, 지는 화장을 하고 나서여, 부엌문을 열어놓고 주인님을 살펴보고 있었어여. 주인님께서 궁륭 밑으로 지나가시기를 기다리고 있었어여. 그 불길한 아카데미까지……, 세상 끝까지……, 어디라도 주인님을 따라가려고 결심하고 있었어여! 그래서 주인님을 기다리고 있는데, 주인님께서 나타나지를 않았어여. 벌써 한 십오 분 전에는 거기를 지나가셨어야 하는데 말이에여……! 지는 조바심이 나기 시작했어여. 그런데 그때 갑자기 무슨 소리가 들렸는지 아시겠어여……? 범죄의 노래……! 그 불쌍한 퓌알데스를 죽인 그 노래어여……! 그래여……! 그 허디거디 악사가 아직 집 주위 어딘가에서 손잡이를 돌려 노래를 나오게 하고 있었어여……!

지는 등에 식은땀이 흘렀에여……. 더 이상 말할 것도 없었에여. 그것은 불길한 징조였에여……! 누가 지 귀에 대고 죽은 사람을 위한 기도를 들려 주었어도 지는 놀라지 않았을 것이에여……. 지 혼자서 이렇게 말했에여. '저것이 아카데미 시간을 알리는 종이구나…… 죽음의 시간을……!' 그리 고서 지는 혹시 허디거디 악사가 길에 있는지, 혹시 있다면 그 자에게 조용 히 해달라고 말하려고 창문을 열었에여……. 그런데 거리에는 아무도 없었 에여……. 부엌에서 나와 보니까……, 궁륭 아래도 아무도 없고……! 마당 에도 없고……! 그런데 노래는 계속 들리는 것이에여……. 그 소리가 이번 에는 위에서 들렸에여. 어쩌면 허디거디 악사가 계단에 있는지도 모르 지……. 그런데 계단에도 없었에여……! 혹시 이층에……? 이층에도 없었 에여……! 그 불쌍한 퓌알데스의 노래만 계속해서 지를 따라다니는 것이었 에여……. 갈수록 소리는 더욱 커졌에여…….

지는 서재의 문을 열었에여……. 노랫소리가 꼭 책 뒤에서 나오는 것같 았에여……! 주인님은 거기에 없었에여……. 주인님은 지가 들어가 본 적 이 없는 그 작은 사무실에 있는 것이 분명했에여……! 지는 가만히 들어봤 에여. **범죄의 노래가 작은 사무실에 들어 있었에여**……! 아……! 그것이 도 대체 있을 수 있는 일인가여……! 지는 터질 듯한 가슴을 부여잡고 사무실 문 쪽으로 가까이 갔에여……. 지는 '선상님, 선상님……!' 하고 불렀에여. 하지만 아무런 대답이 없었에여……. 노래는 그 사무실 문 안쪽에서 계속 돌아가고여……. 아, 얼마나 슬프던지여……! 노래가 하도 슬퍼서 숨도 제 대로 쉬지 못하겠고, 눈에 눈물이 다 고이는 것이에여……. 이 세상이 시작 된 때부터 지금까지 남의 손에 죽은 사람들이 모두 다 우는 것 같았에 여……!

지는 쓰러지지 않으려고 손으로 문을 짚었에여. 그러자 문이 열렸에여……. 바로 그때 *범죄의 노래의 손잡이가 작동하기 시작하는 날카로운 소리 같은 것이 크게 들렸에여.* 꼭 지 귀와 가슴이 찢어지는 것 같았에여……! 지는 너무 놀라서 사무실 안으로 넘어질 뻔했에여……. 근데 그곳에서 본 것들이 저를 다시 동상처럼 두 발로 꼿꼿하게 일어서도록 했세여. 분명 악마의 허락을 받아서 그곳에 들어온 것이 분명한, 말인지 소인지 알 수 없는 악기들이 쌓여 있는데, 거기에 지 주인님께서 허디거디 악사의 오르간 위에 엎어져 있는 거에여. 지는 그 물건이라는 것을 알아보았에여! 분명히 범죄의 노래를 돌리던 그 오르간인데……, 허디거디 악사는 거기 없었에여……! 주인님의 손은 손잡이 위에 올려져 있었에여……. 지는 주인님께 달려들었에여. 그러니까 주인님 몸이 쓰러졌에여……! 몸이 마루 위로 넘어갔에여……. 숨이 꼴깍 넘어갔에여……! 불쌍한 지 주인님께서 죽어버렸에여…… *'살인을 하는 노래'의 손에 죽었에여……!"*

영물학 모임을 드나드는 사람들이 비밀스럽게 떠들고 다니는 말과 비슷한 이 이야기가 이상한 영향을 미친 터라, 그 이상야릇한 사건의 수사 결과에 대한 너무도 자연스러운 설명은 여론을 만족시키지 못했다.

수사를 통해서 드러난 것은 마르탱 라투슈가 몰래 수집품을 모으는 재미에 빠져서 먹는 것도 아꼈던 아주 열렬한 수집광이었다는 사실이었다. 그가 바깥에서 점심을 먹겠다고 하고는 점심 값 몇 푼을 절약해서 아낀 돈을 골동품상이나 옛날 악기를 파는 가게에 가서는 아낌없이 썼다고 사람들은 말했다.

바베트의 감시를 피해서 그 말 많던 오르간이 그의 집에 오게 된 것도 분명 그렇게 해서였을 것이다. 사람들은 그가 너무 오랫동안 잘 먹지 못하고 지쳐 있었기 때문에 오르간 손잡이를 점검해 보는 순간에 쓰러졌다는 단순한 설명을 인정하지 않았고, 신문은 허디거디 악사에 대한 추적에 나설 것을 경찰에 촉구했다.

그러나 허디거디 악사는 엘리파스처럼 종적이 묘연했다. 이를 본 일부 기자들은 마치 그런 일을 진작에 예상했어야만 했다는 듯이, 엘리파스와 허디거디 악사는 동일 인물로서 그가 바로 암살자라고 주장하기에 이르렀다.

아무도 이 주장에 반대하고 나서는 사람은 없었다. 공교롭게도 세 사람 모두 죽었고, 그 죽음 하나하나는 자연스러운 것같이 보였지만, 그 자연스러운 죽음이 세 번 잇달아 일어났다는 것은 어쨌든 가공할 만한 일이었기 때문이다.

결국 시체 부검을 한다는 발표가 나왔다. 유감스럽게도 그런 결론을 내릴 수밖에 없었던 것이다. 프랑스 학술원의 고명한 인사들의 영향력과 저지의 노력에도 불구하고, 마침내 주앙 모르티마르와 막심 돌네의 관을 열었다.

법의학자는 독의 흔적을 찾아내지는 못했다. 주앙 모르티마르의 몸에서는 특별할 만한 것이 발견되지 않았다. 그러나 막심 돌네의 얼굴에서는 보통 때 같으면 눈에 띄지 않았을지 모르나 사체가 부패되면서 나타난 것으로 보이는 상처 자국이 발견됐다. 가벼운 화상이었는데, 얼굴에 별처럼 보이는 상처가 남아 있었다. 막심 돌네의 얼굴을 가까이 쳐다보면 *제의실에 있는 태양의 형태 같은 것*이 보인다고 의사가 말했다. 이 같은 사실은 세 명의 의사 중 두 명이 확인한 바다.

법의학자들은 물론 마르탱 라투슈의 시체 부검도 했는데, 코와 입을 통해서 흘러나온 가벼운 코피의 흔적을 찾았을 뿐이었다. *요컨대, 코끝과 시체가 바닥에 닿아 있던 쪽의 입가에 피가 흘러서 굳은 흔적이 있었다.*

사실상 그 출혈은 몸이 마루 위로 쓰러지는 충격으로 생긴 것이 틀림없었지만 이미 사람들의 상상력에 발동이 걸린 터라, 그 하찮은 상처에도 알 수 없는 중요성을 부여해서, 세 사람의 죽음을 둘러싼 전설적인 이야기가 군중의 머릿속에 확고하게 들어앉았다.

두 명의 전문가는 아카데미 프랑세즈 회합이 한창 진행되고 있는 가운데 두 명의 신입 회원에게 전달되었던 협박 편지 두 통을 성심껏 감정했으며, 그 편지의 글씨가 그들이 사전에 입수해 가지고 있던 엘리파스 드 라 녹스의 필적과 일치하지 않는다는 발표를 했다. 그러나 어떤 사람은, 감정인들 중에는 필적이 일치한다고 감정을 했다가 잘못 되는 일을 당하지 않기 위해서 종종 잘못된 감정을 하는 감정인도 있다고 했다.

마지막으로 배럴오르간 문제가 남았는데, 다소간 그럴듯해 보이는 스트라디바리우스 바이올린을 가끔 취급하는 골동품 감정인 하나가 문제의 오르간을 보고 싶다고 했다.

마르탱 라투슈가 운명하는 순간에 연주하고 있던 그 낡은 오르간이 보통 오르간일 리는 없으며, 엘리파스 같은 사람이 그곳에 그 도구를, 아니 한술 더 떠서 신비한 범죄의 *수단*을 감춰두었을 거라며 흥분하는 사람들을 잠재우기 위해 일단 그의 청이 수락되었다. 골동품 감정인은 그 오르간을 매우 세심하게 조사했으며, 바베트가 *범죄의 노래*라고 일컫는 곡조도 직접 연주해 보았다.

사람들은 그에게 물었다.

“그 오르간은 보통 오르간과 같은 건가요?”

그가 대답했다.

“아니오, 이건 보통 오르간이 아닙니다……. 이탈리아에서 온 건데 오래되고, 희한한 오르간입니다.”

“그럼 뭔가 이상한 점이 있다는 겁니까?”

“아니오, 이상한 점은 찾지 못했습니다.”

“그 오르간이 범죄의 공범이라고 생각하십니까?”

“그 점에 대해선 전혀 모르겠습니다. *저는 범죄의 노래의 손잡이가 작동하기 시작하는 날카롭고 큰 소리가 나는 순간에 그곳에 있지 않았습니다.”*

골동품 감정인은 매우 모호한 대답을 했다.

“그렇다면 범죄가 일어났다고 생각하십니까?”

“글쎄요! 글쎄요!”

사람들이 그 사람에게 ‘글쎄요! 글쎄요!’ 가 무슨 뜻이냐고 물었지만, 그는 ‘글쎄요! 글쎄요!’ 만을 고집했다.

그 골동품 감정인의 ‘글쎄요! 글쎄요!’ 는 사람들의 마음을 더욱 혼란스럽게 하고야 말았다.

그 사람은 라피트 거리에 살며, 그림 거래도 했다. 그의 이름은 가스파르 랄루에트였다.

7
토트의 비밀

그로부터 며칠 후, 오후 3시 15분. 라 바렌 생 틸레르 역에서 볼록 튀어나온 배 위로 두꺼운 금줄 장식을 한 45세쯤 된 승객이 객차 이등 칸에서 내리고 있었다.

무척 추운 날씨라 케이프(소매가 없는 망토식의 겉옷—옮긴이주)로 몸을 잘 감싸고, 표 받는 직원과 짧게 이야기를 나눈 그는 마른 강(프랑스 북동부 파리 분지를 흐르는 강—옮긴이주) 쪽으로 가는 중앙 통로로 들어서서 쉔느비에르로 통하는 다리를 건너, 강 연안에서 오른쪽으로 꺾어들었다.

그는 약 십오 분 동안을 걸은 후에야 방향을 잡은 듯했다. 그는 지난여름 이후로 인적이 없었던 별장을 지나서, 평평하고 황량한 지대에 와 있었다. 최근에 내린 새하얀 눈이 그의 발 밑에 펼쳐져 있었으며, 케이프 자락이 팔의 움직임에 따라 팔랑거려서, 그는 마치 눈 위에 있는 커다란 검은 새처럼 보였다.

멀리, 아주 먼 곳에 뾰족한 지붕 하나가 싸락눈 때문에 온통 하늘빛으로 물들어버린 작은 숲에 가려져 보일 듯 말 듯한데도 불구하고 다행히도 여행객의 눈에 띄었다. 그의 입에서는 곧 심사가 편치 않음을 드러내는 몇 마디 소리가 터져 나왔다. 그는 한겨울에 이런 고장에 살다니 *머리가 돈 거라*며 투덜댔다.

그는 그러면서도 걸음을 재촉했다. 고무로 된 오버슈즈를 신고 있는 그에게는 자신의 발소리가 들리지 않았다.

거대한 침묵, 온통 새하얀 침묵이 그를 둘러싸고 있었다.

그 남자가 나무숲에 도착한 것은 네 시쯤이었다. 나무숲에 숨어 있는 사유지에는 높다란 담이 둘러쳐져 있었다. 단단한 철책이 출입을 막아 섰다.

시선이 닿는 곳 저 멀리까지 사람 사는 집이라고는 그곳 하나뿐이었다. 남자는 철책에 걸려 있는 초인종을 눌렀다. 곧바로 커다란 몰로스 종(고대 그리스와 로마의 전투견—옮긴이주) 개 두 마리가 입에 거품을 물고 으르렁거리면서 그에게 달려왔다. 만약, 그 개들과 남자 사이에 철책이 없었다면 아주 위험한 사태가 벌어졌을 것이다.

비록 이 사납고 식욕이 왕성해 보이는 개들을 두려워할 이유가 없었음에도 불구하고 남자는 자기도 모르게 뒷걸음질쳤다.

이윽고 지독히도 후두음이 많이 섞인 목소리가 들렸다.

"아작스! 아실! 우리로 갓! 빌어먹을 놈들!" (거인이 나중에 말하는 것은 발음이 분명치 않은데 이곳은 보통 사람의 분명한 발음으로 적혀 있다—옮긴이주)

그러더니 거인이 하나 나타났다.

아, 그것은 진짜 거인이었다! 거인은 평소의 자세인 듯, 약간 앞으로 수그린 자세로 무거운 어깨를 구부리고 있었는데 키가 이 미터 아니, 만약 그 거인이 똑바로 선다면 이 미터 오십은 될 것 같았다. 그 흉측해 보이는 거인은, 동그란 스포츠형 머리에, 흉노족처럼 기른 콧수염이 얼굴을 가렸고, 턱뼈는 철책에 이빨을 갈고 있는 개들보다도 더 무서워 보였다. 그는 그 놀라운 주먹으로 개들을 붙잡아 자기의 우람한 목에 걸고 개들을 항복시키더니, 이윽고 패배한 개들을 뒤쪽으로 내던졌다.

초인종을 누른 방문객은 약간 떨렸다. 아, 뭐 대단한 것은 아니고 어깨에 약간의 오한을 느꼈을 뿐이다! 물론 더운 날씨가 아닌 것은 분명했다……!

그는 속으로 중얼거렸다.

'분명히 개를 조심하라고 하기는 했지만 거인이 있다는 말은 못 들었는데……'

그 거인, 아니 그 괴물은 그 무시무시한 야만인의 얼굴을 철책에 갖다대며 물었다.

"무즌니리으?"

방문객은 그것이 '무슨 일이냐……?' 라는 뜻임을 알아차렸다. 그래서 그는 적당한 거리를 두고 이렇게 말했다.

"루스탈로 선생님을 만나고 싶습니다."

"그자란게바란게뭐으?"

방문객은 평균 지능을 갖고 있는 것이 분명했다. 이번에도 그는 '그 사람에게 바라는 것이 뭐요?' 라는 뜻임을 이해했다.

"급한 일이라고 전해 주시오. 아카데미 프랑세즈 사건 때문이라고요."

이 말을 하고 그는 자기 주머니 안에 미리 준비해 두었던 명함을 내밀었다. 거인은 그 명함을 받아들고 집의 정문 앞 계단같이 보이는 곳을 향해서 투덜거리면서 걸어갔다. 그러자 마자 그 무시무시한 개들이 다시 철책으로

와서 위협적인 주둥이를 철책 가까이에 갖다댔다. 그러나 이번에는 개들이 짖지 않았다. 개들은 핏발 선 눈으로 낯선 사람을 가만히 쳐다보고 있었다. 마치 철책 때문에 다가갈 수 없는 먹이를 한 조각 한 조각 뜯어가면서 평가하고 있는 듯했다.

겁을 먹은 방문객은 머리를 돌리고 이리저리 왔다갔다했다.

그는 큰 소리로 말했다.

"인내심을 가져야 한다는 것은 알고 있었지만, 사람들이 용기도 필요하다고 말해 주지는 않았단 말야."

그는 손목시계를 보고 나더니, 마치 자기 말소리가 자기 주위를 둘러싸서 이 외로운 집을 지키고 있는 세 괴물을 잊게 해주기를 바라기라도 하는 듯이 독백을 계속했다.

"아직은 늦지 않았어……! 잘된 일이야……. 그가 나를 집에 들이기 전에 한 시간, 두 시간, 세 시간을 기다려야 하는 수도 있는 모양인데……. 그 사람은 실험을 하는 동안에는 사람을 만나지 않고……, 어떤 때는 누가 기다린다는 사실을 잊어버리기도 하지……. 위대한 루스탈로는 무슨 일을 해도 상관이 없다는 말씀이지."

그가 한 이 몇 마디를 들어보건대, 사라졌던 거인이 아닌 위대한 루스탈로가 직접 그에게 다가오는 것을 보았을 때, 그가 얼마나 놀라고 기뻐했는지 알 수가 있었다.

보편적인 지식의 명예이자, 영광인 위대한 루스탈로는 체격이 작았다. 다시 말해서 그의 키는 평균보다 작았다.

우리는 이미 그가 일 외의 다른 면에 있어서는 무기력하고 멍하며, 일상적인 일이 어떻게 돌아가고 있는지 모르는 채, 사람들 속에서 멀리 떨어진 가벼운 그림자처럼 지내고 있다는 사실을 알고 있었다. 그 사실을 모르는 사람은 없었으며, 방문객 또한 그것을 알고 있는 것이 분명했다. 그는 루스탈로가 그렇게 빨리 나타난 것을 보고 매우 놀랐을 뿐만 아니라, 키 작은 그 위대한 인물이 짧은 다리로 전속력을 다해 철책 쪽으로 달려와서, 자기에게 인사하는 것을 보는 그의 태도에서 경악의 감정이 그대로 드러났기 때문이다.

"당신이 가스파르 랄루에트 선생인가요?"

"예, 나리……, 접니다. 분부를 받고자 이렇게……."

가스파르 랄루에트는 자신의 중절모를 살짝 들어올리면서 말했다. 화상이자 골동품 감정인인 그는 무슨 중요한 일이 있을 때마다 케이프에 중절모 차림을 했다. 그것은 바이런 경(19세기 초 영국의 낭만파 시인─옮긴이주), 알프레드 드 비니(19세기 프랑스의 낭만파 시인, 극작가─옮긴이주)와 그가 낳은 채터톤(알프레드 드 비니가 쓴 연극 '채터톤'에 나오는 주인공─옮긴이주) 같은 위대한 유명 문인과 가능한 비슷해 보이고 싶어서였다. 그 이유는 그 무엇보다도 그가 문학에 대한 열정을 갖고 있었으며, 또한 교육 공로 훈장 수훈자였기 때문이다.

환하게 웃음을 짓는 위대한 루스탈로의 발그스레한 얼굴이, 몰로스 종개의 무시무시한 두 머리 사이로 그것들과 거의 같은 높이에 위치한 채 철책에 나타났다. 그것은 볼 만한 구경거리였다.

"배럴오르간을 감정한 것이 바로 선생이십니까?"

위대한 루스탈로가 물었다.

과학적 몽상에 빠져 도대체 무슨 생각을 하는지 종잡을 수 없을 때에는 베일에 가린 듯이 보이던 그의 작은 눈이 갑자기 생기가 돌면서 날카롭게 반짝였다.

"예, 나리. 접니다!"

다시 한번 냉랭한 공기 속으로 들렸다 내려지는 모자.

"자, 들어오시오……. 바깥은 추워요……."

그러고 나서 위대한 루스탈로는 철책에 질러진 빗장을 열었다…….

"들어오시오!"

무섭게 생긴 개들과 친구일 때는 그렇게 말하는 것이 그리 어려울 것도 없을 것이다……. 개들은 문이 열리자마자 날뛰었고, 가련한 가스파르 랄루에트는 생의 마지막 순간이 온 줄 알았으나, 루스탈로가 혀를 끌끌 차자 개들은 뛰어오르는 것을 멈췄다.

"제 개들을 무서워할 것 없습니다. 양처럼 순한 걸요."

루스탈로가 말했다.

과연 날뛰던 개들은 주인의 손을 핥으면서 눈 위를 기어오르고 있었다.

가스파르 랄루에트는 용감하게도 안으로 들어갔다. 루스탈로는 그를 안내했다. 그는 철책을 닫은 후에 랄루에트를 앞서서 갔다. 두 마리의 개도 그 뒤를 따르고 있었고, 가스파르 랄루에트는 잘못 움직였다가는 그 개들이 돌이킬 수 없는 짓을 하게 하는 결과를 가져올까 두려워 감히 뒤도 돌아보지 못했다. 그들은 현관 계단을 올라갔다.

벌판 한가운데 있는 루스탈로의 집은 규석벽돌로 지어진 튼튼하고 안락한 집이었다. 그 집을 빙 둘러싼 마당과 정원에는 위대한 루스탈로의 작업실로 사용하는 장소임이 분명해 보이는 조그만 건물들이 있었다. 그의 작업은 화학, 물리학, 의학, 그리고 인간의 일상적인 무지와 오만으로 잘못 분류된 거짓 이론들을 혁신하는 것이다.

위대한 루스탈로의 특징은 혼자서 작업을 한다는 것이었다. 사람들은 그가 성격상 그늘진 편이어서 여럿이 하는 작업을 참지 못한다고 말했다.

그는 일 년 내내 이 집에서 단 하나뿐인 일꾼, 거인 토비와 함께 살았다. 그 사실은 잘 알려져 있었다. 사람들은 그 사실에 대해서 그다지 놀라지 않았다. 천재에게는 고독이 필요한 법이니까.

가스파르 랄루에트는 루스탈로의 뒤를 따라서 이층으로 통하는 계단이 있는 비좁은 현관으로 들어섰다.

"거실로 올라가시죠. 그곳이 이야기하기에 편할 거요."

위대한 루스탈로가 말했다.

이어서 그는 이층으로 통하는 계단으로 올라갔다. 가스파르 랄루에트는 당연히 그를 따라갔고, 개들이 그의 뒤를 따랐다.

이층에 있는 거실은 바로 지붕 밑에 있었다.

그는 거실 문을 열었다. 그 방의 벽에는 아무런 장식도 없었고 단지 조그만 원탁 하나와 짚으로 된 의자 셋이 댕그라니 놓여 있었다. 두 사람은 거실로 들어갔다. 두 마리의 개도 여전히 뒤따라왔다.

위대한 루스탈로가 말했다.

"조금 높지요? 저는 지하실에서 일을 하고 방문객들은 여기서 기다리면 되니까 저한테 방해가 되지 않습니다. 친애하는 랄루에트 선생, 좀 앉으시오. 무슨 일로 여기 오셨는지 잘 모르겠습니다만, 제가 도움이 될 수 있다면 좋겠소. 제가 읽는 신문에서 보니까……."

"나리, 저는 신문을 읽지 않지만 저의 부인이 저를 위해서 신문을 읽어줍니다. 그렇게 해서 저는 시간도 절약하고 세상 돌아가는 일도 모두 알게 되지요."

그러나 그는 더 이상 설명하지 않았다. 방금 전까지 다정하게 굴던 위대한 루스탈로의 태도가 걱정이 될 정도로 갑자기 이상해졌다. 가만히 있지 못하고 계속 움직이던 그 조그만 몸이 한순간 그의 의자 위에서 밀랍 인형처럼 굳어졌고, 열심히 깜박거리던 그 눈도, *마치 먼 곳에서 무슨 소리가 들리지 않나 듣고 있는 사람의 눈처럼* 정지된 채 멍하니 한 곳을 응시하고 있었다.

그와 동시에, 가스파르 랄루에트의 양쪽에 있던 두 마리의 개는 거대한 입을 벌리고 서서, 개는 '죽음을 보고 짖는다' 는 말처럼 느리고, 길고, 구슬프게 울부짖었다.

좀처럼 침착성을 잃지 않는 랄루에트였지만 너무 놀라고 겁이 나서 벌떡 일어났다.

루스탈로는 의자에 꼼짝 않고 앉아서 멀고 먼 곳으로부터 들리는 소리를 여전히 듣고 있었다. 마침내 그가 세상 끝으로부터 되돌아온 듯하더니, 마치 용수철을 단 인형처럼 기계적인 동작으로 재빠르게 개들에게 달려들어 소리가 들리지 않을 때까지 그 조그만 주먹으로 개를 때렸다.

그리고는 다시 랄루에트에게 돌아와 그에게 앉으라고 권하더니 이번에는 지독히도 무뚝뚝하고 불쾌한 어조로 말했다.

"자……! 빨리 서둘러요……! 난 낭비하고 있을 시간이 없단 말이오……! 얘길해 봐요……! 아카데미 프랑세즈의 그 사건, 세 사람의 죽음……. 세 사람의 숭고한 죽음은 참으로 유감스럽소……. 하지만 나도 어쩔 도리가 없소, 안 그렇겠소! *그런 일이 다시 일어나지 않기를 바라야 할 것이오……!* 그 사람 좋은 파타르 선생이 말했듯이, 도대체 우리는 앞으로 어떻게 되는 겁니까? 어떻게 되는 거냐구요……? 확률 계산만으로는 네 번째 자연사의 발생을 설명하기에는 불충분해요……. 그렇고 말고, 만약에 영광스럽게도 내가 소속되어 있는 아카데미 프랑세즈가…… 만약 아카데미 프랑세즈가 만 년 전부터 존속했고, 또…… 만 년 동안에 그런 일이……! 아니! 그걸로 끝이야……. 셋만으로도 이미 지나쳐요! 그러니까 이제는 안심해도 됩니다……! 보시오, 랄루에트 선생! 뭐라고 말 좀 해봐요……. 어서……! 선생께서 배럴오르간을 감정했다고요……? 그리고 선생께서 말씀하기를…… 그걸 읽었는데……. 선생께서, '글쎄요! 글쎄요!' 라고 하셨다고요. 결국 선생은 이번 일을 어떻게 생각하시오?"

그는 한층 부드러워진 목소리로 덧붙였다.

"*살인을 하는 노래* 이야기는 참 야릇하단 말이오."

"그렇지요?"

이제 자신의 본론을 만난 가스파르 랄루에트는, 여전히 자리를 지켜보고 있는 두 마리의 개들에 대한 생각은 잊어버리고, 마침내 이 한마디로 이야기에 '끼어들었다.'

"그렇지요……? 그래서요, 나리……. 나리를 뵈러 온 것은 그 일 때문입니다……. 그 일 때문이에요. 그리고 **토트의 비밀** 때문입니다. 나리께서는 신문을 본다고 하셨으니까요."

"아! 나는 대강 훑어봅니다. 랄루에트 선생! 저한테는 랄루에트 선생 부인처럼 대신 신문을 읽어줄 사람도 없고, 낭비할 시간이 없는 것은 선생이나 마찬가지니까요. 그럼요……. 그리고…… 나는 *선생의 토트의 비밀*이란 것이 뭔지도 모릅니다!"

"아! 불행히도 그것은 제 것이 아닙니다! 사람들 말을 들어보면 만약 그것이 제것이라면 제가 우주의 주인이 되는 거라고 합니다……. 하지만 그

것이 어떤 건지는 말씀드릴 수 있습니다.”

“선생, 미안해요. 미안하지만 주제를 벗어나는 이야기는 하지 맙시다! *살인을 하는 노래*와 *토트의 비밀* 사이에 무슨 관계라도 있습니까?”

“물론입니다, 나리. 그렇지 않다면 제가 왜 그 말을 했겠습니까…….”

“도대체 어쩌자는 거요? 여기에 온 목적이 뭐요?”

“가장 현명한 학자이신 나리께 *토트의 비밀*을 알고 있는 존재가 다른 사람들이 알지 못하는 방법으로 사람을 죽일 수 있는 건지 여쭤보려고 왔습니다. 이 비통한 사건과 관련해서, 전문가로서 제 의견을 제시하라는 요청을 받은 저, 가스파르 랄루에트가 알고 싶은 것은 바로 이겁니다. 단지 이 문제 하나 때문에 제가 나리를 뵈러 온 겁니다. 즉, 마르탱 라투슈가 살해당했을 가능성이 있는가? 막심 돌네가 살해당했을 가능성이 있는가? 주앙 모르티마르가 살해당했을 가능성이 있는가?”

랄루에트가 이 세 가지 가설을 다 마치기도 전에, 두 마리의 개는 다시 그 무시무시한 입을 열었고, 그 입으로부터 조금 전보다 더욱 더 애처로운 죽음의 울부짖음이 흘러나왔다! 그 앞에서 *마치 먼 곳에서 무슨 소리가 들리지 않나 듣고 있는 사람의 눈처럼* 멍한 눈을 하고 한 곳을 쳐다보고 있는 작은 위인 루스탈로의 얼굴은 백짓장처럼 창백했다.

그러나 그는 개들이 짖도록 그냥 내버려두었고, 가스파르 랄루에트는 개의 울음소리와 함께 한층 더 끔찍하고 소름끼치는 소리, 사람의 소리라고 할 만한 소리를 들은 것처럼 느꼈다. 그러나 그것은 착각이었다. 개들의 울부짖음이 그치자 사람의 울부짖음이라고 느껴졌던 그 소리도 함께 사라져버렸기 때문이다. 그러자 루스탈로는 다시금 눈을 생기 있게 깜박거리며 짧게 마른기침을 하고는 말했다.

"그분들이 암살당한 것은 물론 아니오……. 그런 일은 있을 수가 없어 요."

루스탈로가 소리쳤다.

"그럼요……! 그런 일은 있을 수 없어요……! 그리고 **토트의 비밀** 같은 건 말도 안 되는 소리에요!"

루스탈로는 코끝을 긁으며 말했다.

"흠! 으흠!"

그의 눈은 다시 멍하니……, 멀리…… 떠나가고 있었다.

루스탈로는 다시 이야기를 하려는 랄루에트의 말을 듣지도 않았고, 그를 쳐다보지도 않았다. 심지어 그가 거기 있다는 사실조차 잊고 있는 듯했다.

루스탈로는 랄루에트가 그곳에 있다는 사실을 잊어버렸으므로 방문객 에게 예의상 하는 말도, 안녕히 가라는 인사도 없이 그를 몰로스 종 개 두 마리와 함께 남겨두고 조용히 방문을 닫고 나가버렸다.

랄루에트는 문 쪽으로 다가갔으나, 개들이 문과 자신 사이를 가로막고 서서, 비록 말로 표현하지 않을 뿐이지 그가 그쪽으로 한 발자국도 가지 못 하도록 방해하고 있다는 것을 알았다.

그러자 그 딱한 사람은 완전히 얼이 빠져서 자기가 현재 어떤 처지에 놓 여 있는지 알지도 못하고 사람을 불렀다. 그러다가 자기 목소리가 분을 돋 군 듯 두 마리 개가 흉측한 이빨을 내보였기 때문에 입을 다물어버렸다.

그는 뒷걸음질쳐 창문 쪽으로 갔다. 그리고 창문을 열며 혼잣말을 했다.

'만약 거인이 지나가는 것이 보이면 그 사람에게 신호를 보내야겠어. 위 대한 루스탈로는 내가 자기 개들과 함께 있다는 사실을 완전히 잊어버린 것이 분명하단 말씀이야.'

그러나 지나가는 사람은 보이지 않았다……. 마당에도, 벌판에도, 아무도 없었으며 내려다보이는 곳은 오직 눈의 사막이었다……. 그는 경험상 이 계절에는 밤이 빨리 오므로 이제 곧 밤이 된다는 사실을 알고 있었다.

그는 온갖 비참한 예감에 시달렸다. 추운 날씨에도 불구하고 땀을 비 오듯 흘리면서 뒤로 돌아섰다.

개들은 입을 다물었다. 그는 용기를 내서 개들을 쓰다듬을 자세를 취하자 개들은 다시 입을 쫙 벌렸다…….

그때 갑자기 어디선가 사람들의 아우성 소리가 들렸다. 아! 정말이지 이것은 분명히 사람 소리였다. 그 소리는 이 끔찍한 공간을 가득 채웠고, 그는 그 때문에 몸이 뼛속까지 얼어붙는 듯했다.

그는 다시 창문으로 달려갔다. 그는 그곳을…… 조금 전의 그 광란의 외침 소리로 진동했던 황량한 공간을 보았지만 지금 그의 귀에는 다시금 몰로스 종 개 두 마리의 끔찍한 울음소리가 들려오고 있었다. 가스파르 랄루에트는 두 손을 귀에 대고 맥없이 의자에 주저앉았다……. 그는 아무 소리도 들리지 않자, 이번에는 벌어진 개의 입을 보지 않기 위해서 눈을 감았다.

그때 누가 문을 밀고 들어오는 소리에 눈을 떴다. 루스탈로였다. 개들은 다시 입을 다물고 있었다. 모든 것이 정지된 듯했다. 조금 전과는 달리 그렇게 조용할 수가 없었다.

위대한 루스탈로가 점잖게 사과했다.

"잠시 선생을 혼자 내버려두어서 죄송합니다……. 실험할 때는 말이죠……."

그러더니 이상한 냉소를 지으면서 이렇게 덧붙였다.

"하지만 선생은 혼자가 아니었지요……. 보아하니 아작스와 아실이 곁에 있었던 듯하군요……. 아! 그놈들은 진짜 애완견이지요."

다시 분위기가 자연스러워지고 다정해진 루스탈로를 보자 동요된 감정이 한층 누그러진 랄루에트는 약간 당황한 목소리로 말했다.

"친애하는 나리……, 조금 전에 매우 끔찍하게 울부짖는 무슨 소리를 들었습니다."

"그럴 리가요! 여기서요……?"

루스탈로는 놀란 듯이 물었다.

"여기서요!"

"여기는 늙은 토비와 나밖에는 없소. 방금 전에 그 노인네를 보고 왔는데요."

"그렇다면 이 부근에서 났나 봅니다."

"그럴 거요……. 뭐, 마른 강의 밀렵꾼이…… 삼림 감시원하고 싸움이라도 했겠지요……. 헌데 선생은 무척 흥분하신 것 같습니다……. 랄루에트 선생! 별일 아닙니다……. 진정하세오……. 잠깐, 문을 닫읍시다……. 자, 이렇게 하면 우리만의 집이 되는 것이오. 이제 우리 이성적인 사람처럼 이야기해 봅시다……. 나에게 *토트의 비밀*과 *살인을 하는 노래*에 대한 의견을 물어보러 오시다니 선생도 좀 무모한 것 아니오? 아카데미 프랑세즈의 사건은 참으로 이상한 사건이외다. 그러나 훌륭하신 파타르 선생 말마따나, 엘리파스니 타이유부르그니 또 뭐니 하는 알 수 없는 것들을 가지고 그 사건을 더욱 더 복잡하게 만드는 짓은 삼가해야 할 것이오. 그 불쌍한 파타르가 아프다는 것 같던데요?"

"나리, 저에게 나리 집에 가보라고 조언을 한 것은 레몽 드 라 베시에르 선생입니다."

"레몽 드 라 베시에르? 미친 놈! 마담 드 비티니의 친구……. 영물학……. 책상을 돌아가게 한다고 그런 자를 학자라고 부르다니! *토트의 비밀*은 그 자가 잘 알겠구만. 그 자가 내 집에 가서 뭘 하라고 합디까?"

"사실은 이렇습죠! 제가 그 사람 집에 갔었어요. 며칠 전부터 그것이 뭔지도 모르면서 *토트의 비밀*에 대해서 많은 이야기들을 하고 있었기 때문이지요. 처음에는 사람들이 엘리파스를 비웃었잖습니까? 그런 그가 지금은 모든 이에게 끔찍스러운 존재가 되어서, 위셰트 가에 있는 그의 실험실을 수색했더란 말입니다. 그런데 그곳에서 인류의 신비에 관한 공식을 발견했는데, 그것이 생각하는 것처럼 그리 무해한 것은 아니었답니다. *원거리에서 사람을 죽이기 위해* 물리학이며 화학을 동원했다고 합니다!"

"그와 비슷한 종류에 대포 화약에 관한 공식도 있지요……."

위대한 루스탈로가 빈정대며 말했다.

"예, 하지만 그 공식은 이미 잘 알려져 있는 거고……, 반면에 누구나 다 알고 있지는 않지만 모두에게 지극히 위험한 공식이죠……. 그것이 바로 *토트의 비밀*이라고 불리는 겁니다……. 위셰트 가의 실험실 벽 사방에 나타나 있는 것을 보건대, 신비로운 그 토트의 공식은 되풀이된다고 합니다. 여론의 촉구를 받는 사법관들, 기자들, 그리고 저는 매우 뛰어난 이집트학자인 레몽 드 라 베시에르 선생에게 토트의 비밀이 뭐냐고 물었습니다. 그분은 원문에 쓰여진 그대로 말했습니다. *만약 내가 바라기만 한다면, 너는 코와, 눈과, 입과, 귀를 통해서 죽으리니, 나는 공기와, 빛과, 소리의 주인이기 때문이다.*"

"그 늙은 토트, 기가 막힌 녀석이구만!"

위대한 루스탈로가 머리를 끄덕이며 빈정대는 투로 말했다.

"레몽 드 라 베시에르 선생의 말이 옳다면, 그 사람이 바로 마법의 창시자라고 합니다. 그는 그리스의 헤르메스라고 할 수 있는 인물로 헤르메스보다 아홉 배는 더 위대하다고 하는 것 같습니다. 이집트 제5왕조와 제6왕조의 왕들의 피라미드 묘실에서 벽에 적혀 있는 그의 공식을 발견했는데, 그 공식은 뱀에게 물리거나 전갈에게 찔리거나 또는 일반적으로 홀리는 재주를 가진 모든 동물의 공격으로부터 보호하는 공식들로 둘러싸여 있습니다. 그것이 현재 알려져 있는 가장 오래된 자료입니다."

"친애하는 랄루에트 선생! 말씀을 아주 박식하게 하는군요. 듣기에 아주 즐겁습니다."

위대한 루스탈로가 말했다.

"친애하는 나리, 저는 기억력이 아주 좋습니다. 자랑하려는 것은 아닙니다. 저는 무식한 사람이고, 토트의 비밀에 대한 나리의 의견을 여쭤보려고 왔습니다……. 레몽 드 라 베시에르 선생은 무덤에 적혀 있는 그 유명한 비밀의 *문구*에 대대로 이집트학자들을 질리게 만든 대수학이나 화학 기호 같은 알 수 없는 기호가 딸려 있다는 사실을 감추지 않았습니다. 그는 또 말하기를 엘리파스 드 라 녹스는 토트가 말하는 그 권능을 가져다주는 기호들을 해독했다고 합니다. 엘리파스 드 라 녹스는 이미 수 차례에 걸쳐서 그 사실을 시인한 바 있으며, 위셰트 가의 실험실을 수색할 때 그의 서류들 중에서 〈과거의 힘으로부터 미래의 힘을 향하여〉라는 제목의 육필 원고를 발견했는데, 이를 볼 때 엘리파스는 결국 그 시대의 학자들이 가공할 만한 사상을 이해하고 있었다는 것을 알 수 있습니다. 친애하는 나리, 상(上)이집트 시절에 이미 사제들이 전기를 발명했다는 사실은 물론 알고 계시리라 생각합니다."

"자네, 멋지네! 랄루에트! 어쨌든 계속 말해 보시지……. 정말 재밌군 그래."

루스탈로는 마치 원숭이처럼 몸을 구부리고 그 작은 손끝으로 발끝을 잡으면서 빈정대듯이 말했다.

가스파르 랄루에트는 그가 그처럼 속되게 구는 것을 보고 기가 막혔지만, 천재들은 보통 사람을 위해 만든 예절의 틀 안에서 살아갈 줄 모르는가 보다라고 생각하고는 아무런 눈치도 채지 못한 듯이 계속 말했다.

"레몽 드 라 베시에르 선생은 그 점에 대해서 매우 확고합니다. 그분은 이런 말을 덧붙이기까지 했습니다. '그들은 우리가 이제서야 겨우 발견해 낸 물질의 비물질화(dematerialization)와 관련된 무한한 힘에 대한 지식도 가지고 있었으며 그 힘을 측정하기도 했다. 덕분에 여러 가지 일이 가능했던 것이다' 라고."

위대한 루스탈로는 잡고 있던 발을 놓고 당긴 활처럼 몸을 쭉 펴서 몸을 바로 세우고는, 랄루에트의 턱까지 바투 다가앉았다. 그리고 자기 코끝을 긁으면서 이런 이상한 말을 했다.

"그래, 자네 말이 맞네!"

랄루에트는 눈썹 하나 까딱하지 않으며 말했다.

"나리께는 이 모든 이야기가 우스워 보이는군요, 친애하는 나리!"

"그걸 말이라고 하나?"

랄루에트는 다정하게 웃으면서 다시 말했다.

"저는 나리께서 그런 식으로 말씀하셔도 전혀 화나지 않습니다. 제가 그런 말에 솔깃한다고 생각하십니까? 이 일이 어떻게 된 일인지 나리께서는 잘 알고 계십니다. '만약 내가 바라기만 한다면, 너는 코와, 눈과, 입과, 귀를 통해서 죽으리니, 나는 공기와, 빛과, 소리의 주인이기 때문이다' 라는 내용의 토트의 비밀 문서가 알려지자마자, 모든 것을 설명하는 사람들이 나타난 겁니다."

"아하, 그렇군!"

"엘리파스가 토트의 비밀을 알고 있으니 *소리를* 마음대로 다룰 수 있겠다는 생각에서, 바베트가 말한 *살인을 하는 노래를* 떠올린 겁니다! 그리고 엘리파스나 허디거디 악사가 오르간 장치 안에다가 *노래를 하면서 죽이는 힘* 같은 뭔가를 집어넣었다가 나중에 치웠을 거라고 말한 겁니다. 그 대목에서 제가 오르간을 감정하겠다고 한 거죠."

"그러니까 그것이 당신의 관심을 끄는 사건이라는 겁니까, 랄루에트 선생?"

루스탈로는 다소 거친 말투로 질문을 던졌고, 그리 소심한 편이 아닌 불쌍한 랄루에트도 그 질문에는 그만 당황하고 말았다.

그는 꽤나 종잡을 수 없는 대답을 했다.

"다른 문제에 대해서보다 뭐 특별히 관심이 있는 것은 아닙니다……. 저는 오르간도…… 옛날 오르간을 판 적이 있거든요…… 그래서 좀 보려고 했습……."

"무엇을 찾아내셨습니까?"

"보세요, 나리……. 저는 오르간 속에서 아무것도 찾아내지 못했습니다. 하지만 오르간 옆에서 어떤 물건을…… 자, 여기 있습니다……."

랄루에트는 조끼 주머니에서 취주악기의 취구와 아주 흡사하고, 끝이 뿔처럼 생긴 길고 좁은 관을 꺼냈다.

위대한 루스탈로는 그 물건을 집어들어서 보고는 곧 돌려주었다.

"트럼펫 같은 것의 취구 같은 거로군……."

그가 말했다.

"저도 그렇게 생각합니다. 하지만 이 취구가 배럴오르간에 나 있는 구멍에 신기할 정도로 딱 들어맞는다고 생각해 보십시오. 저는 배럴오르간에서 이런 취구를 본 적이 없습니다……. 죄송합니다만……, 지금까지 들어온 어리석은 말들이 강박관념처럼 되어 버려서, 저는 어쩌면 이것이 *살인을 하는 소리*를 일정한 방향으로 유도하기 위한 취구일지도 모른다는 생각을 했습니다."

"그래요! 자, 친애하는 랄루에트 선생! 그만하면 됐습니다! 당신도 다른 사람들처럼 어리석군요……! 그 취구를 어떻게 하실 건가요?"

랄루에트가 얼굴의 땀을 닦으며 말했다.

"친애하는 나리……, 이걸 가지고 아무 일도 하지 않을 겁니다. 그리고 그 오르간에 대해서도 더 이상 신경 쓰지 않겠습니다. 나리 같은 분께서 토트의 비밀은……."

"어리석은 자들의 비밀이오……! 잘 가시오, 랄루에트 선생. 잘 가시오……! 아작스! 아실! 선생을 보내드려라!"

나갈 자유를 얻은 랄루에트는 그 자유를 누리는 대신 이렇게 말했다.

"한 말씀만 더 부탁드립니다, 친애하는 나리……. 그러면 제 마음이 얼마나 편해질지 나리께서는 아마 모르실 겁니다. 왜 그런지에 대한 설명은 나중에 드리겠습니다만."

"그게 뭐죠?"

루스탈로는 귀를 바짝 세우고 층계참에 멈춰 서서 물었다.

"말씀드리지요. 엘리파스가 *살인을 하는 노래*로 마르탱 라투슈를 죽였을 수도 있다고 이야기하는 사람들은, 빛이 갖고 있는 살인의 능력에 대해 이야기하는 토트의 비밀을 근거로 막심 돌네가 광선에 맞아 죽었다고 주장했습니다."

"광선에? 이거 정말로 선생을 감금해야겠구만! 왜 광선에 맞아 죽어요?"

"특별한 장치를 이용해서 미리 독을 넣은 광선을 눈에 쏘았고, 그래서 그가 죽었을 거라고요. 그들의 말을 빌리자면, 막심 돌네가 연설문을 읽는 동안에 광선이 그를 때렸으며…… 그래서 돌네 선생이 쓰러지기 전에 얼굴에서 파리를 날려버리거나, 신경 쓰이는 빛을 가리려고 할 때와 같은 몸짓을 했다는 겁니다."

"아하! 그게…… 발사되었다 이겁니까……? '빵' 하고 눈에 말이지요!"

"또 토트의 비밀이 입이나 코로도 죽일 수 있다는 겁니다. 그 미치광이들은, 사실 그들을 달리 부를 수는 없을 겁니다. 친애하는 나리, 그 미치광이들은…… 주앙 모르티마르에 대해서는 코를 통한 죽음을 선택했습니다!"

"비극적인 향기의 시인에게 그것보다 더 좋은 방법은 없었겠지요, 선생!"

위대한 루스탈로가 말했다.

"예, 향기는 *사람들이 생각하는 것보다 더 비극적인 경우*도 있다고 하지요."

"그러시라죠!"

"웃으세요, 친애하는 나리. 실컷 웃으세요! 나리를 끝까지 웃으시도록 해드리지요. 그 양반들은, 주앙 모르티마르에게 배달되었던 향기에 대한 끔찍한 문구를 담은 첫번째 편지는 완전한 엘리파스의 글씨체로써 진짜가 틀림없으나, 두 번째 편지는 누가 장난 삼아 보낸 거라고 주장합니다. 엘리파스는 그 편지에 나리께서도 분명히 들어보신 적이 있을 보르지아 가문(르네상스 시대에 두 명의 교황을 낸 에스파냐 발렌시아 출생의 귀족 가문으로 권력과 재물을 위해서 온갖 수단과 방법을 동원했으며, 독살도 서슴지 않았는데 그들이 사용한 독에는 보틀리누스나 비소 같은 것이 있다고 한다─옮긴이주)의 독처럼 감지하기 힘든 독을 넣었다고 합니다."

"얼씨구!"

위대한 루스탈로는 가스파르 랄루에트가 던진 매우 진지한 질문에 대해서, 그렇게 해야 한다고 생각한 듯 지극히 경멸적인 어조로 대응했기 때문에, 가스파르 랄루에트의 인내심과 예의범절이 한계에 달했으리라고 생각할 수도 있으나, 사실은 그와는 정반대였다. 기쁨에 겨운 랄루에트는 위대한 루스탈로를 품에 안고 뺨에 키스를 퍼붓는 사태를 초래했다. 그가 끌어안고 있는 동안 그 위대한 작은 학자는 기를 쓰면서 그의 작은 다리로 발버둥치고 있었다.

루스탈로는 소리를 질렀다.

"나를 좀 가만 내버려둬요! 날 내버려둬요! 안 그러면 개를 풀어서 당신을 물어버리게 할 거요!"

루스탈로는 계속 소리를 질러댔다.

그러나 이 무슨 기적 같은 우연인지, 마침 개들이 거기 없다는 것을 확인한 랄루에트의 기분은 극에 달했다.

가스파르 랄루에트는 큰 소리로 말했다.

"아! 얼마나 안심이 되는지! 정말 좋아요……! 나리는 정말 좋은 분입니다! 나리는 정말 위대하세요……! 대단한 천재십니다!"

"선생, 미쳤군요!"

마침내 몸을 빼낸 루스탈로는 자기에게 무슨 일이 일어나고 있는 건지 알지도 못하고 화를 내며 말했다.

"아닙니다! 미친 것은 그 양반들입니다! 한번 따라 해보세요, 친애하는 나리! 저는 갑니다."

"그렇다마다! 모두들 미치광이들이지!"

"아! 아! 모두들 미치광이들 그 말을 기억하겠습니다. 모두들 미치광이들!"

"모두들 미치광이들!"

루스탈로는 그 말을 되풀이했다.

두 사람은 함께 반복해서 외쳤다.

"모두들 미치광이들! 모두들 미치광이들……!"

그리고 나서 그들은 이제 세상에서 가장 친한 친구가 되어 서로를 바라보며 웃고 있었다.

마침내 랄루에트가 작별인사를 했다. 루스탈로는 매우 친절하게 그를 마당까지 배웅하더니, 밤이 이미 깊었다는 것을 알고는, 랄루에트에게 말했다.

"기다리시오! 등잔불을 가지고 조금 바래다 드리겠소. 선생이 넘어져서 마른 강에 빠지는 걸 바라지 않소."

잠시 후 그는 불을 켠 작은 등잔불을 그의 짧은 다리의 무릎 높이에서 흔들면서 다시 나타났다.

"갑시다!"

루스탈로가 말했다.

그는 조심스럽게 철책을 열고 닫았다. 거인 토비는 보이지 않았다. 랄루에트는 혼잣말을 했다.

'누가 이 사람보고 산만하다고 한 거야? 이처럼 모든 것을 세심하게 신경 쓰는 사람인데……'

그들은 십 분 동안 그렇게 걸었다. 그들이 마른 강 기슭에 도착했을 때 랄루에트는 편안한 오솔길을 발견했다. 이야기 도중에 약간의 과장된 감정 표현이 섞여 있었던 것에 대해 별로 싫지 않았던 랄루에트는, 크게 폐를 끼친 데 대해서 재삼 사과를 하고 위대한 루스탈로와 헤어지기 전에 한 마디 덧붙여야겠다고 생각했다.

"친애하는 나리, 정말이지 우리의 위대한 파리가 이제는 많이 약화되었습니다. 지극히 자연스럽게 세 사람이 죽었습니다. 파리 시민들은 그것을 나리와 저처럼 단지 이성의 힘으로만 설명하려고 하지 않고, 신을 부끄럽게 만들 만큼 부당한 권력을 휘두르는 광대들의 말만 믿고 있습니다."

"용감하다니까!"

위대한 루스탈로는 말을 마치고는, 뒤로 돌아서 완전히 멍해진 가스파르 랄루에트를 깜깜한 밤중 강기슭에 홀로 내버려두고, 등잔불을 흔들면서 격식도 차리지 않고 그냥 가버렸다…….

이윽고 멀리서 등잔불이 춤을 추더니…… 곧 그 불빛들조차 사라졌다. 그리고 갑자기 무시무시한 아우성과 죽음의 고함 소리, 인간의 울부짖음이 멀리서 들려왔다. 그 소리에 바로 이어서 지나치게 길게 늘어지는 몰로스 종 개의 울음소리까지…….

랄루에트는 기겁할 듯한 그 소리에 공포로 숨을 헐떡거리며 있었다. 바로 그때, 옆에서 맹수의 울부짖음이 들리는 것처럼 느껴졌다…….

그는 도망치기 시작했다.

8
새로운 후보자

39인의 아카데미!

사태는 이미 돌이킬 수 없게 되었다. 사람들은 언제부턴가 *'39인의 아카데미!'* 라고 얘기하곤 했다.

아카데미 프랑세즈의 회원은 이제 서른아홉 명뿐이었다! 아무도 마흔 번째 의석에 입후보하질 않았다. 세 명의 아카데미 회원 후보자들이 기이하게도 줄초상을 당한 후 몇 개월이 지났지만, *유령 들린 의석*에는 단 한 명의 후보자도 나타나지 않았다.

아카데미 프랑세즈의 명예는 훼손되었다……

혹시라도 이 고명한 학회에서 관례에 따라 공식적인 행사인 장례식에 참석해야 할 경우, 의장을 갖추고 참석해서 자리를 빛내달라는 요청을 받아 대표로 그곳에 갈 회원을 지명해야 한다면, 그땐 완전히 비극 그 자체였다. 그들은 떡갈나뭇잎 장식이 달린 옷을 입고 허리춤에는 진줏빛 손잡이가 달린 검을 늘어뜨린 모습으로 대중 앞에 나서는 것을 피하기 위해, 저마다 몸이 아프다거나 혹은 멀리 지방에 사는 친척이 사경을 헤맨다는 핑계를 늘어놓기도 했다.

아! 그야말로 우울한 시절이었다! 불멸의 지성들의 왕국은 심하게 병들어가고 있었다.

사람들은 이제 아카데미 프랑세즈 얘기를 할 때마다 비웃었다. 프랑스에선 모든 것이, 심지어 노래가 살인을 한다 해도, 그처럼 조롱 섞인 웃음으로 끝나게 마련이었다.

수사는 종결되었고, 사건은 신속하게 마무리되었다. 공포에 사로잡힌 여론이 어떤 범죄자의 소행이 틀림없다고만 믿어버린 이 예외적인 사건에서 남긴 거라곤 *불행을 불러오는 의석*에 대한 기억뿐인 듯했다. 그리고 이젠 그 의석에 앉을 만큼 용기 있는 사람은 아무도 없었다…….

실제로 이 모든 상황은 가히 우스꽝스러웠다.

그렇지 않은가!

*39인의 아카데미!*라는 조롱 섞인 비웃음 앞에서 설명할 수 없는 삼중의 비극에 대한 공포가 슬그머니 사라져버렸으니 말이다.

불멸의 지성의 왕국에 *한 회원*이 줄어들었다. 이 사실 하나만으로도 아카데미 프랑세즈는 영원한 조롱거리가 되기에 충분했다.

아카데미 프랑세즈가 그토록 비웃음거리가 된 상황이었으므로, 이론의 여지없이 당대의 가장 고귀한 지성들이 한데 모였다는 아카데미 프랑세즈의 회원이 되기 위해서 앞다투어 지원을 하던 예전의 열성 또한 눈에 띄게 식었다.

그렇다. 그 동안 두세 개 더 생긴 다른 공석에 대해서도 상황은 마찬가지였으니, 후보자의 승낙을 받아내기란 여간 어려운 일이 아니었다. 어찌 그렇지 않으랴! 아베빌 주교의 의석은 그냥 비워둔 채 다른 의석에 입후보하게 되면 사람들의 비웃음을 모면할 수가 없을 터였으니 말이다.

그들은 수치스러워하며 호별 방문을 했다. 그들이 지원했다는 사실은 최종 순간에 가서야 알려졌으며, 아베빌 주교와 주앙 모르티마르와 막심 돌네와 마르탱 라투슈에 대한 찬사를 하지 않고 남겨둔 상황에서, 그 누구에 대한 찬사를 막론하고 찬사 연설을 들어야 하는 것 또한 고통스러운 일이었다.

그들은 완전히 비겁자 취급을 받았다. 이러다간 언젠가 불멸의 지성의 왕국에 신입 회원을 모집하는 일이 아주 불가능해질 날이 올 수도 있었다.

현재로선 서른아홉 명뿐이었다! 서른아홉 명이라……! 만일 불멸의 지성들에게 머리카락이 있었다면 그 머리카락을 쥐어뜯어야 할 판이었다……. 그들은 일반적으로 대머리였다. 하긴 그 중에는 이폴리트 파타르처럼 머리카락이 드문드문 붙어 있는 사람도 있었지만, 그 한 줌의 머리카락은 너무 애처로워 보여서 절망이 왔다가도 동정하고 도망갈 판이었다. 그것은 울고 있는 한 줌의 머리카락, 이마 위로 흘러내리는 머리카락의 눈물이었다.

이폴리트 파타르는 정말 많이 변했다! 여태까지 사람들은 그에게서 분홍색과 노란색만을 보아왔다. 그러나 이제 그는 세 번째 색깔을 취했고, 그것은 더 이상 색이길 부정한다는 점에서 정의 내리기가 불가능한 색이었다. 감히 말하자면 고대인들이 **지옥의 여신, 창백한 파르카이**(로마 신화에서 생사를 맡아보는 여신으로, 세 자매들 중 클로토는 운명의 실을 뽑아내는 여신, 라케시스는 인간에게 운명을 배당하는 여신, 아트로포스는 운명의 실을 가위로 끊는 여신의 역할을 담당한다―옮긴이주)의 뺨에 칠해 놓았던 색깔과 같은 종류의 부정적인 색깔이라고나 할까…….

　이폴리트 파타르는 지옥으로 떨어졌다가 간신히 살아 돌아온 사람처럼 보였다. 그의 행색은 그만큼 을씨년스러워 보였다.

　마르탱 라투슈의 죽음으로 무거운 죄책감에 시달리게 된 그는 꼼짝 못하고 자리보전하고 있었는데, 사람들은 그가 헛소리를 하는 중에 불행한 음악 애호가의 슬픈 종말에 대해 자책하고 있다고 생각했다. 그리고 마르탱 라투슈를 모시던 충성스런 가정부 바베트에게 용서를 빌기도 했다. 그러던 그가 이성을 되찾은 것은, 사건 관련 심문이 끝나 의사가 와서 확인을 하고, 아카데미의 동료들이 그를 방문하고 나서였다. 정신을 차리고 보니 지금이야말로 아카데미 프랑세즈가 자신을 가장 절실히 필요로 할 때였다. 그는 자리를 털고 일어났고, 용감하게 자신의 임무에 복귀했다.

　그러나 불멸의 지성의 왕국이 그에게 있어 더 이상 예전 같은 의미를 갖지 않는다는 사실을 깨닫는 데는 그리 오랜 시간이 걸리지 않았다. 프랑스 학술원으로 출근할 때면, 사람들의 눈에 띄어 놀림감이 되는 것을 피하기 위해서, 어쩔 수 없이 우회로를 선택해야만 했다.

　사전 편찬 작업을 위해 모인 아카데미의 회합은 쓸데없는 불평과 탄식, 한탄으로 흘러갔고, 그런 것들은 물론 이 영광스런 작업을 앞당기는데 전혀 도움이 되지 않았다.

　그러던 어느 날, 여느 때처럼 피곤에 지친 몇몇 회원들이 사전 편찬실에 조용히 모여 있었는데……, 갑자기 옆방에서 크게 문을 여닫는 소리와 성급한 발자국 소리가 들리더니 얼굴에 예의 분홍빛을 완전히, 아주 완벽하게 되찾은 이폴리트 파타르가 흥분한 얼굴로 들이닥쳤다.

　이 광경을 지켜본 회원들은 모두 일어나 수군거리기 시작했다.

대체 무슨 일이란 말인가?

이폴리트 파타르는 너무 감동한 나머지 말할 수조차 없는 듯했다…….
그는 종이 한 장을 흔들어대며 헐떡거리기만 할 뿐 여전히 아무 말도 하지
못했다……. 페르시아의 패배와 조국 아테네의 승리를 알리기 위해 먼길을
달려온 마라톤의 전령도 이보다 더 기진맥진하진 않았을 것이다. 다만 아
테네의 전령이 그 자리에서 죽었다면 이유는 단 한가지! 그가 이폴리트 파
타르처럼 불멸의 지성이 아니었기 때문일 것이다.

사람들은 이폴리트 파타르를 의자에 앉히고 그의 손에 들린 종이를 빼앗
아 읽기 시작했다.

"본인은 아베빌 주교와 주앙 모르티마르, 그리고 막심 돌네와 마르탱 라
투슈의 죽음으로 공석이 된 의석에 지원하고자 이에 신청합니다."

발신인의 서명은 다음과 같았다.

"파리 라피트 가 32의 2번지
아카데미 프랑세즈 교육 공로 훈장 수훈자
문인 쥘 루이 가스파르 랄루에트."

9
마흔 번째 회원

순간 그들은 그저 서로 부둥켜안았을 뿐이었다. 이 기쁜 환희의 기억은 **랄루에트 포옹**이란 이름으로 지금까지도 아카데미 프랑세즈에 전해 내려오고 있다.

그 자리에 모여 있었던 회원들은 더 많은 회원들과 함께 이 기쁨을 나누지 못하는 걸 무척 아쉬워했다. 모여드는 사람이 많을수록 더욱 유쾌해지는 법이 아닌가.

그들은 웃었다. 일곱 명의 회원이 서로를 얼싸안으며 웃고 또 웃었다. 그들은 다 합쳐서 일곱 명뿐이었다. 당시엔 회합이 유쾌하지 못했던 탓에 가능하면 회합에 나가지 않으려고들 했었다. 하지만 이번 회합은 과연 기념비적이었다.

일곱 명의 회원들은 쥘 루이 가스파르 랄루에트란 사람의 집을 방문하기로 즉석에서 결정했다. 조금도 지체하지 않고 그 사람을 만나고 싶기도 했거니와, 여태까지의 모든 관례에 어긋나는 방식을 통해서라도 그를 아카데미 프랑세즈의 운명에 묶어놓고 싶었기 때문이었다. 다시 말해 그 사람에게 일종의 '책임을 지우고' 싶었던 것이다.

그들은 이폴리트 파타르의 흥분이 어느 정도 가라앉도록 기다린 후에 모두 수위실로 내려가 마차 두 대를 부르라고 지시했다. 물론 라피트 가까지 걸어갈까도 생각했다. 오랜만에 바깥바람을 쐬게 되면 기분도 상쾌해질 뿐만 아니라, 무엇보다도 이렇게 가벼운 마음으로 숨쉴 수 있었던 것은 실로 오래간만이었다. 하지만 혹시나 거리에서 사람들이 원장과 사무국장(지도부가 삼 개월마다 갱신되니까 예전에 우리가 알고 있던 그 임원들이 아니다) 그리고 종신 서기 선생을 알아보고 행여 아카데미 프랑세즈의 명예에 흠집을 내게 할 무례한 언동을 하지 않을까 하는 두려움이 들었다. 게다가 더 솔직히 말하자면, 한시라도 빨리 자신들의 새 동료를 만나고 싶은 마음이 앞섰던 것이다. 두 대의 마차 안에서는 줄곧 그 사람 얘기만이 오고 갔음은 충분히 상상해볼 수 있는 일이었다.

첫번째 마차에서는 이런 이야기를 하고 있었다.

"문인 랄루에트라니, 대체 어떤 사람일까요? 이름이 그리 낯설지는 않은데……. 제 생각에는 아마도 최근에 뭔가를 발표하지 않았나 싶습니다. 신문에서 이름을 본 기억이 있거든요."

두 번째 마차에선 이런 말이 오고 갔다.

"혹시 그 사람이 서명 끝에 '아카데미 프랑세즈 교육 공로 훈장 수훈자'라는 희한한 문구를 붙여 놓은 것을 눈여겨보셨습니까? 자신이 이미 우리에게 속해 있다는 걸 표시하려는 의도이니 여간 재치 있는 게 아닙니다!"

삶이 장밋빛일 때면 으레 그렇듯이 저마다 그런 식으로 한마디씩을 덧붙였다.

오직 이폴리트 파타르만이 굳게 입을 다물고 있었는데, 그런 쓸데없는 잡담으로 기분을 망가뜨리기에는 가슴속 깊이 느껴지는 행복이 너무도 소중했기 때문이었다.

그는 '랄루에트 씨는 어떤 사람인가? 무슨 책을 썼나?' 하는 따위에 대해선 전혀 자문해 보지도 않았다. 그런 것들은 아무래도 좋았다. 랄루에트는 그저 랄루에트! 즉 아카데미 프랑세즈의 *마흔 번째 회원*일 따름이었고, 그는 따져보지도 않고 이 후보자를 재능 있는 사람으로 치부해 버렸다.

드디어 라피트 가에 도착했다. 곧 그들이 타고 왔던 마차들이 멀어져갔다. 이폴리트 파타르는 32의 2번지가 맞는 것을 확인을 한 다음, 동료들을 뒤에 거느리고 단호히 건물의 궁륭을 통해서 안으로 들어갔다.

그들이 들어선 곳은 '외관이 훌륭한' 주택이었다. 문지기 여인이 방 문틈으로 얼굴을 내밀며 어디로 가느냐고 물었다.

이폴리트 파타르가 대답했다.

"실례지만, 랄루에트 선생을 찾아왔습니다."

"그 사람은 지금 가게에 있을 텐데요……."

일곱 명의 회원들은 서로를 쳐다보았다.

"문인 랄루에트 씨가 가게에 있다고요?"

친절한 여인이 뭔가를 착각한 게 틀림없다고 생각한 이폴리트 파타르가 다시 한번 정확히 말했다.

"아카데미 프랑세즈 교육 공로 훈장 수훈자인 문인 랄루에트 선생을 만나러 왔습니다만……."

"예, 맞아요! 그 사람은 지금 가게에 있어요. 가게 문은 거리로 나 있고요.”

일곱 명의 회원들은 적잖이 놀라고 심히 실망하는 기색을 한 채 거리로 나왔다. 바로 앞에 보이는 골동품 가게를 바라보니 그 간판엔 진짜 가스파르 랄루에트란 이름이 적혀 있었다.

“맞군요!”

이폴리트 파타르가 말했다.

그들은 적지 않은 골동품들과 너무 낡아 색상을 분간할 수 없는 한폭의 그림이 들여다보이는 가게의 진열창을 바라보았다.

“여기선 뭐든지 다 파는구려.”

입술을 삐죽거리며 원장이 말했다.

“이건 말도 안 됩니다! 저 사람은 자기 명함에다 문인이라 쓰지 않았습니까?”

사무국장이 말했다.

이 말에 아랑곳하지 않고 이폴리트 파타르는 경멸하는 말투로 말했다.

“여러분들, 부탁이니 제발 좀 까다롭게 굴지 맙시다!”

그리고는 용감하게 가게 문을 열었다. 다른 회원들은 불편한 심기에도 불구하고 더 이상 자신들의 고집을 피우지 못하고 이폴리트 파타르의 뒤를 따랐다. 이폴리트 파타르는 그런 그들을 쏘아보는 듯한 눈초리로 바라보았다.

이윽고 어둠 속에서 굵은 금목걸이를 목에 두른 여인이 나타났다. 나이는 들어보였지만 예전에는 꽤나 예뻤을 법한 여인이었는데, 감탄할 만한 그녀의 백발은 우아한 기품마저 느끼게 했다. 그 여인은 신사들에게 뭘 원하느냐고 물었다. 이폴리트 파타르는 정중히 인사를 한 후에, 아카데미 교

육 공로 훈장의 수훈자인 문인 랄루에트 선생을 뵙기를 바라노라고 대답
했다.

이폴리트 파타르는 마치 작전에 돌입한 군 하사관 같은 어조로 명령했다.

"아카데미 프랑세즈에서 왔다고 알려주십시오!"

그리고는 허튼 행동을 했다가는 모두 경찰서로 보내버리겠다는 의사가
명백히 드러나는 시선으로 동료들을 뚫어지게 쳐다봤다.

여인은 가벼운 탄성을 지르며 풍만한 가슴 위에 손을 얹고 마치 기절이
라도 할 것 같은 표정을 짓더니, 다시 어둠 속으로 사라졌다.

"아마도 랄루에트 부인인 모양입니다. 꽤 괜찮은 사람이로군요."

이폴리트 파타르가 말했다.

여인은, 불룩 튀어나온 배에다 굵은 금줄 장식을 두른 친절해 보이는 남
자와 함께 다시 나타났다.

남자의 얼굴은 대리석처럼 창백했다. 그는 아무 말도 하지 않은 채 방문
객들을 향해 걸어왔다.

이폴리트 파타르는 그 남자의 마음을 편하게 해줄 요량으로 부드럽게 말
을 걸었다.

"선생! 귀하께서 아베빌 주교의 의석에 지원하신 아카데미 프랑세즈 교
육 공로 훈장 수훈자이시며 문인인 가스파르 랄루에트 선생이십니까?"

가스파르 랄루에트는 가슴을 죄여오는 감정을 더 이상 주체할 수 없는
듯 그렇다고 끄덕였다.

"만일 그렇다면, 여기 모인 아카데미 프랑세즈의 원장님과 사무국장님
을 비롯하여 친애하는 저의 동료 회원 여러분 그리고 종신 서기인 저, 이폴
리트 파타르가 선생께 축하를 드리는 바입니다. 선생 덕분에 프랑스에는

언제나 귀감이 되는 행동으로 어리석은 군중을 수치스럽게 만드는 용기와 양식이 있는 시민이 존재한다는 사실이 결정적으로 입증되었으니 말입니다."

말을 마친 이폴리트 파타르는 엄숙한 태도로 가스파르 랄루에트의 손을 세게 쥐었다.

"이런, 가스파르! 어서 대답해요!"

백발의 여인이 나섰다.

가스파르 랄루에트는 부인과 거기 모인 신사들을 차례대로 쳐다보더니, 다시 한번 부인을 보고 나서, 이윽고 이폴리트 파타르에게로 시선을 돌렸다. 그는 그 선하고 정직한 얼굴에 격려의 표정이 충만한 것을 읽고는 갑자기 기운이 샘솟는 것을 느꼈다.

그가 말했다.

"선생님, 지나친 영광입니다……! 제 배우자를 소개해 올리겠습니다."

'제 배우자' 란 말에 원장과 사무국장의 얼굴에 어렴풋한 미소가 번지기 시작했으나, 이폴리트 파타르의 날카로운 일별은 삽시간에 그들의 웃음을 멈추게 했고, 중대한 상황에 걸맞게 행동하도록 만들었다.

랄루에트 부인이 고개를 숙여 인사했다.

그녀가 말했다.

"이 어르신들께 분명 하실 말씀이 있으실 텐데 아무래도 가게 뒷방으로 자리를 옮기는 게 좋겠네요."

그리고는 안쪽에 있는 방으로 그들을 안내했다.

'가게 뒷방' 이란 표현은 이폴리트 파타르의 얼굴마저 찡그리게 했으나, 여인이 말한 바로 그 가게 뒷방에 들어선 순간, 아카데미의 회원들은 뛰어난 안목으로 꾸며진 벽과, 책상식 진열창에 진열되어 있는 놀라운 수장품을 감상할 수 있는 소형 박물관에 와 있다는 사실을 깨닫고는 기쁜 마음에 놀라지 않을 수 없었다. 거기에는 그림들과 조각상들, 보석과 레이스, 그리고 값비싼 자수품들이 진열되어 있었다.

"아니, 부인! 가게 뒷방이라니요!"

이폴리트 파타르는 감탄하며 외쳤다.

"웬 겸손의 말씀이십니까! 저는 지금까지 파리 시내 어디를 가봐도 이만큼 아름답고 고급스러운 살롱을 보지 못했는걸요."

"마치 루브르박물관에 들어온 것 같습니다!"

원장이 말했다.

"과찬의 말씀이십니다."

여인은 뽐내듯이 가슴을 내밀며 응수했다.

모든 사람이 가게 뒷방의 화려함에 대해 한마디씩 거들었다.

사무국장이 말했다.

"이처럼 아름다운 물건들을 팔아야 하니 마음이 아프시겠습니다."

"먹고살아야 하지 않습니까!"

가스파르 랄루에트는 겸손하게 대답했다.

"옳으신 말씀입니다!"

이폴리트 파타르가 이에 동의했다.

"아름다움을 퍼뜨리는 것만큼 좋은 직업은 없습니다⋯⋯!"

"맞습니다!"

아카데미 프랑세즈 회원들은 모두 인정했다.

"제가 조금 전에 직업이라 말한 건 잘못된 표현입니다."

이폴리트 파타르가 말을 이었다.

"지체 높으신 왕자님들도 그들의 수장품을 팔고 있지요. 그렇다고 그분들이 장사꾼은 아니지 않습니까? 친애하는 랄루에트 씨! 수장품을 파는 것은 당신의 권리입니다."

"그게 제가 늘 이 사람한테 하는 얘기랍니다, 선생님."

랄루에트 부인이 말했다.

"우리 부부는 그 일로 늘 언쟁을 해왔답니다. 결국은 남편이 제 말을 이해했습니다. 두고 보세요, 내년도 '실업가 인명록'에는 더 이상 '골동품 감정인이자 화상 가스파르 랄루에트 씨'가 아니라 '예술품 수집가 가스파르 랄루에트 씨'라고 소개될 테니까요."

"부인!"

여인의 말에 매료당한 이폴리트 파타르가 외쳤다.

"부인은 정말 훌륭하십니다. '르 투 파리'지(파리의 장식예술 및 장식예술 취급 상인에 관한 안내지─옮긴이주)에도 그렇게 올리는 게 어떻겠습니까?"

그렇게 말하며 여인의 손에 입을 맞추었다.

"아, 물론이죠. 이 사람이 아카데미 회원으로 선출되면 말입니다."

여인이 대답했다.

갑자기 짧은 침묵이 흘렀고 잔기침 소리가 들렸다. 이폴리트 파타르가 모두에게 엄한 일별을 가하더니 위엄 있게 의자를 하나 차지하고 앉았다.

"모두 앉으시오. 이제부터 진지하게 얘기를 합시다."

그가 명령조로 말했다.

모두 그의 말에 따랐다. 랄루에트 부인은 손가락으로 굵은 금목걸이를 돌리고 있었다. 그 옆에서 이폴리트 파타르를 뚫어져라 쳐다보는 가스파르 랄루에트의 눈에는 마치 대학 입학 자격 시험날 시험관 앞에 서 있는 공부 못하는 학생의 얼굴에 나타나는 것과 같은 근심이 서려 있었다.

"랄루에트 씨는 분명 문인이라고 들었는데 그것은 단순히 문학을 좋아한다는 뜻입니까, 아니면 무슨 저서가 있다는 뜻입니까?"

이폴리트 파타르가 물었다. 이 질문에서 알 수 있듯이 이폴리트 파타르는, 랄루에트에게 저서가 없을 경우를 대비해 미리 선수를 친 것이다.

"종신 서기 선생님! 전 이미 두 권의 책을 펴냈고, 감히 말씀드리자면 그 책들은 애호가들 사이에서는 꽤 평판이 좋은 편이랍니다."

랄루에트는 자신 있게 대답했다.

"예, 아주 좋습니다! 실례지만 책 제목은?"

"〈표구 기술에 관하여〉입니다."

"완벽하군요!"

"그리고 다른 한 권은 유명 화가들의 서명 감정을 통한 진품 여부 확인에 관한 책입니다."

"좋습니다!"

"물론 많은 대중들에게 알려진 건 아니지만 그래도 경매소를 드나드는 사람들은 모두 이 책을 잘 알고 있습죠."

"랄루에트 씨는 너무 겸손한 게 탈이에요."

랄루에트 부인은 여전히 목걸이를 돌리면서 말했다.

"여기 이 사람의 가치를 제대로 평가하실 줄 아셨던 아주 지체 높으신 분이 보내 주신 축하 편지가 있습니다. 그분이 누구냐 하면 바로 콩데 공(프랑스 부르봉왕가에서 나온 명문으로 16~19세기 초에 걸쳐 많은 인재를 배출한 콩데가에는 아홉 명의 콩데 공이 있는데, 여기서는 시대적 배경으로 미루어보아 아홉 번째이며 마지막 콩데 공인 루이 앙리 죠제프 드 부르봉(1756~1830)을 가리키는 것으로 보인다—옮긴이주) 나리십니다."

"콩데 공 나리!"

아카데미 회원들이 일제히 자리에서 일어나 소리쳤다.

"이게 그분의 편집니다."

랄루에트 부인은 풍만한 가슴이 드러나는 블라우스 속에서 편지 한 장을 꺼내들었다.

"저는 이 편지를 늘 가지고 다니죠! 제겐 이 사람 다음으로 소중한 보물 이거든요."

랄루에트 부인이 말했다.

아카데미 프랑세즈 회원들은 콩데 공이 보낸 것이 분명한 찬사로 가득 찬 편지를 읽느라 정신이 없었다. 그리고 모두들 기뻐했다.

이폴리트 파타르는 랄루에트 쪽으로 몸을 돌려 그의 손이 부서져라 꽉 움켜잡았다.

"**친애하는 동료시여**, 당신은 진정 용감한 분입니다!"

이폴리트 파타르가 말했다.

그러자 랄루에트의 얼굴은 발갛게 달아올랐다. 그는 이마를 치켜세우며 이미 상황을 지배한 듯했다. 그의 부인이 그런 그를 자랑스럽게 바라보고 있었다.

모두가 그 말을 다시 한번 되풀이했다.

"맞아요, 맞습니다. 당신은 용감한 분이에요."

이폴리트 파타르가 말했다.

"아카데미 프랑세즈는 당신처럼 용감한 분을 맞이하게 된 것을 영광으로 생각합니다."

"선생님, 저같이 *초라한 삼류 작가*가 그런 큰 영예를 바라는 게 행여 지나친 욕심이 아닌지 모르겠습니다."

'일의 성공이 확실하다' 는 걸 감지한 랄루에트가 겸손함을 가장한 말을 했다.

"아니……!"

콩데 공 나리의 편지를 읽은 후부터 애정을 갖고 랄루에트를 보기 시작한 원장이 탄성을 내질렀다.

"이번 기회에 멍청한 작자들은 생각을 좀 달리하게 될 겁니다!"

랄루에트는 처음에는 이 얘기를 어떻게 받아들여야 할지 걱정했지만, 원장의 얼굴에 기뻐하는 기색이 역력히 드러나는 것을 보고는 자기를 불쾌하게 하려고 한 말이 아니었다는 것을 깨달았다. 그것은 분명 사실이었다.

"그러게 말입니다! 이번 사건에서 보니 정말 멍청한 사람들이 참 많더군요."

모두 그의 말에 경청했다. 아카데미 프랑세즈가 겪은 그 불행한 사건에 대해 랄루에트는 어떻게 생각하는지 모두 궁금하게 여겼다. 혹시라도 그가 자신의 결정을 번복하지나 않을까 모두들 걱정이었다.

랄루에트가 말했다.

"아, 제가 보기에는 매우 간단한 얘깁니다! 주사위가 계속해서 검은색 21번 눈금에 멈춰서는 건 아무 말 없이 받아들이면서도, 아카데미 프랑세즈에서 연속으로 일어난 세 건의 자연사는 결코 인정하지 않으려는 사람들이 한심할 따름입니다!"

박수가 터져 나왔다. 룰렛게임(돌아가는 작은 바퀴라는 뜻의 프랑스어에서 유래
한 도박의 일종으로 색이 칠해져 있는 0부터 36까지의 눈금으로 37등분(미국식에는 00이
있어 38등분)된 정교한 회전 원반 가운데 주사위 하나를 넣고 쿠르피에라는 전문가가 굉장
히 빠른 속도로 회전시킨 후, 회전 원반이 정지했을 때 주사위가 어느 눈금 위에 멈추느냐
에 돈을 거는 도박이다—옮긴이주)이 뭔지 모르는 원장이 그에게 설명을 구했다.
모두들 랄루에트가 말하도록 잠자코 있었다. 그러면서 그를 관찰했다.

모두가 그에게 대만족했다. 더구나 사무국장과 이폴리트 파타르 사이에
일어났던 문학적인 논쟁에 대해 랄루에트가 놀라운 권위를 가지고 결정적
인 판결을 내리는 순간 좌중은 감탄의 도가니에 빠졌다.

사건의 전모는 이러했다.

"드디어 이 용감한 분 덕에 다시 살 수 있게 되었소!"

이폴리트 파타르가 흥에 겨워 말했다.

"정말이지 그 동안 저는 제 자신의 그림자에 지나지 않았습니다. 그런데
이분이 진정한 '아바주(abajoues : 볼 주머니)'처럼 저에게 나타난 겁니다!"

"저런, 종신 서기 선생님! 그럴 땐 '아바주'가 아니라 진정한 '바주
(bajoues : 볼)'라고 하셔야 옳습니다. '아바주'는 불어가 아니에요."

사무국장이 대꾸했다.

바로 그 순간 랄루에트가 항의하려는 파타르를 가로막으며 끼어들더니
숨도 쉬지 않고 단번에 이렇게 말하는 것이었다.

"'아바주', '바주'의 이형, 여성 명사. 일부 익수목(박쥐류), 원숭이 혹은
설치동물의 입 양쪽 뺨에 달려 있는 주머니. 아바주(볼 주머니)는 즉각 소비
하지 않은 먹이를 저장하는 장소이다. 홈얼굴박쥐속의 박쥐의 경우에는 피
부 밑 세포 조직에 공기를 공급하게 함으로써 비상시 용이하다. 넓은 뜻으

로 익살스러운 표현으로써 늘어진 뺨, 돼지 주둥이나 송아지 머리의 측
면……!"

이와 같은 설명에 대해선 뭐라고 할 말이 없었다. 비록 그들이 아카데미
프랑세즈 회원들이었지만 모두 입을 다물고 있을 수밖에 없었고, 랄루에트
에 대한 감탄은 곧 자신들에 대한 수치감으로 이어졌다.

원장은 평행으로 파여진 몇 줄의 홈 사이로 구슬이 미끄러지도록 되어
있는 탁자 같이 생긴 물건을 가리키며 그게 뭐냐고 물었다. 그런데 그가
'아바크(abaque)' 라고 대답하는 랄루에트에게 재차 '아바크' 란 건 또 뭐냐
고 물어, 그들의 수치감은 점점 경악으로 바뀌었다.

불쑥 키가 커버린 듯한 랄루에트가 아내에게 자랑스런 눈길을 보내더니
이렇게 대답했다.

"원장님, 사람들은 흔히 '아바크' 라고 부르지요. '아바크' 는 카운터, 체
커 놀이판 혹은 찬장을 뜻하는 그리스어 아박스(abax)에서 유래된 남성 명
사입니다. 고대 그리스에서는 예물을 접수하기 위해 성소에 설치했던 테이
블을 의미합니다. 로마인들에겐 값비싼 식기들을 장식해 놓는 식기 선반이
란 뜻이었지요. 수학 용어로는, 그리스에서 만들어져 로마인들이 수식 계
산을 할 때 사용하던 일종의 계산기였고, 중국인들과 타타르족(우랄산맥 서
쪽, 볼가 강과 그 지류인 카마 강 유역에 사는 투르크어계의 종족―옮긴이주), 그리고 몽
고인이 그것을 사용했습니다. 러시아인들도 그것을 채택했구요. 건축 용어
로는, 기둥머리와 아키트레이브 사이에 얹어놓는 아바쿠스를 가리킵니다.
원장님, 비트리비우스(기원전 1세기에 살았던 로마의 건축가―옮긴이주)는 '아바쿠
스' 를 지칭하기 위해 '석단(plinth)' 이란 단어를 사용하지 않았습니까."

랄루에트가 비트리비우스에 대해 말하는 것을 들으며 모든 사람들은 고

개를 푹 숙였는데, 유독 이폴리트 파타르의 눈만은 빛나고 있었다. 특히 그 비트리비우스라는 말이 그의 마음을 사로잡고 만 것이었다.

"아베빌 주교의 의석은 그에 걸맞는 임자를 만났군요."

이폴리트 파타르가 말했다.

이젠 모두들 경외감 없이 랄루에트에게 말을 걸지 못했다. 신사들은 거북해 했고, 다시 프랑스어와 관련해 실수를 저지를까 두려워 마침내 작별을 고했다. 그들은 랄루에트에게 찬사를 던졌고, 다소 위압적으로까지 보이는 '그의 배우자'의 손에 입을 맞추었다.

이폴리트 파타르만이 남아 있었는데, 가스파르 랄루에트가 단둘이서 긴밀히 할 각별한 이야기가 있다고 귀뜸을 했던 탓이었다.

둘만 남게 되자 랄루에트가 부인을 내보냈다.

"아씨께서는 그만 나가보실까?"

랄루에트가 명령했다.

랄루에트 부인이 깊은 한숨을 내쉬고는 파타르에게 애원하는 듯한 시선을 던지면서 자리를 비켰다.

"친애하는 동료여, 제가 뭘 도와드릴까요?"

이폴리트 파타르가 약간은 불안해하며 물었다.

"종신 서기 선생님, 선생님께 고백할 비밀이 하나 있습니다. 다른 사람에겐 알리지 마십시오. 하지만 종신 서기 선생님께는 뭐든 숨겨서는 안 될 것 같아서……. 선생님과 제가 힘을 합치면 분명 이 어려운 사태를 극복할 수 있을 겁니다……. 저, 예를 들어 입회 연설 말인데요……."

"예……? 입회 연설이라니요……? 친애하는 랄루에트 씨, 대체 무슨 말씀이신지……. 이해가 안 가는군요……. 혹시 연설문을 작성할 줄 모른다는 겁니까?"

"아, 아닙니다. 아니에요……. 문제는 그게 아니라고요 !"

"그럼, 대체 뭐란 말입니까!"

"저, 그러니까……, 연설문을 읽어야 하지 않습니까……?"

"당연한 얘기지요. 외우기엔 너무 길지 않소?"

"골치 아픈 이유가 바로 이겁니다. 종신 서기 선생님……. *왜냐하면 저는 글을 읽을 줄 모르거든요.*"

10
시련

이 마지막 말에 이폴리트 파타르는 마치 몽둥이로 뒤통수를 한 대 얻어맞은 것처럼 펄쩍 뛰었다.

"아니, 그게 있을 수 있는 얘깁니까?"

그가 소리쳤다. 그리고는 가스파르 랄루에트를 쳐다보며 저 사람이 분명 자기를 놀리고 있는 거라고 생각했다. 하지만 랄루에트는 눈을 내리감은 채 슬픈 표정을 짓고 묵묵히 서 있었다.

"세상에! 설마, 웃자고 하는 얘기겠지요?"

이폴리트 파타르는 랄루에트의 소매를 잡아당기며 다그쳤다.

"아니요, 아닙니다. 농담이 아니에요……!"

랄루에트는 고개를 흔들면서 마치 시험에 낙방한 학생처럼 대답했다.

이폴리트 파타르는 순간 정신나간 사람처럼 말을 이었다.

"대체 이게 무슨 소립니까? 이보시오! 대답 좀 해보시오……! 내 얼굴 좀 쳐다보란 말이오……!"

랄루에트는 진실되고 괴로움이 가득한 눈빛으로 이폴리트 파타르를 올려다보았다.

이폴리트 파타르는 머리에서 발끝까지 소름이 쫙 돋는 것을 느꼈다. *아카데미 프랑세즈 회원 입후보자가 글을 모르다니!*

파타르의 입에서 터져나온 "오!" 하는 짧은 탄성은 그의 복잡한 심경을 말해 주기에 충분했다. 그리고는 깊은 한숨을 내쉬며 의자에 털썩 주저앉았다.

"거 참, 난감한 일이구려!"

두 사람 사이엔 비통한 침묵이 흘렀다.

용감하게 먼저 말을 꺼낸 사람은 가스파르 랄루에트였다.

"물론 선생님께도 다른 사람들에게 하듯이 이 사실을 숨길 수도 있었습니다만, 종신 서기이신 선생님은 제 편지를 받으실 거고, 언젠가 선생님이 제게 글을 제출하실 기회가 생기면(선생님이 제게 글을 제출하신다? 이폴리트 파타르는 기가 막혀서 눈을 위로 치켜 떴다.) 금세 이 비밀을 눈치채실 거라는 생각이 들어서……. 그럴 바엔 차라리 딴 사람들은 절대로…… 절대로 아무것도 모르게 하고 선생님하고만 일을 해결하는 게 더 낫겠다고 생각했습니다……. 왜 대답이 없으세요? 입회 연설문 때문에 걱정이 되세요? *그럼, 너무 길지 않게 써주시고, 제가 그것을 외우도록 해주십시오*……. 선생님께서 시키시는 일이라면 뭐든지 하겠으니…… 제발 뭐라고 말씀 좀 해보세요……."

이폴리트 파타르는 얼굴이 하얗게 질려 아무 말도 하지 못했다…….

그는 완전히 녹초가 되어 그대로 앉아 있었다. 몇 달 전부터 볼 것 못 볼

것 다 봐온 그였지만, 이번이야말로 최악의 상황이었다. 아카데미 프랑세
즈에 입후보한 자가 글을 모르다니!

 '하느님 맙소사, 이렇게 난감한 경우가 있나! 아, 정말 곤란한 일이야! 드
디어 후보자가 하나 생겼다 했더니 글쎄 글을 모른다는군! 안성맞춤인 사
람인데, 정말 딱 맞아떨어지는 괜찮은 사람인데, 글을 읽을 줄 모른단 말이
야……! 아, 하느님 맙소사! 이처럼 곤란한 경우가 있나! 곤란해! 곤란해! 곤
란하고 말고!'

마침내 그는 자신의 마음속에서 들끓고 있는 상반된 감정들을 그대로 드
러내기로 결심했다. 그리고는 화를 내며 랄루에트에게 다가갔다.

"대체 글을 읽을 줄 모른다는 게 될 법이나 한 소리요? 이건 상상을 초월
하는 얘기가 아니오!"

가스파르 랄루에트는 자못 심각한 어조로 대답했다.

"전 한번도 학교에 다니질 못했고……, 아버지께서는 제가 여섯 살 때부
터 당신 가게에 데려다 일꾼처럼 일을 시키셨습니다. 그분은 당신 자신이
한번도 해본 적이 없고, 장사에 성공하는 데 전혀 도움이 안 되는 *학문을 배
우도록*할 필요가 없다고 생각하셨습니다. 그저 당신의 직업인 골동품에 대
해 가르치는데 만족했지요. 덕분에 글자라는 게 뭔지는 몰랐지만, 그림의
서명에 관해서라면 어느 누구도 열 살밖에 안 된 저를 속일 수가 없었습니
다. 일곱 살 때 이미 클뤼니(프랑스 부르고뉴주(州) 손에루아르현(縣)에 있는 지명-
옮긴이주)산 레이스와 알랑송(프랑스 바스노르망디주(州) 오른현(縣)의 주도(主都)-
옮긴이주)산 레이스를 구별할 수 있을 정도였으니까요……! 그런 이유로 비
록 까막눈이긴 했지만 콩데 공 나리께서 감탄해 마지 않았던 작품들을 받
아쓰게 할 수 있었던 겁니다."

　마지막 문장은 아주 잘 선택한 것이었다. 그 말은 이폴리트 파타르의 가슴에 강하게 와닿았다.

　이폴리트 파타르는 화를 억누르지 못해 이리저리 왔다갔다했다.

　곁눈으로 그의 행동을 주시하고 있는 랄루에트의 귀에도 그가 중얼거리는 소리가 들렸다. 아니 오히려 그가 한 말을 짐작했다고 하는 편이 옳았다.

　"읽을 줄 몰라! 읽을 줄 몰라! 그 사람은 읽을 줄 모른다고!"

　마침내 파타르는 화를 참다 못해 랄루에트에게로 걸어갔다.

　"대체 나한테 그 얘기를 한 이유가 뭐요……? 나한테도 말하지 말았어야 했단 말이오!"

　"그게 옳고 더 나을 것 같아서……."

　"집어치우시오……! 물론 언젠가는 알게 되었겠지만, *그건 나중이오!*……. 그땐 이 문제가 지금처럼 중요하지 않았을 거란 말이오……! 내 말 잘 들으시오……! 당신이 아무 말도 안 한 걸로 칩시다. 아시겠소……? 난 아무 것도 몰라요! 귀가 어두워서 하나도 못 들었다 이 말입니다!"

　"좋을 대로 하세요……! 전 종신 서기 선생님께 아무 얘기도 안했고, 선생님은 아무것도 들은 바가 없는 겁니다."

　이폴리트 파타르는 한숨을 내쉬었다.

　"믿을 수가 없구만……! 선생 얼굴을 보고…… 선생이 말하는 걸 들으면…… 대체 누가 그럴 거라고 상상이나 하겠소……."

　이폴리트 파타르의 입에선 또다시 한숨이 흘러나왔다.

　"정말 경이로운 건 말이오. 선생께서는 말을 아주 박식하게 한다는 거요……! 이제 와서 하는 말이지만…… 랄루에트 선생……, 처음 당신 가게에 갔을 때 우리는 당신이 그다지 탐탁치 않았어요……. 그런데 그런 우리를 당신이 정복한 거요……. **당신의 박식함으로**, 문자 그대로 우리를 정복했단 말이오……! 그런데 그런 당신이 까막눈이라니!"

"종신 서기 선생님은 더 이상 그 점에 대해 아는 것이 없는 줄 아는데요……!"

"아참, 그렇지. 용서하시오……! 하지만 이건 내 의지로 안 되는 일이오……. 아무래도 내 평생토록 이것만 생각하게 되리다……. 아카데미 프랑세즈 회원이 글을 모른다는 사실 말이오!"

"또 그 말씀이네요!"

랄루에트가 웃으며 말했다.

이번엔 파타르도 따라 웃었지만 그건 그야말로 처참한 웃음이었다.

"어쨌거나 믿기지 않는 일이야……!"

파타르가 낮은 목소리로 말했다.

랄루에트는 살다 보면 온갖 일에 다 익숙해져야 하는 법이라고 조심스럽게 말하더니, 이렇게 덧붙였다.

"아카데미 프랑세즈 회원이 되기 위한 조건이 박식함이라면, 그래도 제가 회원님들 중 몇 분한테 그분들보다 더 많이 알고 있다는 걸 증명하지 않았습니까?

"물론 그랬소! 선생은 우리한테 그리스인들, 로마인들, 아바주, 아바크, 게다가 비트리비우스 얘기까지 했단 말이오. 그건 모두 어디서 배운 거요?"

"라루스 사전(프랑스의 대표적 백과사전—옮긴이주)에서입니다, 종신 서기 선생님."

"라루스 사전?"

"라루스 삽화 사전이오!"

"아니, 왜 하필이면 삽화 사전이란 말이오?"

불쌍한 파타르는 놀라움이 이젠 경악으로까지 변한 걸 느끼며 외쳤다.

"거기엔 그림이 들어 있지 않습니까! 글씨라고 불리는 그 이상하게 생긴 자잘한 기호들이 뭘 뜻하는지 모르는 저 같은 무식쟁이한테 그만큼 유익한 것도 없지요."

"누가 당신한테 라루스 사전을 통째로 외우라고 시킨 거요?"

"바로 제 부인입니다! 제가 아카데미 프랑세즈에 입후보하기로 결심한 바로 그날 둘이서 그렇게 하기로 결정을 봤습니다."

"그럴 요량이었으면 아예 아카데미 프랑세즈 사전을 암기하는 것이 나을 뻔했소, 랄루에트 선생!"

"물론 그 생각도 해봤죠."

랄루에트가 웃으며 동의했다.

"하지만 그랬으면 선생님들이 금방 알아채셨을 게 아닙니까?"

"아, 그렇군요!"

파타르가 말했다. 그리고는 잠시 생각에 잠겼다.

랄루에트의 총명함과 통찰력과 용기는 그에게 약간의 생각할 시간을 주었다. 그는, 글을 알다 뿐이지 분명 가스파르 랄루에트보다 못한 아카데미 회원들을 여럿 알고 있었다.

그때 랄루에트가 그의 상념을 중단시켰다.

"아직까지 에이(A) 자에 머물러 있긴 하지만 곧 다 외울 겁니다."

"오오! 이제 겨우 에이(A) 자를 외우고 있다고요?"

"종신 서기 선생님, 아바주나 아바크는 모두 에이(A) 자로 시작하는 말이지 않습니까……! 덕분에 제가 영광스럽게도 여러 선생님들을 정복했지요……."

"알았소! 알았소! 알았소! 알았소!"

이폴리트 파타르는 일어서서, 거리로 나 있는 문을 열었다. 그의 가슴은 마치 파리에서 호흡할 수 있는 공기란 공기는 다 마셔버리겠다는 듯이 크게 부풀어올랐다. 그리고 나서 그는 길거리와 지나가는 행인들, 집들, 하늘과 저 멀리 구름 속까지 이르는 십자가를 달고 서 있는 사크레쾨르 대성당을 바라보았다. 그것들은 아무도 모르게 자신의 십자가를 묵묵히 지고 가는 모든 사람들에 대한 생각까지 하게 했다. 아카데미 프랑세즈의 종신 서기인 그에게 이보다 더 끔찍한 일은 없었다.

그는 단호한 결단을 내렸다. 그리고 글을 읽을 줄 모르는 남자, 랄루에트를 향해 돌아서며 말했다.

"친애하는 친구여, 다시 봅시다."

그리고 그는 비가 오지 않는 데도 우산을 펼쳐들고 거리로 나섰다. 그는 더 이상 어찌할 수 없을 정도로 많이 지쳤으므로, 가능한 남의 눈에 띄지 않게 몸을 숨겼다. 그리고는 간신히 길을 따라 걸어 내려가기 시작했다.

11
끔찍한 출현

이폴리트 파타르가 나가고 문이 닫히자마자 랄루에트 부인은 남편을 향해 달려갔다.

"그래, 어떻게 됐어요, 가스파르?"

랄루에트 부인은 애원하듯이 물었다.

"뭐, 잘 되었소. 나가면서 '친애하는 친구여, 다시 봅시다'라고 합디다……"

"저……, 그분이 사정을 다 아나요?"

"다 아셨지!"

"그 편이 더 나아요……! 일단 말을 해놨으니 언젠가 다른 사람들이 눈치 채더라도…… 크게 놀라진 않을 거 아니에요……? 어쨌든 당신은 당신 할 일을 다 한 거고…… 나머진 이제 그분이 알아서 할 일이에요!"

두 사람은 서로 얼싸안았다. 그들은 기뻐서 어쩔 줄 몰랐다.

랄루에트 부인이 말했다.

"아카데미 회원님, 안녕하십니까?"

"당신을 위해 잘 된 일이오……."

랄루에트가 대답했다.

정말 그랬다. 랄루에트가 이 기이한 승부를 벌인 건 순전히 부인을 위해서였다. 랄루에트에게 *몇 권의 저서가* 있다는 사실에 반해 결혼을 결심한 랄루에트 부인은 남편이 까막눈이란 걸 숨겼다는 사실을 결코 용서할 수가 없었다. 랄루에트가 비밀을 털어놓던 날, 그의 집에서는 한바탕 부부싸움이 일어났었다. 그 후 랄루에트 부인은 남편에게 글을 가르치려고 했다. 하지만 소용없는 일이었다. 무슨 마가 끼었는지, 알파벳까지는 잘 가다가도 비(B)에 에이(A), 이(E) 아이(I), 오(O), 우(U)를 붙여 바(BA), 베(BE), 비(BI), 보(BO), 부(BU) 같은 음절이 되는 대목에만 이르면, 전혀 이해를 못하는 것이었다. 너무 늦게 시작한 탓이었는지 몰라도 도무지 그런 음절들을 그의 머릿속에 집어넣을 수가 없었다. 이는 예술가이자 아름다운 것들을 즐길 줄 아는 랄루에트에게 참으로 유감스러운 일이었다. 랄루에트 부인은 그 때문에 화가 이만저만 난 게 아니었다. 그러던 그녀가 화를 풀기로 한 것은 랄루에트가 아카데미 프랑세즈 교육 공로 훈장 수훈자가 된 날부터였다. 식었던 그녀의 애정이 조금 되살아난 것도 바로 그때였다.

그로부터 몇 년의 세월이 흘렀고, 그동안 가스파르 랄루에트가 부인의 중간 역할에 힘입어 무엇보다도 문학에 관심 있는 척하며 지내왔음에도 불구하고, 항상 그들 부부의 삶에 커다란 걸림돌이 되는 놀라운 비밀이 두 사람 사이에 여전히 남아 있었는데, 그건 바로 랄루에트가 글을 읽을 줄 모른다는 사실이었다!

그 사이에 아카데미 프랑세즈 사건이 터졌다. 랄루에트가 막심 돌네의 죽음을 목격한 것은 전혀 뜻밖의 상황에서였다. 랄루에트는 미신을 믿는 사람도, 그렇다고 그다지 어리석은 사람도 아니었다. 심장병이 있었던 데다 무엇보다 선임자의 비극적인 죽음으로 강박관념에 사로잡혀 있었을 아카데미 회원 후보자의 죽음은, 그에게 자연스러운 것으로 여겨졌다. 그는 사람들이 그토록 흥분하는 데 더욱 놀랐고, 그 모든 것을 자취를 감춘 어떤 마술사의 복수극으로 치부하는 자들의 어리석음을 비웃었다. 더구나 연이은 두 후보자의 죽음이 사람들에게 충격을 준 나머지 이제 그 누구도 아베빌 주교의 뒤를 이어 그 자리에 앉으려고 지원하는 자가 없다는 사실에는 더더욱 놀랐다. 단 한 명, 아직 사건 뒤에도 입후보를 철회하지 않은 마르탱 라투슈가 남아 있었다. 그러던 어느 날 랄루에트에게 이런 생각이 떠올랐던 것이다.

"하여간 웃기는 일이군! 다른 자들이 정말로 그 의석을 원치 않는다면 말이야……. 사실 난 하나도 무섭지 않거든……! 만일 그렇게만 된다면 으랄리는 기절초풍할걸!"

으랄리는 가스파르 랄루에트 부인의 이름이었다. 그런 생각 중에 마르탱 라투슈가 이 세상 그 누구보다 침착하게 그 운명의 의석에 선출되었음을 수락했다는 소식을 듣고 랄루에트는 적잖이 실망했다. 그래도 그는 마르탱 라투슈의 입회식에 참석하길 원했다. 그 누구도 당시 그의 심중을 정확하게 표현할 수는 없을 것이다. 때로는 예측불허의 괴팍성을 드러내는 운명의 여신이 또 한번 힘을 발휘하기를 바라는 희망, 그러나 선량한 신사로서 도저히 드러내놓고 말할 수는 없는 희망을 가슴 깊이 품고 있었던 것일까……? 그렇다고 단언한다면 아마도 공정하지 못한 처사가 되리라. 하여

간 그가, 마르탱 라투슈의 늙은 가정부 바베트가 머리를 풀어헤친 채로 달려와 주인의 죽음을 알리는 장면을 목격한 것은 사실이었다.

이번 세 번째 죽음엔 제 아무리 대가 세고 심지가 굳은 사람이라도 동요하지 않을 수 없는 뭔가가 있었다. 랄루에트 역시 심하게 충격을 받은 상태로 소란한 군중 속을 빠져 나왔다.

그가 신비에 둘러싸인 엘리파스란 기이한 인물에 대해 본격적인 관심을 갖게 된 것은 바로 그 순간부터였다. 장안의 화젯거리인 이 사람은 대체 누구란 말인가? 그는 우선 마술에 일가견이 있는 사람들에게 물어보았다. 그리고는 '영물학' 모임 사람들에게도 알아보았다. 물론 레몽 드 라 베시에르도 만났다. 그 결과 토트의 비밀을 알게 되었고, 배럴오르간을 검토할 수 있도록 요청도 했다. 그런 후에 기차를 타고 라 바렌 생 틸레르로 갔었고, 비록 그곳에서 받은 기이한 대접 때문에 다소 당황해져 돌아오긴 했지만, 그곳을 방문한 덕에 사람들이 얘기하는 주문 같은 이집트 문구들이 아무 소용 없다는 사실에 대해 추호의 의심도 하지 않게 되었던 것이다.

그때까지 랄루에트는 부인에게 그런 사실을 말하지 않고 있었다. 이젠 자신의 계획을 알려야 할 때가 왔다고 판단해 부인에게 모든 사실을 말했다. 물론 으랄리는 깜짝 놀랐다. 하지만 그녀는 나름대로 뚜렷한 주관과 판단력이 있는 사람이었기에 남편의 계획에 적극 찬성했다. 다만 신중한 그녀는 남편에게 분명하게 행동하라고 충고했다. 엘리파스 드 생텔름 드 타이유부르그 드 라 녹스란 작자는 분명 어딘가에 살아 있을 것이었다. 그를 찾아내든지 아니면 적어도 소식이라도 알아내는 것이 급선무였다.

또다시 그 사람을 찾느라고 몇 개월이 흘러갔다. 랄루에트의 마음은 갈수록 초조해졌다. 엘리파스란 자가 자기가 태어난 고향 카레이 계곡의 이

름을 따서 보리고 드 카레이(카레이의 보리고)라고도 불린다는 사실을 알게
된 그는 무작정 프로방스로 떠났다. 그리고 거기서 깊은 산중 올리브나무
숲속, 작고 보잘것없는 집에 살고 있는 한 늙은 여인을 찾아냈는데, 그 여인
은 바로 세간의 주목을 끈 그 유명한 마술사의 어머니였다. 세상사 돌아가
는 일에 대해서는 아무것도 모르는 그 노파는 방문객에게, 몇 달 전부터 파
리와 파리 사람들에게 환멸을 느낀 엘리파스가 시골로 내려와 자기 곁에서
조용하게 몇 주를 보내고는 캐나다로 떠났다고 말해 주었다. 그러면서 아
들로부터 온 편지를 꺼내 보여주었다. 랄루에트는 날짜를 비교해 보았다.
이제는 의심할 것이 전혀 없었다. 아베빌 주교의 의석 따위는 엘리파스에
게 전혀 관심의 대상이 아니었다.

의기양양해서 파리로 돌아온 랄루에트는 바로 입후보 원서를 제출했다.
하지만 그가 감행하기로 한 모험에 있어 단 하나의 걸림돌은, 아카데미 프
랑세즈 회원 후보자인 자신이 글을 읽을 줄 모른다는 사실이었다. 그리하
여 그들 부부는 글을 읽을 줄 알면서도 입후보하지 않는 사람들로 인해 야
기된 유리한 상황을 등에 업고 아카데미 프랑세즈의 종신 서기 선생에게
모든 것을 맡기기로 결정했다. 그것은 바로 정직한 사람으로서 취해야 할
자세 같은 것이었다. 이에 대해 종신 서기 선생이 이 사소한 사실을 간과하
고 지나치기로 했다는 사실은 이미 우리도 아는 바다.

그랬던 만큼 랄루에트 부부의 기쁨은 컸다. 그들은 서로 끌어안았다. 그
들 주위로 가게 전체가 빛이 나는 듯했다.

만족감에 찬 눈을 반짝거리며 랄루에트 부인이 말했다.

"내일이면 모든 신문에서 당신이 후보자라는 사실을 발표하겠죠? 세상
이 떠들썩하겠군요! 당신은 이제 유명인이라고요……!"

"이게 다 누구 덕이겠소, 아씨? 다 영리하고 용감한 당신 덕이지. 다른 여자 같았으면 아마 겁을 잔뜩 먹었을 거요! 하지만 당신은 나를 믿고 격려해 주었지 않았소. '가스파르, 계속 밀고 나가요' 하면서……."

"게다가 파리 사람들이 살인 혐의로 지목한 엘리파스란 작자는 캐나다에서 조용히 배회하고 있다니 우린 정말 안심이잖아요."

신중한 랄루에트 부인이 다시 한번 짚고 넘어갔다.

"부인, 지금 와서 하는 얘기지만 세 번째 후보자까지 죽고 나니까 괴팍하기 이를 데 없는 위대한 루스탈로가 해준 얘기가 있기는 해도 엘리파스란 작자를 직접 찾아내서 안심을 해야겠다 싶어지더구만. 만일 그 작자가 아직도 가까운 곳에서 돌아다니는 것으로 알았다면 입후보하기 전에 한 두어 번쯤 더 생각했을 거요. 마술사라 해도 사람이 아니겠소. 마술사도 보통 사람들처럼 살인을 저지를 수 있으니까 말이오."

"보통 사람들보다 더하면 더했지요……."

랄루에트 부인은 안심이 되면서도 약간은 회의를 품은 듯한 미소를 머금고 말했다.

"더구나 들리는 소문처럼 그 마술사가 과거, 현재, 미래뿐 아니라 동서남북까지 지배하는 사람이라면 말이에요."

"게다가 토트의 비밀까지 소유하고 있다면!"

랄루에트는 폭소를 터뜨리며 손바닥으로 허벅지를 치더니 한술 더 떠서 말했다.

"하지만 부인, 사람들이 어리석어야만 하오……!"

"타인의 어리석음은 나의 행운이지요."

"내가 말야, 삽화 잡지에서 그 작자 얼굴을 보고 또, 가게 진열대에 있는 사진도 봤는데, 한번도 살인을 저지른 얼굴이 아니라는 생각이 들었소!”

“저도 마찬가지였어요……! 오히려 사람을 편안하게 하는 얼굴이던데요. 잘생겼고 귀티가 나는 데다 눈길은 또 얼마나 부드러운지…….”

“약간의 심술기와 함께 말이오…… 부인! 그래요, 그 사람 눈엔 약간의 심술기가 들어 있었소.”

“아니라고는 못 하겠네요.”

“자기가 사람을 셋이나 죽였다는 소문을 듣게 된다면, 아마 한바탕 크게 웃을 거요……! 하지만 부인, 누가 그 사람한테 그 사실을 일러주겠소? 그 사람은 자기 어머니하고만 편지를 주고받는 데다, 주소도 자기만 알고 있다고 그 어머니가 말하더이다. 심지어 경찰조차도 모르는 곳에 사는 그의 모친은 세상 돌아가는 일엔 도무지 관심이라곤 없어 보였소……. 물론 나도 노파에게 세상 소식을 들려줄 생각이 전혀 없었지. 결국 엘리파스는 이 세상을 떠나서, 저 깊숙한 곳, 캐나다 산골 깊은 곳에 틀어박힌 거요.”

랄루에트 부인이 마치 메아리처럼 따라했다.

“저 깊숙한 곳, 캐나다 산골 깊은 곳에…….”

환희에 찬 그들은 행복에 들떠 뜨거워진 두 손을 맞잡았다……. 그런데 갑자기, “저 깊숙한 곳, 캐나다 산골 깊은 곳에……”라고 반복하면서 웃고 있던 그들의 꽉 잡은 손이, 얼음장처럼 차가워지는 걸 느꼈다.

가스파르 랄루에트와 그 부인은 이제 막 가게 진열창을 통해 보도에 멈춰 서서 가게 안을 들여다보고 있는 어떤 사람의 형체를 보았던 것이다…….

귀티가 흐르는 잘생긴 얼굴에 드리워진 강한 눈빛에는 뭔가가 서려 있었다. 랄루에트와 그의 부인은 동시에 공포의 비명을 질렀다.

분명 잘못 본 것이 아니었다! 가게 진열창 사이로 그들을 쳐다보고 있는 저 얼굴……, 두 사람을 꼼짝 못하게 만든 저 얼굴……은 분명 그들이 아는 얼굴이었다. 그것은 엘리파스였다! 바로 엘리파스 드 생텔름 드 타이유부르그 드 라 녹스, 바로 그 사람이었다!

보도에 서 있는 그 남자는 마치 조각상처럼 꼼짝도 하지 않았다. 우아한 짙은색 정장을 차려입은 그의 손에는 지팡이가 들려 있었으며, 베이지색 외투는 잘 접어져 그의 팔 위에서 무심히 팔랑이고 있었다. 셔츠에는 흔히들 나비넥타이라 부르는 넥타이가 장식처럼 매어져 있었고, 약간 곱슬 진 금발 머리 위에 쓴 소프트 펠트 소재의 중산모자는 아테나 여신(그리스 신화 속의 전쟁과 지성의 여신이자 아테네의 수호신—옮긴이주)의 자손이라 할 만한 그의 옆얼굴에 가벼운 그림자를 드리우고 있었다.

랄루에트 부부는 다리가 후들거리는 것을 느꼈다. 그들은 제대로 서 있을 수가 없었다. 그때 갑자기 남자가 움직였다. 그는 평온한 발걸음으로 문 쪽을 향해 걸어오더니 가게 문의 버튼식 잠금 장치를 눌렀다.

문이 열리고 그가 들어왔다.

랄루에트 부인은 의자에 털썩 주저앉았다.

가스파르 랄루에트는 거의 무릎을 꿇은 채로 소리쳤다.

"자비를 베푸소서……! 자비를 베푸소서……!"

그것이 그 순간에 그가 할 수 있는 말의 전부였다.

"여기가 가스파르 랄루에트 선생 댁이 맞습니까?"

남자는 자신의 출현으로 비롯된 결과에 대해 전혀 아랑곳하지 않고 물었다.

"아니요, 아닙니다. 여긴 그런 사람 없어요!"

랄루에트가 여전히 무릎을 꿇은 채 부지불식간에 대답했다. 어찌나 진실된 어조로 거짓말을 했던지 본인 자신도 그렇다고 믿을 지경이었다. *그만큼 진심이었던 것이다!*

남자는 잔잔한 미소를 짓더니 지극히도 침착하게 문을 닫았다. 그리고는 가게 한가운데까지 걸어 들어왔다.

"자, 랄루에트 선생! 일어나시오! 정신 좀 차리시고…… 부인께 제 소개나 시켜주시오……. 제기랄! 제가 선생을 잡아먹기라도 할까 봐 그러시는 겁니까!"

랄루에트 부인은 짧고 절망적인 시선으로 방문객을 흘깃 쳐다보았다. 순간 그녀에겐 너무나 끔찍하게도 닮은 외모 때문에, 다른 사람을 보고 착각하고 있는 건 아닐까 하는 다소 희망적인 생각이 스쳐 지나갔다. 그리곤 두려움을 진정시키며 떨리는 목소리로 말을 꺼냈다.

"선생님! 저희를 용서하세요……. 저, 그러니까 선생님께서…… 작년에 돌아가신 저희 친척 어르신이랑…… 판에 박은 듯 닮으셔서……."

말하기가 얼마나 힘이 들었던지 랄루에트 부인이 울먹였다…….

"제 소개가 늦었군요. 전 엘리파스 드 생텔름 드 타이유부르그 드 라 녹스라고 하는 사람입니다."

남자는 분명하고 침착한 목소리로 말했다.

"아! 하느님 맙소사!"

랄루에트 부부는 눈을 질끈 감으며 소리쳤다.

"제가 듣기로는 랄루에트 선생께서 아베빌 주교의 의석에 입후보를 하셨다고 하던데……."

랄루에트 부부는 펄쩍 뛰었다.

"그건 사실이 아닙니다! 대체 누가 그러던가요?"

랄루에트가 우는 목소리로 말했다.

그리고는 공포로 정신이 나간 상태에서 중얼거렸다.

'진짜 마술사는 마술사야! 모르는 게 없으니!'

남자는 상대의 계속되는 부인에도 동요하지 않고 계속해서 말했다.

"직접 축하의 말씀을 드리려고 이렇게 찾아왔소만."

"잘못 아신 겁니다!"

랄루에트가 단언했다.

"사람들이 선생님께 거짓말을 한 겁니다!"

하지만 엘리파스는 존엄한 눈길로 가게 안 구석구석을 살폈다.

"그건 그렇고, 여기 온 김에 이폴리트 파타르 선생한테도 한마디 드렸으면 하는데……. 이폴리트 파타르 선생은 어디 계신가요?"

얼굴이 납빛으로 변한 가스파르 랄루에트는 몸을 일으켰다. 이 새로운 상황 앞에서 어느 쪽으로든 결정을 내려야 한다면…… 사는 쪽을 택하기로 했다. 아직은 죽지 않고 살아 있지 않은가…….

"여보, 으랄리! 떨지 마시오……, 부인. 지금부터 선생님께 설명을 드립시다. 이폴리트 파타르 선생? 우린 그런 사람 모릅니다."

그가 떨리는 손으로 이마의 땀을 훔치며 말했다.

"그럼 아카데미 프랑세즈에서 나한테 거짓말을 했다는 말입니까?"

"예, 아카데미 프랑세즈에서 선생님을 속인 겁니다."

랄루에트가 단호한 어조로 말했다.

"사람들이 선생님을 완벽하게 속인 겁니다. 무슨 말이냐 하면 '이미 결정된 건 하나도 없다!' 이 말씀입니다. 아, 그 사람들이야 제가 입후보를 하고……! 그들의 의석에 앉고……! 입회 연설도 하고……! 뭐 또 다른 게 있으면 그것까지도 하고…… 그랬으면 아마도 몹시 좋아들 하셨겠죠. 하지만 그건 저랑은 상관없는 일입니다! 저야…… 그림이나 파는 장사꾼이고……! 정직하게 하루하루 밥 벌어먹고 사는 사람입니다……! 엘리파스 선생님, 보시면 알겠지만 전 여태껏 누구한테서 뭐 하나 빼앗아본 적이 없는 사람입니다…….”

“절대로 그 누구한테서도요!”

랄루에트 부인이 강조했다.

“그런 제가 이제 와서 왜 그런 짓을 하겠습니까! 엘리파스 선생님……, 회원 자리는 선생님 겁니다. 선생님이야말로 그 자리에 앉을 자격이 있는 유일한 분입니다……. 그 자리를 가지세요, 전 원치 않습니다!”

“원치 않는 건 저도 마찬가집니다! 선생께서 좋으시다면 그 자리를 차지하시죠……!”

엘리파스가 아주 무관심한 태도로 말했다.

랄루에트 부부는 서로를 쳐다보았다. 그리고는 엘리파스를 살폈다. 그의 말은 진심인 듯했다.

엘리파스는 웃었다. 이 자가 아직도 자신들을 놀리고 있는지도 모른다고 생각했다.

“선생님, 그 말씀 진심으로 하시는 겁니까?”

랄루에트 부인이 물었다.

“난 거짓말을 못하오.”

엘리파스가 말했다.

그러자 랄루에트가 펄쩍 뛰며 말했다.

"저흰 선생님이 캐나다에 계시는 줄 알고 있었는데요!"

랄루에트는 다소 냉정을 되찾으며 말했다.

"선생님 모친께서……."

"우리 어머니를 아시오?"

"제가 아카데미 프랑세즈 회원 자리에 입후보하기 전에……."

"그러니까 입후보를 하셨군요?"

"아니, 그게 아니라 입후보할 생각이 있었기 때문에요, 선생님을 방해하는 일이 있어서는 안 되겠다고 생각했습니다. 그래서 사방팔방으로 선생님을 수소문했습니다. 그러던 중에 영광스럽게도 선생님 모친을 만나 뵙게 되었고 선생님이 캐나다에 계신다는 걸 알게 되었죠……."

"맞는 얘기외다! 지금 거기서 오는 길이오……."

"아……! 그러시군요……. 그럼 캐다나에서 언제 오셨는지요, 엘리파스 선생님?"

다시 삶에 의욕이 생기기 시작한 랄루에트 부인이 물었다.

"랄루에트 부인……. 오늘 아침에……, 바로 오늘 아침에 르아브르(영국 해협에 면해 있는 센 강 어귀의 프랑스 무역항—옮긴이주)에 내렸습니다. 두 분께 말씀드리지만 제가 그곳에서 미개인처럼 살고 있었던 관계로 제가 없는 동안 아베빌 주교의 자리를 둘러싸고 온갖 어처구니없는 말들이 떠돌았다는 사실을 전혀 모르고 있었소이다."

그들 부부의 얼굴에 화색이 돌기 시작했다. 랄루에트 부부는 거의 동시에 말했다.

"아, 그러셨군요……."

"지난번 아카데미 프랑세즈 회원 선출 때 일어난 참사를 오늘 아침에야 친구 집에서 아침식사를 하다가 알게 되었소. 사람들이 절 백방으로 찾았다는 말을 듣고서…… 즉시 이폴리트 파타르 선생을 찾아가 사람들을 안심시켜줘야겠다고 생각했던 거요.”

“그래요! 그렇군요!”

“그래서 당장 오후에 아카데미 프랑세즈로 찾아갔던 겁니다. 제 얼굴을 알아보지 못하게 어두운 곳에 서서 수위에게 파타르 선생이 계시냐고 물었소. 그랬더니 아카데미 회원 몇몇하고 같이 나갔다고 하더군요……. 수위에게 용무가 급하다고 했지요……. 그러자 라피트 가 32의 2번지에 사는 가스파르 랄루에트 선생을 찾아가면 종신 서기 선생을 만날 수 있을 거라고 하면서, 가스파르 랄루에트 선생이 아베빌 주교의 후임 자리에 입후보를 했기 때문에 모두들 지체없이 그 사람을 축하하기 위해 갔다고 하더군요……! 그런데 선생께서는 파타르 선생을 모른다고 하니 제가 뭘 잘못 안 것 같군요……!”

엘리파스는 묘한 미소를 덧붙이며 말했다.

“선생님, 그분은 방금 여기서 나가셨습니다……!”

랄루에트는 모든 사실을 털어놓았다.

“더 이상 선생님을 속이고 싶진 않습니다. 지금까지 말씀하신 모든 게 너무나 자연스러워서 선생님을 상대로 농간을 부릴 수가 없네요……. 예, 맞습니다. 제가 그 자리에 입후보를 했지요. 선생님 같은 분이 결코 살인을 저질렀을 리 없고, 그런 허튼소리를 믿는 사람들이 어리석다고 생각하면서 말입니다.”

“잘했어요! 랄루에트!”

랄루에트 부인이 수긍했다.

"이제야 당신 같구려. 당신 정말 남자답게 얘기하네요! 이분이 그 자리에 미련이 있다면 언제든 돌려줄 시간은 있으니까요! 한 마디만 하시면 바로 그 자리를 돌려드릴 테니까요……."

엘리파스는 랄루에트를 향해 걸어가더니 그의 손을 잡았다.

"랄루에트 선생, 아카데미 프랑세즈 회원이 되시오! 아무 걱정 말고! 아주 안전하게……! 아카데미 프랑세즈 회원이 되십시오! 저는 말입니다…… 내 얘길 믿어주시오……. 남들과 하나 다를 것 없는 초라한 인간일 뿐이외다……. 그렇소, 공부를 좀 많이 했고……, 세상의 여러 가지 이치들을 깨달았기 때문에…… 한때는 제가 여느 사람들보다 한 수 위에 있다고 믿은 적도 있었소이다. 하지만 아카데미 프랑세즈 회원이 되는 데 실패하면서 겪은 비참한 수모는 제 눈을 뜨게 해주었소……. 저를 낮추고 스스로를 단죄하기로 결심했고……, 구석진 곳에 묻혀 살기로 했소……. 그런 점에서는 가장 똑똑하고 지적인 형제들을 가장 힘든 육체노동에 처하게 하는 수도사들의 훌륭한 규칙을 따르기로 한 거죠……. 캐나다 깊숙한 산골에서 가장 상스러운 모피 사냥꾼처럼 제 손으로 직접 일을 했지요……. 오늘 유럽에 다시 온 것은 제 물건을 넘기기 위해서……."

"대체 무슨 일을 하십니까?"

지금까지 살아오며 경험한 것 중 가장 달콤한 감동에 젖어 있는 랄루에트가 물었다. 실제로 사람들이 '진리를 깨우친 사람' 이라 부르곤 했던 이 사람의 말은, 사람을 사로잡는 어떤 힘이 느껴졌고, 그의 말을 듣는 행운을 누리는 이들의 맥박 뛰는 핏줄 속으로 꿀처럼 흘러들었다.

"맞아요, 친애하는 선생님! 정말 무슨 일을 하십니까?"

랄루에트 부인이 나른하게 눈을 뜨며 되물었다.

엘리파스는 전혀 부끄러워하는 기색이 없이 말했다.

"토끼 가죽을 팔고 있소."

"토끼 가죽을 파신다구요?"

랄루에트가 외쳤다.

"토끼 가죽을 파신다구요!"

랄루에트 부인은 한숨을 내쉬었다.

"그렇소, 난 토끼 가죽 장수요!"

'진리를 깨우친 사람' 이 떠날 채비를 마치고 조용히 머리를 숙이면서 되풀이했다.

하지만 랄루에트가 그를 붙잡았다.

"친애하는 엘리파스 선생, 지금 어딜 가시려는 겁니까? 이렇게 떠나시면 어떻게 합니까! 뭐라도 좀 대접을 해드려도 괜찮겠습니까……?"

"고맙습니다만 전 간식은 안합니다."

엘리파스가 대답했다.

"그래도 이렇게 헤어질 수는 없지요."

랄루에트 부인이 말했다.

이어서 부인은 부드럽게 속삭였다.

"지금까지 일어난 그 모든 일들을 생각하면, 같이 나눌 얘기가 많을 것같습니다……."

"난 궁금한 게 하나도 없습니다."

엘리파스가 솔직하게 대답했다.

"그 정도면 이곳에서 볼 저의 용무는 이미 충분합니다……. 이제 종신 서기 선생을 만나보고 곧 모피 거래를 위해서 사람들이 기다리고 있는 라이

프치히(독일 남동부에 있는 도시—옮긴이주)로 가는 기차를 탈 겁니다."

랄루에트 부인이 용감하게도 문 앞으로 가더니 말했다.

"죄송하지만, 엘리파스 선생님…… 종신 서기 선생님께 무슨 얘길 하실 건가요……?"

랄루에트 부인이 떨리는 목소리로 물었다.

"참, 그렇군!"

자기 부인이 또다시 동요하는 이유를 깨달은 랄루에트가 되풀이해서 물었다.

"이폴리트 파타르 선생께 무슨 얘길 하실 겁니까?"

"하느님 맙소사! 난 아무도 안 죽었다고 얘기하지 뭐라고 하겠소!"

엘리파스가 대꾸했다.

랄루에트의 얼굴은 창백해졌다.

"그러실 필요 없습니다……. 그분은 처음부터 그 얘기를 전혀 믿지 않으셨습니다! 맹세코, 전혀 쓸데없는 노릇입니다!"

"선생을 안심시켰듯이…… 그분을 안심시키는 것 또한 저의 의무이고……, 또한 저에 대한 어처구니없는 온갖 혐의도 이번 기회에 말끔히 씻어야겠고……."

가스파르 랄루에트가 완전히 일그러진 얼굴로 랄루에트 부인을 쳐다보았다.

"아, 여보! 이 모든 게 아름다운 꿈에 불과했었구려……!"

그리고는 부인의 팔에 안기더니 부끄러운지도 모르고 부인의 어깨에 기대어 울었다.

엘리파스는 랄루에트 부인에게 물었다.

"부인, 랄루에트 선생께서 뭔가 큰 고민이 있는 것 같은데…… 무슨 말씀을 하는 건지 통 못 알아듣겠습니다."

"그게 무슨 얘기냐 하면요……."

이번엔 랄루에트 부인도 울기 시작했다.

"선생님께서 지금 캐나다에서 돌아오셔서 파리에 머물고 계시고, 아카데미 프랑세즈에서 일어난 죽음과 아무런 관련이 없다는 사실을 사람들이 알게 되는 날에는 제 남편은 절대로 아카데미 프랑세즈 회원이 될 수 없다는 뜻입니다!"

"어째서 그렇지요?"

"아! 말씀드리긴 난감하지만……, 이 양반이 그 자리에 선출되려면……."

랄루에트 부인은 흐느꼈다.

"그 자리를 지원하는 사람이 하나도 없어야 하기 때문이에요……. 그러니 친애하는 엘리파스 선생님, 양식 있는 사람이라면 선생님이 무죄라는 것을 의심하지 않을 겁니다. 진실을 밝히시려거든 조금만 더 기다려주세요! 제 남편이 아카데미 회원으로 선출될 때까지만 기다려달란 말입니다……!"

"부인……, 진정하시오! 설마 하니 아카데미 프랑세즈가 그토록 곤경에 빠진 상황에도 혼자서 용감하게 입후보를 하러 찾아간 댁의 남편을 냉대할 만큼 불공정하지는 않을 겁니다……."

"아카데미 프랑세즈는 이 사람을 원치 않을 거라니까요!"

"그렇지 않을 겁니다!"

"글쎄, 그렇다니까요……!"

“그렇지 않을 거라니까 그러시네……!”

“가스파르! 난 엘리파스 선생님을 믿어요. 그러니 아카데미 프랑세즈에서 다른 사람을 선출할 방도가 있으면 왜 당신을 택하지 않을 것인지 그 이유를 엘리파스 선생님께 말씀드리세요……. 엘리파스 선생님, 이건 비밀이에요! 종신 서기 선생님께만 털어놓아야 했던 기막힌 비밀이라고요……. 영원히 우리끼리만 알고 있어야 할 비밀 말입니다……! 자, 가스파르! 얼른 말씀드려요!”

부인의 품에서 빠져 나온 가스파르 랄루에트는 손으로 입을 가린 채 엘리파스의 귀에다 그만이 알아들을 수 있도록 낮은, 매우 낮은…… 목소리로 무슨 말인가를 속삭였다.

그러자 평상시에 잘 웃지 않는 엘리파스 드 생텔름 드 타이유부르그 드 라 녹스는 큰 소리로 웃었다.

“거, 참 재미있군요! 내, 아무 말 안하리다! 그러니 안심들하시오.”

그러더니 그는 랄루에트와 부인의 손을 정중하게 잡고, 당신들처럼 선량한 사람들을 알게 되어서 참으로 반가웠다고 말하면서, 자기 평생에 랄루에트가 아카데미 프랑세즈 회원이 되는 것을 보는 것만큼 즐거운 일은 없을 거라면서 문을 열고 밖으로 나가 우아하고 평화로운 발걸음으로 멀리 사라져갔다.

12
불길한 편지

랄루에트에게 내일이면 유명인이 되어 있을 거라고 말한 랄루에트 부인의 예언은 전혀 과장된 것이 아니었다. 그로부터 입회식이 있기까지 두 달 동안 그보다 더 유명한 사람은 없었다. 그의 집엔 신문기자가 끊임없이 드나들었으며, 그의 사진은 전 세계 잡지에 실렸다.

랄루에트가 이 모든 찬사를 응당 당연한 것으로 받아들였다는 사실에 대해서는 짚고 넘어갈 필요가 있다. 지금과 같은 긴박한 상황에서도 여전히 용기 있는 듯 보이는 그에게 겸손의 미덕 같은 건 전혀 필요치 않았다. 방금 '듯 보이는' 이라고 말한 데는 다 이유가 있다. 사실상 랄루에트 부부에겐 이제 사르의 복수와 관련해서 두려울 게 하나도 없었다. 처음에 그들을 공포로 떨게 했던 사르의 방문은 결국 그들에게 미래에 대한 안도감과 믿음을 채워주는 것으로 끝을 맺었다.

그 미래는 지체없이 실현되었다. 그와 순교의 영예를 다투러 온 경쟁 상대가 없었기 때문에 쥘 루이 가스파르 랄루에트는 만장일치로 아카데미 프랑세즈 회원으로 선출되었다.

그 후로 몇 주 동안 이폴리트 파타르는 단 하루도 빠짐없이 랄루에트의 가게 뒷방을 방문했다. 그는 저녁 무렵이면 사람들의 눈에 띄지 않기 위해 안마당 쪽으로 난 작은 쪽문을 통해 들어가 서둘러 가게 뒷방을 가로질러 비밀이 보장된 작은 서재에서 랄루에트와 함께 틀어박혀 있곤 했다. 그들은 그곳에서 입회 연설문을 준비하고 있었다.

랄루에트가 스스로를 기억력이 좋은 사람이라 말했던 것은 과언이 아니었다. 그의 기억력은 실로 대단했다. 그는 자신의 연설문을 실수 없이 몽땅 외워버릴 수 있을 만했다.

랄루에트 부인 역시 전적으로 그 일에 뛰어들어 아침저녁으로 그 훌륭한 연설문을 암송할 수 있게 도와주었다. 또한 자연스럽게 연설문을 읽는 것처럼 보이도록 연설문이 쓰여진 종잇장을 배치하는 방법과, 읽으면서 한 장씩 종이를 넘겨 차곡차곡 쌓는 법도 가르쳤다. 마지막으로 랄루에트가 모든 사람들 앞에서 고개를 숙인 채 연설문을 낭독하는 것을 막기 위해 각 장의 위쪽에 붉은색으로 조그맣게 표시까지 해두었다.

파리 전체를 흥분의 도가니로 몰고 간 화제의 그날이 하루 앞으로 다가왔다. 신문사들은 라피트 가에 상주 특파원을 보내놓고 있었다. 이미 세 번의 경험이 있었던 터라 적지 않은 사람들이 가스파르 랄루에트가 곧 죽게 될 운명이라는 걸 믿어 의심치 않았다. 사람들은 오 분마다 그 위인의 소식을 듣고 싶어했다. 랄루에트 부인은, 휴식을 취하기 위해 하룻동안 아무도 만나지 않기로 한 랄루에트 대신 그 끊이지 않는 질문들에 일일이 답해야 했다. 이 불쌍한 여인은 흔히 말하듯 '기진맥진해' 있었지만 행복에 겨워

하고 있었다. 왜냐하면 실제로 랄루에트는 '마법에 걸린 듯' 건강했기 때문이다.

"마법에 걸린 듯이요! 기자 선생님……, 신문에다 그렇게 써주세요……, 마법에 걸린 듯 건강하다고요!"

그날 랄루에트는 아주 조심스럽게 자택을 빠져 나왔다. 마지막으로 몇 번 더 연설문을 외우기 위해서는 그 어느 때보다도 혼자 있는 시간이 절실하게 필요했지만, 그의 유명세는 그를 가만히 두지 않았다. 그는 꼭두새벽부터 교묘히 남의 눈을 피해 바스티유 광장에서 소매점을 하고 있는 부인의 사촌 집으로 갔다. 그는 이 친절한 사촌이 랄루에트 외엔 아무도 이층 전화를 사용하지 못하도록 배려해 준 덕분에 먼 거리에도 불구하고 이폴리트 파타르가 써준 훌륭한 입회 연설문 중 가장 어려운 부분을 부인의 귀에다 대고 외울 수 있었다.

이폴리트 파타르는 그날도 약속 시간에 맞춰 저녁 여섯 시쯤 랄루에트 부인의 사촌 가게로 찾아갔다. 모든 일이 더할 나위 없이 잘 진행되는 듯했는데 이폴리트 파타르와 대화를 나누는 중에 작은 문제점이 드러났다.

"친애하는 친구여!"

이폴리트 파타르가 말했다.

"기뻐하시오. 프랑스 학술원 회관에서 이번만큼 눈부시게 빛나는 장엄한 입회식은 없을 테니 말이오! 아카데미 프랑세즈 회원들이 전부 그곳에 참석합니다! 내 말 들으셨소? 회원 전원이란 말이오……! 모두 그 자리에 참석함으로써 선생에 대한 각별한 경의를 표하고 싶어하는 거요. 심지어 늘 바빠서 이런 종류의 회합에는 거의 얼굴을 내밀지 못했을 뿐만 아니라, 모르티마르나 돌네의 입회식 때는 물론, 대중의 관심을 극도로 고조시켰던

마르탱 라투슈의 입회식 때마저도 불참했던 위대한 루스탈로까지 입회식에 참석할 거라 알려왔소."

"아, 그렇군요! 루스탈로 선생님도 오시는군요……!"

랄루에트의 얼굴에는 꽤나 당황한 듯한 기색이 역력히 드러났다.

"수고스럽게도 직접 편지까지 써주셨소."

"아주 친절한 분이군요……."

"아니, 친애하는 랄루에트 선생! 무슨 일 있습니까? 걱정되는 모양이신데……."

"예, 그렇습니다. 잘 보셨어요……!"

랄루에트가 시인했다.

"아, 뭐 그렇게까지 심각한 건 아니지만…… 제가 위대한 루스탈로께 실수를 좀 한 게 있어서요……."

"무슨 일인데요……?"

"예전에 그러니까 제가 입후보하기 훨씬 전에……, 마르탱 라투슈의 죽음을 둘러싸고 떠도는 온갖 허튼소리들과 토트의 비밀이란 걸 과연 믿어야 하는지 그분의 의견을 여쭙기 위해 그분을 찾아갔습니다. 그분은 아주 단호하게 저를 비웃으셨고, 그 위대한 학자께서 너무나 속된 말로 본인의 의견을 피력하시는 바람에 충격은 좀 컸지만, 그래도 결과적으로 제가 아카데미 프랑세즈에 입후보하기로 결정한 데는 그분의 힘이 매우 컸습니다."

"그렇군요. 그런데 그게 무슨 걱정거리가 된단 말이오……?"

"잠깐만 기다려보세요, 종신 서기 선생님! 제 말을 끝까지 들으시라고요……! 제가 결정적으로 입후보를 한 후에 공식 호별 방문을 했었지요, 안 그렇습니까?"

"거야 당연하죠! 그것은 우리 아카데미의 관례로써, 혹시라도 한 사람이라도 빠뜨리면 그분께 엄청난 결례가 되는 거지요……. 더구나 감히 상기시켜드린다면, 랄루에트 선생의 경우처럼 아카데미 프랑세즈에서 주저 없이 먼저 입후보를 찾아가는 수고를 한 마당에야 더 말할 나위가 없지요……."

"예, 그렇지요……! 그 결례를…… 그 누구보다도 더 감사를 드려야 마땅한 그분께 저질렀다 이 말입니다……. 위대한 루스탈로를 찾아 뵙지 않았거든요……!"

이폴리트 파타르가 펄쩍 뛰며 물었다.

"뭐라구요? 위대한 루스탈로를 찾아 뵙지 않았다는 말이오……?"

"그렇다니까요……!"

"이봐요, 랄루에트 선생! 선생은 우리 아카데미의 규칙을 송두리째 위반했소……!   ”

"잘 알고 있습니다!"

"선생 같은 분이 어떻게 그럴 수가……! 선생은 아카데미 프랑세즈를 모욕했소……!"

"아! 종신 서기 선생님……. 그건 제 의도가 아니었습니다……."

"그럼, 랄루에트 선생! 도대체 뭣 때문에 *그분의* 호별 방문을 하지 않은 겁니까?"

"종신 서기 선생님, 말씀드리자면……, 저를 겁나게 하는 아작스와 아실이란 큰 개 두 마리와 쳐다보기만 해도 오금이 저리는 거인 토비 때문이지요……."

이폴리트 파타르는 형언할 수 없는 놀라움의 표시로 "아!" 하고 짧은 탄성을 내질렀다.

"당신이⋯⋯! 당신처럼 용감한 분이⋯⋯!"

"그건, 저⋯⋯, 그건 말입니다⋯⋯."

가련한 랄루에트는 동정심이 들 정도로 고개를 떨구며 대답했다.

"저는 헛된 공상에는 절대로 쉽게 겁먹지 않지만⋯⋯ 실제 일어나는 일은 좀 무서워하는 편이거든요⋯⋯. 그놈의 개들의 이빨이 얼마나 튼튼한지 제 눈으로 직접 본 데다가 울부짖는 소리까지 들었던지라⋯⋯."

"어떤 소리 말인가요?"

"하나는 죽음을 보고 짖어대는 듯한 울음⋯⋯. 그리고⋯⋯ 사람의 비통한 울부짖음 같은 그런 소리를 여러 차례 들었단 말입니다⋯⋯!"

"사람의 비통한 울부짖음이라구요⋯⋯?"

"학자께서는 아마도 몇몇 불량배들이 마른 강가에서 싸움질할 때 나는 소릴 거라고 하셨습니다⋯⋯. 정말이지 살인이라도 당하는 사람처럼 소리를 질러댔어요⋯⋯. 마을은 폐허 같았고⋯⋯, 집은 고립되어 있었지요⋯⋯. 이게 바로 제가 다시 그곳에 가지 않은 이유입니다⋯⋯."

그의 말이 끝날 무렵 이폴리트 파타르는 이미 탁자에 앉아 열차 시간표를 들여다보고 있었다.

"갑시다!"

그가 말했다.

"어딜 말입니까?"

"어디긴 어디요! 위대한 루스탈로 댁이지⋯⋯! 오 분 후에 떠나는 기차가 있소⋯⋯. 당신이 공식적으로 아카데미 회원이 되는 건 내일이니 불행 중 다행 아니오⋯⋯!"

“이런 일이!”

랄루에트가 말했다.

“그렇다고 거부하는 건 아닙니다……! 선생님과 함께라면 아무 문제없죠……! 그런데 그 개들을 아십니까?”

“물론 알다 마다요……. 거인 토비도 알고 있습니다.”

“좋습니다……! 파리로 돌아오는 열차를 기다리면서 라 바렌 생 틸레르 역 근처에 있는 작은 식당에서 저녁을 먹으면 되겠군요.”

“루스탈로가 저녁 식사에 초대하지 않으면 그렇게 합시다……. 다른 일에 빠져 잊어버리지만 않는다면 분명히 먹고 가라 하시겠지만…….”

이폴리트 파타르가 말했다.

계단을 막 내려와 집 근처의 뱅센느 역으로 달려갈 채비를 하려던 참이었다. 그때 그들 옆에 있는 전화기의 벨이 울렸다.

랄루에트가 말했다.

“제 부인일 겁니다. 지방에서 저녁 먹고 들어간다고 하겠습니다.”

그리고는 전화기 있는 쪽으로 다가가 수화기를 들었다. 전화기는 방 한쪽 구석에 매달린 작은 전기 전구 밑에 있었다. 전기 전구가 몸에 해로운 빛을 뿜었던 건지, 아니면 방금 들은 전화 내용 때문에 충격을 받았는지 모르겠지만 랄루에트의 얼굴이 하얗게 질려 있었다.

걱정이 된 이폴리트 파타르가 물었다.

“무슨 일이오?”

랄루에트가 전화기 쪽으로 몸을 구부렸다.

“으랄리, 끊지 말아요. 종신 서기 선생님께도 그 말씀을 드려봐요.”

“뭔데 그러시오?”

이폴리트 파타르가 흥분해서 물었다.

"엘리파스 드 라 녹스 씨로부터 편지가 왔답니다!"

랄루에트는 점점 더 창백해지는 얼굴로 말했다.

순간 이폴리트 파타르의 얼굴도 노랗게 변하며 외마디 비명을 내지르더니 서둘러 수화기를 귀에 갖다댔다.

두 사람은 수화기에 귀를 기울였다.

그들은 랄루에트 앞으로 도착한 편지의 내용을 전하는 랄루에트 부인의 목소리를 들었다.

"친애하는 랄루에트 선생! 선생의 성공을 듣게 되어서 무척 기쁩니다. 확신하건대 선생 같은 분은 연설 도중 어떤 유감스러운 감정이 생겨 연설의 맥이 끊이지 않을까 하는 염려는 안 해도 되리라 믿습니다. 이 편지에 찍힌 소인을 보시다시피 저는 여전히 라이프치히에 머물고 있습니다만, 선생을 만나고 나서 기이하다고 할 아카데미 프랑세즈 사건에 대해 자료를 모아볼 마음이 생겼습니다. 여러 생각 끝에 지금은 *세 명의 아카데미 프랑세즈 회원 후보자가 아베빌 주교의 의석에 앉아보기도 전에 연속으로 목숨을 잃은 사실이 생각하는 것만큼 그렇게 자연스러운 일인가를* 자문해 보았습니다. 그것은 곧 그들이 없어져야만 현실적으로 이득을 보는 사람이 어딘가에 있다는 얘기겠지요……! 그리고 내 자신이 살인자가 아니라고 해서 지구상에 더 이상 살인자가 없으란 법은 없지 않습니까?

어쨌든 이런 제 생각 때문에 선생께서 하실 일을 중단하시는 일은 없었으면 합니다. 비록 모르티마르 선생, 돌네 선생, 그리고 라투슈 선생을 없애야 했던 이유가 있었다 해도 가스파르 랄루에트 선생을 사라지게 만들 이유는 없을지도 모르니까요.

　랄루에트 부인께 안부 전해 주십시오.

　엘리파스 드 생텔름 드 타이유부르그 드 라 녹스."

13
기차 안의 만남

라 바렌 생 틸레르로 향하는 기차 안에서 이폴리트 파타르와 가스파르 랄루에트는 각자 깊은 생각에 잠겨 있었다. 두 사람 모두 서로의 생각을 터놓고 얘기할 마음이 전혀 없었던 걸로 봐서, 그것은 분명 침울한 생각이었음에 틀림없었다.

엘리파스의 편지는 끔찍하지만 지극히 상식적인 내용이었다.

"내 자신이 살인자가 아니라고 해서 지구상에 더 이상 살인자가 없으란 법은 없지 않습니까?"

이 문장은 마치 뾰족한 나사송곳처럼 두 사람의 뇌리에 와 박혔다. 물론 가장 충격을 받은 사람은 랄루에트였지만, 골치가 아픈 것은 파타르도 마찬가지였다. 문제의 편지에 대해 그가 랄루에트에게 설명을 요구하자, 랄루에트는 무고한 엘리파스의 방문에 대해 세세히 일러줬던 것이다. 공식적으로 아카데미 프랑세즈 회원으로 선출된 이 마당에 랄루에트가 그 얘기를 한다고 해도 전혀 불리할 것은 없었다. 만약 회원으로 선출되지 않았다고 해도, 지금처럼 엘리파스의 편지를 받은 상황에서라면 랄루에트는 모든 사실을 숨김없이 털어놨다. 솔직히 말하자면 그는 지금 아카데미 프랑세즈 회원으로 선출된 것이 그렇게 기뻐해야 할 만한 일인지 자문하고 있는 중이었다.

이폴리트 파타르는 그 이야기를 듣고는 신중한 랄루에트가 엘리파스의 재출현 같은 중대한 사실을 자신에게 그렇게 감쪽같이 감추었다는 데 대해 못내 서운했다. 그러나 엘리파스 드 라 녹스 자신이 내세운 "내가 아니면 아마 다른 사람일 것이다……!"라는 차분한 가설로부터 야기된 불길한 생각들에 밀려서 그런 서운한 감정 따위는 그다지 오래 가지 않았다.

"세 명의 아카데미 프랑세즈 회원 후보자가 아베빌 주교의 의석에 앉아 보기도 전에 연속으로 목숨을 잃은 사실이 생각하는 것만큼 그렇게 자연스러운 일인가."

이 문장 또한 그의 눈앞에서 춤추듯이 계속 아른거렸다……. 그러나 무엇보다도 이 딱한 랄루에트를 괴롭히는 것은 바로 이 마지막 문장이었다.

"비록 모르티마르 선생, 돌네 선생, 그리고 라투슈 선생을 없애야 했던 이유가 있었다 해도 가스파르 랄루에트 선생을 사라지게 만들 이유는 *없을지도 모르니까요.*"

없을지도 모른다!……. 랄루에트의 마음에 걸리는 것은 바로 이 *없을지도 모른다!*는 표현이었다.

그는 파타르를 바라보았다…….

그의 안색은 점점 더 불안해 보였다.

"랄루에트 선생, 들어보시오."

그가 갑자기 말을 꺼냈다.

"엘리파스의 편지 때문에 불길한 생각이 드는 것은 사실이지만……, 솔직히 말해 당신이 걱정할 이유는 없다고 생각하오……."

"아! 선생님께선 확신이 없으신 게로군요……?"

랄루에트는 약간 당황하는 듯한 목소리로 대답했다.

"이젠 그렇소! 마르탱 라투슈가 비명에 간 다음부터 이 세상에 그 어떤 것도 확신할 수 있는 건 없어졌소……. 그 사람 일로 얼마나 양심의 가책이 들었던지……. 당신 일로 또 그러고 싶진 않단 말이오……!"

"뭐라구요? 지금 절 죽은 사람 취급하시는 겁니까……!"

랄루에트는 파타르 앞에 벌떡 일어서서 외쳤다.

순간 기차가 흔들리며 랄루에트는 좌석 쪽으로 넘어졌다. 그는 짧은 신음 소리를 내며 다시 자리에 주저앉았다.

"친구여, 그게 아닙니다. 당신을 죽을 사람으로 생각하지 않아요……."

위로하는 처지에 이른 이폴리트 파타르는 랄루에트의 손을 잡으며 부드럽게 말했다.

"하지만 그렇다고 해서 *다른 세 사람*의 죽음이, 생각했던 것처럼 자연사가 아니었을지도 모른다는 생각이 아예 들지 않는 건 아닙니다."

"다른 세 사람이라고요?"

랄루에트가 몸서리를 쳤다.

"그 엘리파스란 작자는 말을 잘 하는군요……. 그 덕에 생각을 하게 되고……, 야릇한 일이지만 내가 전에 개인적으로 조사했던 기억을 일깨워주는구려……. 참, 랄루에트 선생! 한번 말해 보시오. 모르티마르 선생, 돌네 선생, 라투슈 선생, 이 세 사람을 모두 모르고 지냈나요?"

"그 사람들하곤 말 한마디 나눈 적이 없습니다……."

"다행이구려……!"

이폴리트 파타르가 한숨을 내쉬며 말했다.

"맹세할 수 있겠소?"

그가 재차 물었다.

"제 아내, 으랄리를 걸고 맹세합니다."

"좋습니다……! 그러니까 선생을 그들의 운명에 묶어놓을 이유는 아무것도 없단 말이군요……."

이폴리트 파타르가 말했다.

"종신 서기 선생님, 그렇게 말씀하시니 좀 안심이 됩니다……. 그런데 선생님께서는 세 사람의 운명을 서로 묶어놓을 뭔가가 있었다고 생각하십니까……?"

"그렇소. 엘리파스의 편지를 받은 후부터는…… 그런 생각이 드오……. 허참……! 이 마술사에 대한 생각을 하느라고 우리 모두 정신이 팔려, 있을 법하지도 않은 그의 주술에만 신경을 썼소. 그러다 보니, 이 소름 끼치도록 끔찍한 수수께끼 같은 사건의 자연적인, 아니 어쩌면 범죄적인 비밀을 다른 곳에서 찾아볼 생각을 전혀 하지 않았던 거요……. *'그들이 없어져야만 현실적으로 이득을 보는 사람이 어딘가에 있다는 얘기겠지요……!'* 파타르는 자기 자신에게 혼잣말을 할 정도로 흥분해서 같은 말을 되풀이했다.

"바로 그거였단 말인가……? 바로 그거였어……!"

"뭐라구요? 바로 그거였다니……? 대체 그게 무슨 뜻입니까……? 무슨 일이 있으신 건가요? 아까는 저를 안심시켜 주시더니 다시 불안하게 만드시는군요……! 뭘 좀 알고 계십니까……?"

이렇게 간청하는 랄루에트의 모습은 보기에도 딱할 정도였다.

두 남자는 서로의 손을 꽉 잡았다.

"글쎄, 난 아무것도 모르오……."

파타르가 중얼거렸다.

"하지만 조금만 생각해 보면 뭔가를 아는 것 같기도 하단 말이오……! 아베빌 주교의 의석 계승을 위한 *첫번째 회원 선출이 있기 전에는*……, 랄루에트 선생, 잘 들어보시오……. *세 후보자는 서로를 몰랐었다*는 말입니다. 그분들은 단 한번……, 단 한번도 만난 적이 없었소……! 라투슈 선생이 그분들 셋이 오랜 친구라고 거짓말을 했지만 난 그에 대한 확실한 정보를 가지고 있소……. 그런데 말이오, 아카데미 프랑세즈 회원 선출이 있은 직후부터 그분들은 모이기 시작했어요……. 이 사람 집에서 저 사람 집으로 돌아가며 몰래 만났단 말이오……. 사람들은 마술사에 관해 얘기하면서…… 그것은 그의 위협을 피하기 위해서라고 말했고, 모두들 그 말을 믿었어요. 물론 나 자신도 그 말을 믿었고요……. 하지만 그게 얼마나 당치 않은 소리였는지……! 그분들은 분명 다른 할 얘기가 있었던 겁니다……! 늘 숨어서 만난 것을 보면 뭔가를 두려워하고 있었던 게 분명해요! 게다가 그분들 얘기를 들은 사람은 아무도 없었어요……!"

"그것이 모두 확실한 얘깁니까……?"

랄루에트는 숨도 제대로 쉬지 못하고 물었다…….

"글쎄 그렇다니까요……! 오……! 내가 조사를 했었지요……. 그들이 처음으로 만난 곳이 어디인지 혹시 아십니까……?"

"물론 모르죠……!"

"맞춰보시오!"

"그걸 제가 어떻게 압니까……?"

"그러니까 바로 여기였어요……! 맞아……! 바로 여기……! 그렇고 말고……. 바로 이 기차 안에서……. 우연 중 우연으로…… 그들이 서로 만났단 말이에요……. 아카데미 프랑세즈 회원 선출이 있기 전에 루스탈로 선생에게 후보자 호별 방문을 가면서 말이오……! 그들은 물론 함께 돌아왔지요. 그런 일이 있은 후부터 불가사의한 세 사람의 죽음이 있기 전까지 뭔가 끔찍한 일이 그들에게 일어났던 거요. 그처럼 비밀리에 만난 걸 보면 말이오……. 이게 바로 내가 생각하는 바요."

"그럴 수도 있겠지요……. 그 사람들한테 우리가 모르는 어떤 일이 일어났을 수도 있지요……. 하지만 종신 서기 선생님, 저한테는 아무 일도 없었습니다……."

"그랬지요! 그렇고 말고요. 당신한텐 아무 일도 일어나지 않았지요……. 친애하는 랄루에트 선생! 그게 바로 당신은 안심해도 된다고 생각하는 이유입니다……. 그럼요……. 정말로……, 안심해도 된단 말이지요……. 그런데 이것만은 분명히 합시다……. 난 분명 '거의' 라고 말했소……. 이젠 더 이상 어떤……, 그 어떤 책임도 지고 싶지 않으니까……."

바로 그 순간에 기차가 멈춰 섰다.

그때 플랫폼에서 역무원이 외치는 목소리가 들렸다.

"라 바렌 생 틸레르 역입니다!"

파타르와 랄루에트는 소스라치게 놀랐다. 아! 그들의 생각은 라 바렌에서 한참 멀어져 있었고 심지어는 그곳에 왜 왔는지조차 생각하지 않고 있었다…….

하지만 그들은 일단 기차에서 내렸다.

랄루에트가 말했다.

"파타르 선생님, 지금까지 기차에서 하신 얘기는 맨 처음 제 가게를 방문한 날 해주셨어야 했습니다……."

14
비통한 울부짖음

어둑해지기 시작한 저녁 무렵 그들은 역에 대기된 마차가 한 대도 없었으므로 쉔느비에르로 통하는 길을 따라서 걸어야만 했다.

루스탈로의 외딴집으로 가는 가장 빠른 지름길인 마른 강 둑길로 내려서기 전, 쉔느비에르 다리 위를 건너던 랄루에트가 걸음을 멈췄다.

"그런데 친애하는 파타르 선생님, 선생님은 정말로 *그들이* 저를 살해할 거라고 생각하지 않으시는 겁니까……?"

그가 슬쩍 물었다.

"*그들이* 대체 누군데요?"

신경이 날카롭게 곤두선 듯 보이는 이폴리트 파타르가 목소리를 높였다.

"저라고 그걸 알겠습니까……? 다른 후보자들을 살해한 그 사람 말입니다……!"

"다른 후보자들이 살해당했다고 누가 당신한테 얘기했소?"

이번엔 사나운 개가 짖듯이 으르렁거리며 그가 말했다.

"하지만, 선생님께서……!"

"나요? 난 아무 말도 안했소이다. 아시겠소……? 난 아무것도 모른다니까요……!"

"친애하는 종신 서기 선생님, 한가지 고백할 게 있습니다. 저야 물론 아카데미 프랑세즈의 일원이 되고 싶지만…….."

"당신은 이미 아카데미 회원이오……!"

"그렇군요!"

랄루에트는 한숨을 내쉬었다.

그들은 둑길로 내려왔다……. 랄루에트는 아까부터 한가지 생각에 사로잡혀 있었다.

"그렇지만 어쨌든 살인만 당하지 않았으면 좋겠습니다."

그가 말했다.

이폴리트 파타르는 어깨를 으쓱했다.

글을 읽을 줄 모르는 남자, 하지만 아카데미 프랑세즈에 입후보하지 않은 다른 모든 사람들의 두려움에 대해, 자신은 걱정할 게 하나도 없다는 것을 이미 알고 있었던 남자, 자신이 영웅이라 믿는 이 남자……, 하지만 알고 보니 한갓 약삭빠른 인간에 불과한 이 남자에게 그는 정이 떨어지기 시작했다. 그리하여 다소 심한 말로 그 남자 자신에 대한 존경심을 일깨워주기로 결심했다.

"친애하는 선생, 살다 보면 때론 위험을 무릅쓰고 가치 있는 뭔가에 도전해야 할 순간들이 있는 법이오……!"

그리고는 '어디 좀 해보시지! 말 한번 잘했다!' 라고 생각했다. 실제로 랄루에트의 불평은 그에게 몹시 역겹게 느껴졌다. 비록 상황이 어렵고 불가사의하며 모든 면에서 따져볼 때 위협적인 부분이 있는 건 사실이지만, 그렇다고 해도 결과적으로 랄루에트를 아카데미 프랑세즈 회원으로 만들어준 것은 그에게 그리 나쁜 건 아니었다는 것이 이폴리트 파타르의 생각이었다.

랄루에트는 고개를 떨구고 있었다. 그러던 그가 고개를 든 것은, 아주 솔직하게 말해서 야비하기 이를 데 없는 이 문장을, 신선한 밤의 공기 속에 뱉어내기 위해서였다…….

"제가 꼭 아카데미 프랑세즈의 입회 연설을 할 필요가 있습니까……?"
랄루에트가 말했다.

그들은 어느새 마른 강변에 와 있었다. 벌써 밤의 장막이 두 여행자 위로 내리덮고 있었다. 이폴리트 파타르는 음험하게 흘러가는 깊은 강물과 지쳐 주저앉은 랄루에트의 실루엣을 바라보았다. 순간 그를 물에 빠뜨려 죽이고 싶은 욕구가 치밀었다. 콰당! 어깨로 한번 밀치기만 하면……!

그러나 이폴리트 파타르는 이 무기력한 육체를 물 속으로 밀어넣는 대신, 아카데미 프랑세즈의 *신입 회원*의 손을 잡으러 그에게 정답게 다가갔다…….

그것은 우선 이폴리트 파타르가 이 세상 그 누구보다 범죄와 거리가 먼 사람이었기 때문이며, 또한 그 고명한 학회가 *네 번째의 죽음*으로 또다시 어떤 곤욕을 치르게 될 것인가 하는 데에 그의 생각이 미쳤기 때문이었다.

그 생각에 그는 진저리를 쳤다. 아! 대체 지금까지 무슨 생각을 했었던가? 이 훌륭한 랄루에트를 겁줄 생각을 했다니! 그는 자신이 돌았다고 생각했다. 그는 랄루에트의 손을 꼭 쥐었다. 그리고는 이 선량한 남자에게 영원히 감사하겠다고 마음속 깊이 다짐을 했다……. 이제 그는 이 남자의 마음속에서 아카데미 프랑세즈 회원이 되려는 열망을 식어버리게 놔둔 것을 자책하며, 다시 그 열망을 불러일으키기 위해 노력했다. 그는 랄루에트에게 내일의 승리를 묘사했고, 열광에 도취된 군중의 모습을 그려주었다. 특히 그날 주인공의 아내로서 일층의 칸막이 좌석에 앉아 영광스럽고 빛나는 찬사를 받게 될 랄루에트 부인의 모습을 상기시키며, 마침내 랄루에트의 마음을 녹여버렸다…….

결국 그들은 부둥켜안고 서로를 자축하면서 격려했고, 침울한 생각에 사로잡혀 내내 우울해했던 것을 한순간에 떨쳐버렸다. 그러다가 벌써 위대한 루스탈로의 집 앞에 도착한 것을 깨닫고는 용감한 사람들처럼 크게 소리내어 웃었다.

"개 조심하세요!"

랄루에트가 말했다.

하지만 개 짖는 소리는 들리지 않았다…….

이상하게도 철문이 열려 있었다.

하지만 이폴리트 파타르는 손님이 왔음을 알리기 위해 초인종을 눌렀다.

"아작스와 아실은 대체 어디 있는 건가……? 토비는……? 오늘은 그가 나타나지 않는군."

랄루에트가 말했다.

정말 아무도 나타나지 않았다.

"들어갑시다!"

이폴리트 파타르가 말했다.

"개가 무서워요!"

랄루에트가 또다시 겁을 냈다.

"저런! 내가 그 개들을 옛날부터 안다고 하지 않았소! 우리한테 아무런 해도 끼치지 않을 거요."

파타르가 되풀이했다.

"좋아요. 그럼 앞장서세요."

랄루에트가 단호하게 말했다.

그들은 현관 앞에 당도했다. 정원과 마당, 집안까지도 아주 깊은 정적이 감돌고 있었다.

현관문은 반쯤 열려 있었다. 그들은 현관문을 밀쳤다. 반쯤 벌어진 가스 가로등이 현관을 비추고 있었다.

"아무도 안 계십니까?"

파타르가 높은 톤의 가성으로 외쳤다.

그러나 대답하는 사람이 없었다.

그들은 이 이상한 침묵 속에서 얼마간 더 서 있었다.

현관으로 통하는 모든 문은 닫혀 있었다.

파타르와 랄루에트는 손에 모자를 든 채 난처함을 감추지 못하고 그곳에 서 있었는데, 갑자기 무시무시한 아우성으로 집의 벽들이 울리기 시작했다. 비통하게 울부짖는 사람의 소리가 밤의 어둠을 타고 저 깊은 곳에서 울려 퍼지고 있었다…….

15
쇠창살에 갇힌 사나이

이폴리트 파타르는 머리카락이 쭈뼛 솟는 것을 느꼈다.

랄루에트는 거의 실신할 듯한 상태로 벽에 몸을 기댔다.

"바로 저 소립니다! 비통하게 울부짖는 인간의 소리 말이에요!"

랄루에트가 울먹이듯 말했다.

아직 말할 힘이 남아 있었는지 파타르가 말했다.

"누가 사고를 당해서 내는 소릴 수도 있잖소……. 어디 한번 알아봅시다……."

그러나 그는 몸을 움직이지는 않았다.

"아닙니다! 아니에요! 이건 바로 그 소리……, 전에 들어본 그 소리……. 언제나…… 이렇게…… 이 집에서 들리는 그 울부짖음이라고요……."

랄루에트가 낮은 목소리로 말했다.

이폴리트 파타르는 어깨를 으쓱했다.

"이보시오……."

그가 말했다.

"다시 들리기 시작해요……."

랄루에트는 떨기 시작했다.

이번에는 고통으로 울부짖는 맹수의 소리가 들리는 것 같기도 하다가, 다시 먼 곳으로부터 신음 소리 같은 것이 들려왔다.

"분명 무슨 사고가 난 거요……. 이 소리는 아래……, 실험실에서 나는 거요. 아마도 루스탈로한테 무슨 일이……."

그러더니 파타르는 현관에서 몇 발자국을 더 걸어갔다. 이 현관에는 위층으로 향하는 계단이 있고, 그 밑에는 지하 실험실로 내려가는 또 다른 계단이 있었다.

파타르는 계단 위로 몸을 구부렸다. 그 신음 소리는 정확히 알아들을 수는 없었지만, 뭔지 모를 크나큰 고통을 호소하는 게 틀림없는 말소리와 섞여 크게 들려왔다.

"다시 말하지만 루스탈로한테 무슨 사고가 난 게 틀림없소."

이폴리트 파타르는 용감하게 계단을 내려갔다. 랄루에트도 그의 뒤를 따라가며 큰 소리로 말했다.

"어쨌든 우린 둘이 아닙니까!"

계단을 밟아 내려갈수록 신음 소리와 우는 소리는 더욱 크게 들렸다. 하지만 그들이 실험실에 도착했을 때는 정작 아무 소리도 들리지 않았다.

실험실은 텅 비어 있었다.

그들은 주변을 샅샅이 살펴보았다. 완벽한 질서가 방안을 지배하고 있었다. 모든 것이 제자리에 놓여 있었다. 레토르트(물질을 증류 또는 건류하기 위해 사용되는 유리 또는 금속제 기구—옮긴이주), 포트스틸(구식 증류솥—옮긴이주), 실험에 사용되는 커다란 벽난로 안에 들어 있는 흙으로 된 화로들, 책상 위에 놓인 물리학 기계들, 이 모든 것이 깨끗하고 청결했으며 가지런히 잘 정돈되어 있었다. 그건 분명 한참 실험 중에 있는 학자의 실험실이 아니었다.

파타르는 깜짝 놀랐다. 그러나 그 무엇보다도 가장 이상한 점은 그들이 실험실에 들어오자 아무 소리도 들리지 않는다는 것이었다. 그리고 또 한 가지 랄루에트와 그의 '마음을 뒤흔들어 놓고' 추적을 하도록 만든 그 누군가가 보이지 않는다는 점이었다.

"이상하군요! 아무도 없지 않습니까!"

랄루에트가 말했다.

"그러게요, 아무도 없군요……!"

그때 갑자기 그들의 심장과 내장을 에일 듯이 애처로운 커다란 비명이 들려와 또다시 그들을 공포에 휩싸이게 했다. 그 소리는 마치 그들을 땅에서 일으켜 세우는 듯했다. 아니, 그 소리는 정말 땅 아래에서부터 올라오고 있었다.

"땅 속에서 비명을 지르다니!"

랄루에트가 중얼거렸다. 하지만 파타르는 이미 손가락으로 실험실 바닥에 열려 있는 뚜껑문을 가리키고 있었다.

"소리는 여기서 나는 거예요……."

그가 말했다.

그리고는 그쪽으로 달려갔다…….

"분명 누군가가 이 문 아래로 떨어져 무릎이 부러진 거라고요……."

파타르는 주위를 두리번거렸다.

랄루에트도 눈을 크게 떴다.

신음 소리는 다시 멎었다.

"믿어지지 않는군요……! 저기 내가 모르는 방이 또 있어요……. 마치 첫 번째 실험실 밑에 또 다른 실험실이 있는 것처럼 말이오……."

이폴리트 파타르가 말했다.

그러면서 자기 주변의 모든 것들을 신중히 살펴보면서 다시 몇 계단을 더 밟아 내려갔다.

아래쪽의 실험실도 위쪽의 실험실과 마찬가지로 나비꼴 스위치로 불을 켜고 끄게 되어 있었다. 먼저 파타르가 조심스레 내려갔다. 그리고 뒤를 이어 위대한 루스탈로를 방문하기로 결정한 걸 후회하고 있는 랄루에트가 뒤따랐다.

지하 실험실에 있는 모든 것은 윗방의 실험실과 똑같은 위치에 배열되어 있었다. 다만 다른 점은 모든 것이 무질서하게 어질러 있는 데다 모든 기구들이 사용 중이어서 지금 한창 실험이 진행되고 있었다는 것을 알 수 있었다.

파타르는 누가 있나 두리번거리며 찾고 있었다.

랄루에트도 눈을 크게 떴다……. 하지만 여전히 아무도 보이지 않았다…….

벽 한쪽 귀퉁이를 향해 돌아서던 그들은 갑자기 공포에 질린 비명을 내지르며 한 발짝 뒤로 물러섰다.

움푹 파낸 벽의 한 귀퉁이에 *쇠창살이 쳐져 있었다*. 그리고 이 쇠창살 뒤에는 마치 우리에 갇힌 맹수처럼 사람이…… 그렇다, 분명 사람 하나가 이글거리는 큰 눈으로 그들을 가만히 쳐다보고 있었다…….

너무나 놀란 나머지 아무 말도 하지 못한 채 조각상처럼 서 있는 그들에게 쇠창살 뒤의 사내가 말했다.

"*저를 구하러 오셨습니까……? 그렇다면 서두르세요……. 그들이 돌아오는 소리가 들리니까요……. 아마 당신들을 파리 떼처럼 죽이고 말 거예요…….*"

파타르와 랄루에트는 꼼짝하지 않고 그대로 서 있었다. 대체 이 사람들이 말을 알아듣고 있기는 한 건가?

사내가 다시 울부짖었다.

"귀 먹었소……? 당신들을 파리 떼처럼 죽일 거라니까요……! 만일 나를 봤다는 걸 알게 되면 말이오……! 파리 떼처럼……! 도망치시오……! 어서 도망치라고요……! 저들이 오고 있소……! 소리가 들려요……! 거인이 땅이 무너져라 걸어오고 있단 말이오……! 이런……! 그들은 당신들을 개밥으로 만들 거요……!"

과연 저 위, 지상으로부터 성난 개들이 짖어대는 소리가 들려왔다. 두 방문객은 그제야 말귀를 알아들었다……! 그들은 출구를 찾기 위해 마치 술에 취한 사람들처럼…… 제자리에서 빙그르르 한 바퀴 돌았다. 철창에 갇힌 사내는 쇠창살을 뽑을 기세로 흔들어대며 되풀이했다.

"개밥이라고요……! 당신들이 비밀을……, 위대한 루스탈로의 비밀을 알아챈 걸 그가 알게 되면……! 아! 아! 아……! 파리 떼처럼…… 개밥으로……!"

공포로 질려서 더 이상 아무 말도 듣지 못하는 파타르와 랄루에트는 뚜껑문으로 오르는 계단 쪽으로 달려갔다.

"그쪽은 안 돼요……!"

사내가 쇠창살 뒤에서 울부짖었다.

"저들이 내려오는 소리가 안 들려요……? 아! 저기 온다……! 저기……! 개들을 데리고……!"

아작스와 아실이 안으로 들어온 것이 틀림없었다……. 집은 마치 악마들의 아우성으로 들끓는 지옥처럼 무지막지하게 짖어대는 개들의 소리로 울리고 있었다.

파타르와 랄루에트가 계단 아래쪽에 주저앉아 두려움에 떨며 마치 정신 나간 사람들처럼 "어디로 가나……? 어디로 가나……? 어디로……?" 라고 소리치자 철창에 갇힌 사내가 욕설을 퍼부으며 입을 다물라고 명령했다…….

"당신들도 *다른 사람들처럼* 저들한테 붙잡히고 말 거요……! 그 다음엔 파리 떼처럼 죽을 거고……! 그러니 조용히들 하시오……! 아시겠소……? 아! 만일 개들이 끼어들기라도 하는 날에는 그에 대한 대가를 톡톡히 치러야 할 거요! 그러니 제발 입 좀 다물란 말이오……!"

뚜껑문으로 통하는 계단 위에서 아작스와 아실의 무시무시한 이빨이 보였다고 믿은 파타르와 랄루에트는 지하실의 반대편 끝, 그러니까 바로 그 사내가 갇혀 있는 철창 쪽으로 달려갔다. 그리고 그들은 쇠창살 속에 갇힌 가련한 사내에게 살려달라고 빌었다. 그들은 도무지 앞뒤가 맞지 않는 말로 숨을 헐떡거리며 간청했다……. 아! 지금 이 순간 그들은 철창에 갇힌 사내를 부러워하는 처지가 됐다…….

하지만 사내는 쇠창살 사이로 두 사람의 머리에 그나마 몇 가닥 남아 있는 머리카락을 붙잡더니 입을 다물라며 무섭게 흔들었다.

"입 좀 닥쳐요……! 우리 셋 모두 여기서 도망칠 거요……! 그러니 잘 들

으시오……! 개들이……! *저 야만인이 개들을 데리고 갔소!*……. 이제 개들
을 조용히 시키고 있소……! 거인이 걷는 소리가 들리기는 하지만 아직 아
무것도 눈치채지 못한 것 같소! 야만인……! 아, 바보 같은 놈……! 당신들
은 운이 좋은 거요!"

그리고는 그들을 놓아주었다.

"자, 어서……! 빨리……! 저기 있는 책상 서랍에 열쇠가……."

랄루에트와 파타르는 동시에 서랍을 열고, 손을 바들바들 떨면서 그 속
을 뒤졌다.

"통로를 여는 열쇠……."

사내가 말을 이었다.

"개들은 지금 묶여 있소…… 이때를 틈타야 하오……."

"그런데 열쇠……! 열쇠는 어디 있다는 겁니까……!"

이 가련한 두 남자는 서랍 속에 열쇠가 없자 간절히 물었다.

"그러니까, 안마당으로 올라가는 계단의 열쇠 말이오……! 서둘러
요……. 어서 찾으란 말이오……! 그 인간은 나한테 먹을 걸 주고…… 늘 거
기에다 열쇠를 둔단 말이오……!

"하지만 열쇠가 없어요……!"

"그렇다면 거인이 가지고 있는 거요. 그놈의 야만인……! 조용히 좀 하시
오……! 더 이상 꼼짝하지 말아요! 아, 그들이 왔다! 그들이 왔어요……! 이
리로 내려오고 있소……. 거인이 계단을 쿵쾅거리며 내려오고 있소……."

파타르와 랄루에트는 가구 밑으로 숨어야 할지……, 장 속에 숨어야 할
지……, 우왕좌왕하며 자기 주변을 계속 맴돌았다.

"아! 제발 그렇게 멍청하게 굴지 말고 정신들 좀 차려요……!"

사내가 작은 소리로 말했다.

"아니면 우리 셋 다 끝장이라고……! 자, 저기 저 벽난로 구석에…… 그래, 바로 거기요……. 옳지…… 한 쪽에 한 명씩……! 움직이지 마시오……! 그렇지 않으면 아무런 보장도 할 수 없소……! 잠시 후면 저놈이 저녁을 먹으러 갈 거요……. 하지만 그 전에 저 인간들 눈에 띄면…… 친애하는 불쌍한 선생들, 당신들을 파리 떼처럼 죽일 거요……. 파리 떼처럼!"

16
실험실의 수수께끼

거의 죽기 일보직전이 된 파타르와 랄루에트는 지하 실험실의 커다란 벽 난로의 양쪽 구석에 각자 몸을 숨기고 있었다. 그 안은 깊은 어둠 속이었다. 아무것도 보이지 않았다. 그들에게 남아 있는 생명의 기운은 전부 귀로 쏠려 있었다. 사실상 그들은 이제 귀를 통해서만 살아 있었다.

맨 먼저 토비가 음산하게 투덜대며 지하 실험실 계단을 내려왔다.

"어르신께서는 또 뚜껑문을 열어놓으셨군요. 자꾸 이러시면 결국 불행한 일이…… 일어나고 말 거예요……!"

토비의 무지막지한 발걸음이 새장 같은 철창, 다시 말해 그들이 갇혀 있는 사내를 발견했던 쇠창살이 있는 쪽으로 다가오고 있는 것이 들렸다.

"*데데*가 또 그 틈을 타서 누구 들으라고 있는 힘을 다해 소리를 질러댔겠군요……. 데데, 너 소리 질렀지?"

"물론 질렀지……."

루스탈로가 가성을 내며 대답했다.

"내가 다 들었지. 아까 내가 굵은 떡갈나무 있는 데서 아작스를 붙잡았을 때 말이야……! 하지만 지금 시간엔 주위에 아무도 없는걸 뭐……."

"그건 아무도 모르는 일입죠……."

거인이 투덜거리며 말했다.

"……*지난번처럼* 어르신께 방문객이 찾아올 수도 있는 노릇 아닙니까……. 언제나 뚜껑문을 닫아놓아야 해요……. 뚜껑문만 닫혀 있으면 안심입니다……. 말총으로 속을 채워놓았으니…… 아무 소리도 들리지 않을 겁니다……."

"이 정신 나간 사람아, 자네가 정원의 철문을 열어놓아서 개들이 밖으로 나가지만 않았어도……. 자네도 알다시피 개들은 내가 불러야만 돌아오지 않는가……. 그러다 보니 뚜껑문을 열어놓고 나왔다는 걸 깜박했네……."

"*데데*, 소리를 질렀나?"

거인이 물었다.

그러나 아무런 대답도 없었다……. 철창 속의 사내는 죽은 듯이 움직이지 않았다.

거인이 다시 말을 이었다.

"오늘밤엔 개들이 정말 굉장했더랬습니다. 아, 그놈들을 묶어놓느라고 아주 고생했다니까요! 그놈들이 돌아왔을 때는 정말이지 이 집을 통째로 집어 삼키는 줄 알았습니다……. *그놈들은 전에 데데가 갇힌 철창 앞에 서 있던 세 명의 방문객을 발견했던 그날 밤처럼 짖어댔어요*……. 주인 어르신, 그날 밤도 오늘처럼 개들이 도망을 가서 그놈들 뒤를 쫓아가야 했습죠."

"토비, 더 이상 그날 밤 얘기는 하지 말게나."

루스탈로가 떨리는 목소리로 대답했다.

"바로 그날 밤에 저는 우리한테 불행이 닥칠 거라 믿었습죠……!"

거인이 계속해서 말했다.

"왜냐하면 데데가 소리를 질렀고……! 또 떠벌리기까지 했으니까요……. 안 그래, 데데? 네가 떠벌였지?"

하지만 아무런 대답이 없었다…….

"그런데 결국 그들한테…… 불행은 그 사람들한테로 갔죠……. *그들은 죽었지 않습니까*……."

거인은 불분명한 발음으로 느리게 말했다.

"그래, 그 사람들은 죽었지……."

"세 사람 모두……."

"세 사람 모두……!"

위대한 루스탈로가 쉰 목소리로 마치 음울한 메아리처럼 되풀이했다.

"일이…… *일부러 짜기라도 한 것 같았습죠.*"

거인이 음산하게 냉소를 지으며 말했다.

루스탈로는 대답하지 않았다.

그때 한숨 소리 같은, 공포와 근심에서 나오는 한숨 소리 같은 뭔가가, 기계를 만지며 무슨 실험인가에 몰두하고 있었던 두 사람의 머리 위로 스쳐 지나갔다.

"들었나?"

루스탈로가 물었다.

"데데, 너지?"

거인이 말했다.

"그렇소, 나요."

철창에 갇힌 사내가 대답했다.

"어디 아픈가……?"

루스탈로가 물었다.

"토비, 무슨 일인지 한번 살펴보게. 데데가 어디 아픈 건가? 좀 전에 심장이 찢어져라 소리를 질러댔으니……. 아마 배가 고플지도……. 이봐, 데데! 배고프냐?"

"자, 여기 있소!"

철창에 갇힌 사내가 말했다.

"이게 바로 그 공식이오! 공식은 완벽하오. 그러니 이제 내게 먹을 걸 줘요……. 오늘 저녁밥값은 했으니까!"

"저 녀석이 내미는 '공식'을 받아오게. 그리고 수프를 갖다주라고……."

루스탈로가 명령했다.

"먼저 공식이 제대로 된 건지 확인하시오……. 부당하게 빵을 달라고 하면 안 된다고 당신이 나한테 가르치지 않았소!"

데데가 말했다.

토비의 발자국 소리에 이어, 갇힌 사내가 쇠창살 사이로 토비에게 구겨진 종이를 건네는 소리가 들렸다…….

루스탈로가 '공식'을 점검하는 동안 침묵이 흘렀다.

"오! 이건……! 이거야말로 기가 막히는군!"

그가 흥분해서 외쳤다.

"정말 훌륭해, 데데……! 그런데 왜 진작 이런 걸 알고 있다고 나한테 얘기하지 않았지……?"

"일주일 전부터…… 밤낮으로…… 아시겠소……? 밤낮으로 그 일만 했소……. 이번에는 결국 해낸 거요!"

"오, 해냈군!"

루스탈로가 깊은 한숨을 내쉬었다.

"세상에, 이런 천재가……!"

그가 말했다.

"저 녀석이 또 뭘 발견했습니까?"

토비가 물었다.

"그럼, 그럼…… 이번에도 뭔가를 발견했지……. 게다가 발견한 사실을 아주 멋들어지게 공식에다 집어넣었는걸……!"

이 대목에 와서 루스탈로와 토비는 아주 낮은 목소리로 이야기했다.

그리하여 만에 하나 **벽난로** 속의 두 사람에게 아직까지 귀를 기울일 힘이 남아 있었다 해도 분명 그들은 밖에서 하는 이야기를 하나도 알아듣지 못했을 것이다…….

루스탈로가 큰 소리로 말했다.

"이 사람아! 이건 정말 진짜 연금술과 관련된 거로군……! 자네가 발견해 낸 건 금속의 변환 같은 거라고……! 데데, 제대로 실험한 거겠지?"

"염화칼륨을 가지고 세 번 반복한 거요! 아, 이제 더 이상 물질이 불변한다고 말할 수는 없을 거요……! 이것은 전혀 다른 거요……. 내가 만들어 낸 건 정말로 새로운 칼륨이란 말이오! 염화칼륨과는 아무 관련이 없는 전리 상태의 칼륨이라고요!"

"염소에 대해서도 마찬가진가?"

루스탈로가 질문했다.

"염소에 대해서도 마찬가지요……."

"우와……!"

루스탈로와 거인은 낮은 목소리로 뭔가 얘기를 나누더니, 이윽고 루스탈로가 말했다.

"*데데*, 이렇게 고생한 대가로 뭘 원하나?"

"과일 잼과 좋은 포도주 한 잔이 필요하오."

"알았네. 오늘밤 저 녀석한테 과일 잼과 좋은 포도주 한 잔을 주게."

위대한 루스탈로가 선뜻 응했다.

"저 녀석에게 해롭지 않을 테니……."

그때 갑자기, 이 깊은 지하실의 평화가 데데에 의해서 처참하게 깨졌다. 마치 지하의 폭풍우 같은 분노와 고함과 한탄과 저주가 한꺼번에 쏟아져 나왔다……. 랄루에트와 파타르는 벽난로의 구석에서 공포에 질려 바싹 마른 입술 끝으로 새어나오는 비명을 가까스로 참고 있었다…….

철창에 갇힌 사내가 마치 성난 맹수처럼 쇠창살을 향해 돌진하는 것이 느껴졌다.

"살인자들!"

그가 울부짖었다.

"살인자들……! 불쌍한 강도, 도둑놈 루스탈로……! 야비한 간수, 내 천재를 가두어놓은 도형수의 간수 같은 놈! 내가 주는 영광을 고작 빵 한 조각으로 갚는 괴물……! 언젠가 네놈은 죗값을 치르게 될 거다. 내 말 들리느냐, 이 불쌍한 놈아……! 하느님이 너를 벌하실 것이다……! 네 놈의 범죄는 온 천하에 드러날 것이다……! 사람들이, 나를 구원해 줄 사람들이 반드시

올 것이다……! *네놈은 그 사람들 모두를 다 죽이진 못할 것이다*……! 그땐
내 네놈을 푸줏간의 꼬챙이로 찔러 썩은 내 나는 더러운 고깃덩어리처럼
질질 끌고 다니리라. 이 강도 같은 놈아……! 목덜미 가죽에 꼬챙이를 찔러
서……."

"그만 집어치우지 못하겠나! 토비, 저 녀석 입 좀 닥치게 하라고!"
루스탈로가 투덜대며 말했다.

이어 철책 문의 돌쩌귀가 돌아가는 소리가 들렸다.

"내가 조용히 할 줄 알고……? 목덜미 가죽에 꼬챙이를 찔러서! 목덜미
가죽을……! 아니! 아니! 제발 이러지 마시오……! 사람 살려! 사람 살
려……! 알았소. 입 다물겠소……. 내 조용히 있으리다……. 목덜미 가죽에
꼬챙이를 찔러서, 만인들 앞에서 망신을……! 아니, 조용히 한다고……!"

그러더니 또 한번 철책 문의 돌쩌귀가 돌아가는 소리가 들렸다……. 이
어서 곧 깊은 지하실에는 분노를 폭발시킨 후 잠이 든 사람, 아니 어쩌면 죽
어가는 사람처럼 점점 잦아 들어가는 신음 소리만이 남게 되었다…….

17
데데의 발명품

이 신음 소리 후에도 깊은 지하 실험실에선 여전히 부스럭거리는 소리가 들렸고, 그 소리도 이내 조금씩 잦아들더니 이젠 아무 소리도 들리지 않았다.

벽난로 구석에 숨은 이폴리트 파타르와 랄루에트는 살았는지 죽었는지 꼼짝도 하지 않았다. 마치 영원히 그곳에서 벗어날 수 없다는 듯이 벽에 찰싹 달라붙어 있었다.

그때 철창 뒤에서 사내의 목소리가 들렸다.

"이제 나와도 됩니다……. 그들은 떠났소."

여전히 침묵뿐이었다.

사내의 목소리가 다시 들렸다.

"당신들, 죽은 게요?"

마침내 사내가 갇혀 있는 철창 뒤에 비친 어슴프레한 빛 속으로, 괴괴한 실험실의 커다란 벽난로의 구석에서 두 개의 형체가 머뭇거리며 나타났다……. 먼저 조심스레 두 개의 머리가 나오고, 이어서 몸이 따라나오더니, 이내 모든 움직임이 정지했다.

"오! 이쪽으로 더 나오시오. 그들은 오늘밤엔 다시 오지 않을 거고……, 뚜껑문은 닫혀 있소."

데데가 말했다.

그제야 두 개의 형체는 다시 움직이기 시작했지만……, 그 움직임은 극도로 조심스러웠다. 두 형체는 한 발자국을 뗄 때마다 멈춰 섰다. 그들은 아주 신중하게 미끄러지듯 움직였다……. 팔을 일자로 쭉 뻗고 발뒤꿈치로 살금살금 걷다가……, 가구에 부딪쳐 어떤 소리라도 날라치면, 그 자리에 붙어버린 듯 미동도 하지 않았다.

마침내 그들이, 쇠창살을 통과한 빛이 줄무늬 그림자를 만들고 있는 밝은 곳으로 나왔을 때, 쇠창살 뒤에서는 데데가 일어서서 기다리고 있었다.

탈진한 그들은 쇠창살 아래로 지쳐 쓰러졌다.

이폴리트 파타르가 말했다.

"아, *가엾은 양반!*"

이어서 랄루에트의 목소리가 들렸다.

"저 사람들이 당신을 죽이는 줄 알았지 뭡니까!"

"그런데도 벽난로 안에서 꼼짝도 안했습니까?"

데데가 말했다.

그건 부인할 수 없는 사실이었다. 그들은, 다리가 후들거려 마음대로 움직일 수 없었고, 그런 공포감에는 익숙하지 않으며, 아카데미 프랑세즈 회원으로서 그토록 끔찍한 비극에 대한 마음의 준비가 전혀 되어 있지 않았다는, 앞뒤가 전혀 맞지 않는 말로 설명했다.

"아카데미 프랑세즈 회원이라!"

사내가 말했다.

"요전 날도 아카데미 프랑세즈 회원 셋이 여기로 내려왔었는데……. 그 후보자 세 명은 공식 호별 방문을 하러 왔다가 저 강도 같은 놈한테 들켰소……. 나는 다시 그들을 보지 못했소……. 저 강도와 거인이 말하는 걸로 미루어서 그 사람들이 모두 저 세상으로 갔다는 걸 알게 되었소……. 저 강도 같은 놈이 그 사람들을 파리 떼처럼 죽인 게 틀림없소!"

그들은 세 사람 모두 입술을 바짝 쇠창살에 갖다 붙인 채, 아주 낮은 목소리로 얘기를 했다.

"선생! 저놈들한테 붙잡히지 않고 여기를 빠져나가는 방법이 있겠습니까?"

가스파르 랄루에트가 애원하듯 간절히 물었다.

"물론이죠……! 곧바로 안마당으로 통하는 계단을 이용하면……."

사내가 말했다.

"계단으로 향하는 문을 열 수 있다는, 당신이 말하는 그 열쇠는 서랍 안에 없어요!"

이폴리트 파타르가 말했다.

"그 열쇠는 내 주머니 안에 있소! 아까 토비의 주머니에서 몰래 꺼냈지요……. 그놈이 이 철창 안으로 들어오게 하려고, *내 입을 막게끔 그 소동을 부렸던 거요.*"

그러자 사내가 말했다.

"아, 가엾은 양반!"

파타르가 말을 이었다.

"그래요, 그래요! 난 분명 동정을 살 만하오. 그래요! 저놈들은 아주 무지막지한 방법으로 내 입을 막곤 하죠."

"저……, 우리가 지금 가도 된다고 생각합니까?"

사내가 여전히 열쇠를 넘겨주지 않는 것에 불안해진 가스파르 랄루에트가 조심스럽게 물었다.

"나를 찾으러 다시 올 겁니까?"

사내가 물었다.

"맹세합니다!"

랄루에트가 엄숙하게 말했다.

"다른 사람들도 맹세를 했지만 돌아오지 않았소."

이폴리트 파타르는 아카데미 프랑세즈의 명예를 위해 나섰다.

"그들도 죽지 않았다면 분명 돌아왔을 겁니다."

"그건 맞는 말이오……. 저놈이 그들을 파리 떼처럼 죽여버렸소……! 하지만 당신들은, 당신들은 죽이지 못할 거요. 당신들이 여기 온 걸 모르니까……. 그놈 눈에 띄면 절대 안 되오……."

"안 돼요! 안 돼! 그가 우리를 봐서는 안 되지요……."

랄루에트가 울먹거렸다.

"약삭빠르게 행동해야 하오."

사내는 그들에게 검은색 작은 열쇠를 들어올리며 충고했다.

그리고는 지하실 한쪽 구석에 보이는 발전기 뒤의 문을 여는 열쇠라고 하며, 이폴리트 파타르에게 열쇠를 건네주었다. 그 문을 열면 집 뒤쪽의 작은 안마당으로 올라가는 계단이 있고 그 계단을 올라가면 들판으로 향하는 문이 또 하나 나타날 거고, 그 문을 열기 위해선 안쪽의 빗장만 당기면 그만이었다. 이 문의 열쇠는 항상 자물쇠에 꽂혀 있다고 했다.

"거인이 나를 산책시킬 때 이 모든 걸 다 눈여겨봐 두었지요."

사내가 말했다.

"가끔 철창 밖으로 나가기도 합니까?"

상대방의 끔찍한 불행 앞에서 자신에게 닥친 불행을 잊은 듯한 파타르가 소스라치며 물었다.

"그렇소, 하지만 언제나 묶인 채로요. 비가 오지 않으면 하루에 한 시간씩 바깥바람을 쐽니다."

"아, 불쌍한 양반!"

그러나 랄루에트는 한시라도 빨리 이곳을 빠져나갈 생각밖에는 없었다. 그는 벌써 계단으로 향하는 문 앞에 서 있었다. 하지만 위쪽에서 으르렁거리는 소리가 들리는 듯했다. 그는 한 발짝 뒤로 물러섰다.

"개들이!"

그가 탄식했다.

"물론이오, 개들이 있소……!"

사내가 냉담하게 되뇌었다.

"저 큰 개, 저놈들이 문제죠……. 당신들은 결국 내가 가도 좋다고 할 때만 여기서 나갈 수 있는 거요! 이제 토비가 저놈들한테 먹이를 줄 때까지 약한 시간이 남았을 거요……. 그때 밖으로 나가면…… 개들은 짖지 않을 거요……. 저놈들은 먹을 때는 사람이고 뭐고 아무것에도 신경을 안 써요……. 아시겠소……? 그놈들이 먹이를 먹을 때 말이오!"

사내가 덧붙였다.

"세상에 이럴수가……! 이런 기막힌 순간이 어디 있나……!"

"아직도 한 시간이나……."

랄루에트는 한숨을 내쉬었다. 그는 처음으로 아카데미 프랑세즈 회원이될 생각을 품었던 날을 저주하고 있었다.

"나는 몇 년 전부터 여기 이러고 있소……!"

사내가 말했다.

이 말이 사내의 입에서, 정말이지 사나운 어조로 튀어나왔을 때 두 명의아카데미 회원들은 자신들의 비겁함이 부끄럽게 느껴질 정도였다.

랄루에트는 사내를 안심시키며 말했다.

"우리가 꼭 당신을 구해내겠소!"

이 말에, 갇혀 있는 사내는 어린애처럼 눈물을 흘리기 시작했다.

대체 이게 무슨 광경이란 말인가!

파타르와 랄루에트는 그제야 처참한 상태에 놓여 있는 이 사내의 모습을제대로 보았다. 그의 옷은 찢어져 있었지만 결코 더럽지는 않았다. 찢어져누더기가 된 옷은 최근에 있었던 싸움으로 인한 것이 아닐까 하는 생각을들게 했고, 두 방문객은 이내 이 사내가 조금 전에 거인으로 하여금 *자기 입을 다물게 만들었다는* 사실을 생각했다.

그렇다면 철창에 갇힌 이 가련한 사람의 해괴한 운명이란 과연 어떤 것일까? 조금 전에 엿들은 대화 내용은 두 사람의 상상력을 지독히도 역겨운범죄 쪽으로 이끌어갔지만, 아주 오래 전부터 위대한 루스탈로를 알고 있었던 파타르는 그 생각에 주의를 기울일 수도 없었고, 또 그러고 싶은 마음도 없었다. 하지만 범죄가 아니라면 철창 속의 이 사내, 굶어죽지 않기 위해위대한 루스탈로에게 화학 공식을 넘겨주던 이 사내의 존재를 어떻게 설명할 수 있단 말인가?

반면 랄루에트는 이 끔찍한 상황을 아주 명확하게 파악했다. 그에겐 더 이상 주저할 것이 없었다. 그는 이제 위대한 루스탈로가 한 천재를 철창 속에 가둬놓았고, 바로 그 천재가 저명한 학자에게 세상의 영광을 누리게 해준 모든 발명품을 넘겨주었다는 사실을 확고하게 믿었다. 그의 명쾌한 지성으로 이 사건의 윤곽을 뚜렷하게 그려볼 수 있었다. 그리하여 그는 쇠창살 한쪽에는 빵 한 조각을 들고 있는 위대한 루스탈로를, 다른 한쪽에는 자신의 발명품을 갖고 있는 한 천재 포로를 보았다. 그 쇠창살 사이에서 빵과 발명품의 교환이 이루어지고 있었던 것이다.

위대한 루스탈로는 쉽게 생각할 수 있는 것처럼 이토록 엄청난 비밀을 혼자서만 간직해야 할 필요가 있었던 것이다. 그에게는 분명 세 명의 아카데미 프랑세즈 회원 후보의 목숨보다 이 비밀을 지키는 것이 더 중요했을 것이다……. 불행하게도 이미 그것을 보지 않았던가……! 그런 그가 새로 등장한 이 두 사람을 더 희생시킬 수 있을 만큼 이 비밀을 지키기는 데에 집착하고 있다는 것은 논리적으로 충분한 가능성이 있어 보였다. 한번 범죄의 길에 들어서면 어느 선에서 그만두어야 하는지를 모르는 법이다.

랄루에트가 이 위험한 장소를 빠져나가기 위해 그처럼 서둘렀던 것도, 그러한 공포 속에서 한 시간을 더 기다려야 한다는 사실을 도저히 참을 수 없었던 것도, 이 모든 비극을 머릿속으로 명확하게 그릴 수 있었던 탓이었다. 하지만 이폴리트 파타르는 랄루에트가 지체없이 받아들인 이 결론을 물리치기 위해 공포에 질린 채로 한 시간 동안 철창에 갇혀 있는 사내의 상황을 가늠해 보려고 노력했다. 그리고 마르탱 라투슈가 말했다면서 그의 늙은 가정부 바베트가 되풀이했던 그 알 수 없는 말들이 겁에 질린 그의 기억 속에 떠올랐다.

"그것이 있을 수 있는 일입니까? *이 세상에 그보다 더 큰 범죄가 어디 있겠습니까!*"라고 마르탱 라투슈는 말했었다. 그랬다. 이것은 세상에서 가장 큰 범죄였다! 아, 파타르 역시 그 가증스런 진실을 받아들여야만 하지 않겠는가!

철창 뒤에 갇힌 사내는 얼굴을 두 손에 파묻었다. 그는 초인적인 고통의 무게로 짓눌려 있는 듯했다. 그의 손이 닿을 수 없게끔 높이 매달려 있는 전등의 희미한 불빛은 모든 사물을 꿈속처럼 비추면서 *쇠창살 너머* 철창 안에서 나뒹구는 물체들에게 아주 괴기한 형상을 부여했다. 또한 실물보다 커다란 레토르트와 포트스틸의 그림자며 불이 꺼진 그 괴상망측한 화로의 불룩한 배 같은 소품이 널부러진 그 철창은 진정 소름끼치도록 무서운 악마의 실험실을 보는 듯한 착각을 불러일으켰다.

사내는 완벽하게 연금술을 연상시키는 장치의 한가운데에 넝마처럼 누워 있었다. 파타르가 몇 번에 걸쳐 그를 불렀지만 그는 들은 척도 하지 않았다. 위에서는 개들이 여전히 짖어대고 있었고, 랄루에트는 문을 열 생각은 전혀 없었지만 오로지 그 문을 통해 화살처럼 도망갈 수 있기만을 간절히 바라고 있었다.

그때 넝마를 걸친 사내가 움직이기 시작했고, 험상궂은 눈을 한 그의 그림자로부터 몇 마디 끔찍한 말이 새어나왔다.

"토트의 비밀이 존재한다는 증거는 *바로 그들이 죽었다는 사실이오!* 아시겠소? 아시겠냐고요! 어느 날 그 인간이 잔뜩 성이 나서 여기로 내려왔는데 어찌나 화가 났던지 온 집안이 다 흔들릴 정도였소. 물론 나 역시 떨었지요. 난 혼잣말을 했소이다. '또 시작이군! 오, 또 시작이야! 또 *뭔가를 발명*

해야만 하겠군! 하고 말이오. 아주 어렵고 힘든 뭔가를 내게 요구할 때마다 그놈은 나를 불안에 떨게 만들었소……. 그렇게 해서 버터 바른 빵 한 조각을 주지 않을까 봐 두려워하는 나를 여기 붙잡아두고 있는 거요……. 세상에 이런 비참한 꼴이 어디 있겠소……? 그래요, 그놈은 강도요!"

사내의 입에서 불평의 소리가 거칠게 끓어올랐다.

그리고는 덧붙였다.

"아, 그놈은 토트의 비밀로 날 무진장 괴롭혔더랬소! 난 한번도 토트의 비밀에 관한 얘기를 들어본 적이 없다오. 그가 말하길 어떤 광대 같은 인간 하나가 그 비밀을 가지고 코와 눈과 입, 그리고 귀로 사람을 죽일 수가 있다고 주장했다는 거요……. 엘리파스라 부르는 이 광대에 비하면 난 바보 얼간이에 지나지 않는다고 말했소……. 그리고는 토비 앞에서 날 망신시키는 거요……! 그건 무례한 짓이었소……! 그로 인해 난 많은 고통을 맛보았소……! 아, 끔찍한 두 주일이었소……! 아, 나는 그 두 주일을 어떻게 보냈는지……! 아마 난 오랫동안 그때를 기억할 거요……. 그러더니 내가 *비극적인 향기와*……, *살인 광선과*……, *살인을 하는 노래*까지 넘겨주고 나서야 나를 가만히 놔두는 게 아니겠소. 보아하니 그놈이 그것들을 사용한 게 틀림없소!"

사내는 소름이 끼칠 정도로 냉소적으로 말했다.

그러더니 그는 진력이 나는 듯 팔과 다리를 뻗으며 바닥에 일자로 드러누웠다.

"아, 정말 피곤하군!"

그는 한숨을 내쉬었다.

"그런데 내겐 구체적인 사실이 필요하오. *사람들이 제의실의 태양이 빛*

나는 걸 봤는지 알고 싶소만……."

이폴리트 파타르는 소스라치게 놀랐다. 그는 순간 한 의사가 죽은 막심 돌네의 얼굴에서 찾아낸 상처 자국에 대해 기이하고 특이할 만한 정의를 내렸던 것을 기억해 냈다. 그는 한숨을 내쉬며 말했다.

"그랬소, 바로 그거였소……! 제의실의 태양!"

"거기에 있었지요. 그렇군요……! 그 빛이 얼굴에서 폭발한 거요……. 그 것은 인위적인 것이었소……! 친애하는 선생, 그건 빛에 의한 죽음이라 오……! 꼭 그런 식으로밖에는 달리 말할 수 없는 거요! 마치 폭발하는 것과 같은 효과가 나지요……! 아니 오히려 얼굴이 폭발하는 거나 마찬가지지 요……! 그런데 다른 사람은…… 무슨 흔적이 있었소……? 친애하는 선생, 아시다시피 나한테는 구체적인 사실이 필요하다오……. 오! 저 강도 같은 놈이 또 어리석은 짓을 저질렀으리라고 생각하고 있었소. 토비한테 *세 사 람 모두 죽었다고* 얘기하는 걸 들었으니까……. 하지만 자세한 내용은…… 내 입장에서 부족한 게 바로 그거요. 때론 내가 보는 앞에서 둘이 얘기를 하 지만…… 금세 또 입을 다물어버리니……. 아! 그놈은 진정 피도 눈물도 없 는 강도요……! 그런데 다른 사람은…… 대체 뭐가 나타났소? 어떤 상처가 있었소? 뭔가를 발견했다던가요?"

"아무것도 발견하지 못한 걸로 알고 있습니다."

파타르가 대답했다.

"아! *보다 더 비극적인 향기*의 경우 아무것도 찾아내지 못할 거요……. 그건 흔적을 남기지 않소……. 아주 초보적인 것이오……! 그 향기는 편지 속에 들어 있소……. 누군가 봉투를 열고 편지를 읽으면서 그걸 들이마시 는 거예요……! 안녕, 잘 가시오……! 그걸로 끝이오……! 하지만 이런 식으로 모두를 죽일 수는 없소……! 결국에는 의심을 하게 될 테니, 물론 그렇고 말고……, 의심을 하게 될 게 틀림없소……. 세 번째 사람이 죽은 이유는 분명……."

순간 개 짖는 소리가 너무도 가깝게 들려왔고, 대화는 거기서 중단되었다.

지하 실험실에서는 오직 세 남자의 가쁜 숨소리만이 들렸다……. 이윽고 개들의 짖는 소리가 멀어진 듯하더니 차츰 강도가 약해졌다.

"오늘밤엔 개밥을 주지 않을 모양인가?"

데데가 중얼거렸다.

끔찍한 사건에 휘말리게 된 뒤부터 심장이 터질 듯 뛰기 시작한 파타르가 계속해서 말했다.

"그 중 한 명은 출혈이 있었던 것 같소……. 코 끝에서 피가 조금 발견되었다오!"

"아무렴! 아무렴! 물론이지!"

데데가 이를 갈며 말했다. 이가 부딪치면서 나는 소리는 참을 수 없을 만큼 고약했다.

"아무렴! 그 사람은 *소리에 의해* 죽은 거요……! 필연적으로……. 오! 바로 그거요……! 귀의 내부에서 출혈이 일어난 후 유스타키오관을 통해 흐른 피가 목구멍 안쪽을 지나 결국 코에 도달한 거요……! 알았소! 알았어. 세상에!"

사내는 갑자기 원숭이처럼 날쌘 동작으로 몸을 세우더니 똑바로 일어섰다. 마치 네 발 달린 짐승처럼 철창으로 달려들어 거기에 매달렸다. 얼마 남지 않은 머리채를 또 채일까 두려워진 파타르가 급히 뒤로 물러섰다.

"겁내지 말아요……! 겁내지 말라고요!"

이내 두 발로 다시 선 사내는 그의 감옥 실험실을 이리저리 서성대기 시
작했다.

그는 허리를 곧추세우며 고개를 쳐들었다……. 희미한 빛의 등불 밑을
지날 때 그의 넓은 이마가 보였다.

"친애하는 선생, 아시겠소……? 이 모든 것은 정말 끔찍한 거요. 하지만
그렇다 해도 이 발명품에 대해 자부심을 가질 만하지 않소……? 모두 다 성
공했으니 말이오……! 내가 그 안에 넣은 건 가짜 죽음이 아니었소……. 아
니었고 말고! 내가 빛과 소리 속에 가둔 건 진짜 죽음이었다, 이 말이
오……! 그것 때문에 고생도 많이 했소……! 그러나 선생도 알다시피 아이
디어만 있으면 나머지는 저절로 해결되는 법이오……! 문제는 아이디어가
있나 없나 하는 건데 나에겐 아이디어가 무궁무진하오……! 저 위대하시고
저명하신 루스탈로한테 한번 물어보시오……. 아! 나 같은 사람이 그런 종
류의 아이디어로 발명을 해내는 데는 시간이 걸릴 것도 없소……! 정말 굉
장하지 않소?"

사내는 걸음을 멈추더니 집게손가락을 들어올리며 말했다.

"당신들은 빛의 스펙트럼 속에 자외선이 존재한다는 사실을 아시오? 화
학광선인 이 자외선은 망막에 강력하게 작용을 합니다……. 이 광선으로
인해 아주 심각한 사고들이 있었다고 대서특필하고들 했지요……! 아주 심
각한……! 이제 내 말을 잘 들어보시오……. 아마도 당신들은 희끄무레한
초록빛이 감도는 길다란 램프를 알고 있을 거요. 그 속에서 기화된 수은
이…… 아니! 당신들 내 말을 듣는 거요?"

사내가 너무도 크게 소리를 지르는 바람에 겁에 질린 랄루에트는 이 괴
이한 선생에게 제발 조용히 좀 해달라고 빌면서 무릎을 꿇었고, 파타르는

이렇게 한탄했다.

"오, 목소리 좀 낮춰요……! 제발이지 목소리 좀 낮추라고요!"

하지만 학생들이 주는 이런 수모는 예외적인 청중 앞에서 자부심을 갖고 자신이 만든 발명품의 기발함을 격찬하면서 한참 강연을 해나가던 중인 선생을 막을 수는 없었다. 그의 힘 있고 명확하며 지배적인 목소리는 계속 이어졌다.

"그 램프 안에서는 기화된 수은이 악마와 같은 빛을 만들어내는데……, 잠깐만 기다려봐요. 여기 어딘가에 있었던 것 같은데……."

사내는 물건들을 뒤적거리며 찾았지만……, 결국 찾지 못했다.

위에 있는 개들은 여전히 입을 다물 줄 몰랐다. 그놈들은 방문객의 *냄새를 맡았고*, 그 때문에 저토록 짖어대는 것이었다. 랄루에트는 '저놈들은 *아가리 속에 고깃덩이를 처넣어 주어야만* 입을 닥칠 거' 라고 생각했다. 줄곧 그의 머릿속을 떠나지 않는 이 생각 때문에, 선생의 뛰어난 웅변에도 불구하고 그는 전혀 기운을 차릴 수가 없었다. 급기야는 마치 죽음을 앞에 둔 사람처럼 글을 읽을 줄 아는 사람들만이 누릴 수 있는 영예를 탐냈던 어리석은 허영심에 대해 주님께 용서를 빌 힘만 남아 있는 듯 무릎을 꿇은 채 주저앉았다. 사내는 자부심으로 더욱 더 높이 이마를 치켜세운 채 크고 단호한 몸짓으로 한 문장씩 또박또박 끊어서 말했고, 그의 위험한 수업은 끝날 줄 몰랐다.

"그러니까, 내 아이디어는 바로 그거였소! 바로 그거요! 포장 용기로 유리를 사용하는 대신 *수정으로 된 관을 채택했고* 덕분에 엄청난 양의 자외선을 얻을 수가 있었던 거요! 그리고! 그리고! 그것을, 다시 말해 수은이 들어 있는 그 관을, 작은 축전지로 작동되는 코일이 들어 있는 차광식 초롱(불빛이 바깥으로 새어나가지 않게 가릴 수 있는 초롱—옮긴이주) 안에 넣었단 말이오……! 그리고! 이 광선이 눈에 미치는 치명적인 효과는 다른 것과 비교할 수가 없소……. 한 줄기의 광선, 그것만 있으면 조리개를 이용해서 원하는 대로 빛을 차단할 수 있고 따라서 차광식 초롱을 내가 원하는 대로 움직일 수 있소. 그 초롱에서 나오는 빛은 단 한줄기만으로도 충분하오. 망막은 심한 충격을 입고 그것은 곧바로 외상성 상해에 의한 죽음으로 이어지게 된단 말이오! 하지만 먼저 그걸 생각해야만 했었지……. *쇼크에 의한* 사망, 다시 말해서 심장성 급사가 가능할 것인지에 대해서 생각해야 했단 말이오. 맨 처음 내가 발견했고 그 다음으로 브라운세카르(1817~1894 프랑스인으로 의사이며 생리학자—옮긴이주)가 발견한 현상인 *쇼크사*와 같은 것이며, 그것은 또 사람의 후두 위를 손바닥으로 강하게 내리쳤을 때 일어나는 것과 같은 거란 말이오……! 그런 얘깁니다! 그런 얘기요! 아, 그 작은 차광식 초롱이 얼마나 자랑스러웠던지……! 그런데 저 인간이 그걸 빼앗아갔고, 그 이후로 난 그걸 다시는 볼 수가 없었소……! 결코, 단 한번도! 아, 그건 사람을 파리 목숨처럼 죽이는 끔찍한 초롱이오……! 이건 내가 데데 교수라는 사실과 마찬가지로 틀림없는 진실이오.”

데데 선생의 두 청중은 이미 내심 자신들의 영혼을 신에게 바친 상태였다. 성난 개들과 이 끔찍한 작은 차광식 초롱 사이에서 목숨을 건진다는 것은 정말 기적에 가까운 일이었기 때문이었다. 하지만 데데 선생은 앞서 발명한 모든 것들보다도 훨씬 더 큰 기쁨을 안겨주었다는 두 번째 발명품에 대해서는 아직 아무 말도 하지 않은 상태였다. 그 자신이 ‘소중한 귀송곳’이라 부르는 물건에 대해서는 여태 한마디도 없었던 것이다……. 공백으로 남아 있던 그 부분은 몇 마디의 문장으로 채워졌고 이제 공포는 극에 달해

있었다……. 피할 길 없는 죽음이 코앞에 닥쳤다는 끔찍한 두려움 때문에 이폴리트 파타르와 가스파르 랄루에트의 심장은 얼어붙은 듯했다.

"이 모두가! 이 모두가 다!"

데데 선생이 부르짖었다.

"나의 소중한 귀송곳에 대면 '허섭스레기 같은 것'에 불과하오. 그건 높이가 이만큼도 안 되는 작은 상자요……! 어디든 쑤셔넣을 수가 있지요……! 아코디언 속에 넣을 수도 있고 또, 영리해서 방법만 찾아낸다면…… 배럴오르간 속에도……. 하여간 노래하는 모든 것 속에……. 정확히 말해 *맞지 않는 음을 낼 수 있는 모든 악기 속에* 집어넣을 수가 있는 거요."

데데 선생이 다시 한번 집게손가락을 들어올렸다.

"이봐요, 선생! 조금이라도 음악을 안다는 사람에게 맞지 않는 음처럼 듣기 고약한 게 또 어디 있겠소? 선생한테 묻소만 대답은 하지 마시오! 아무것도 없소! 아무것도! 아무것도! 내 소중한 귀송곳을 이용해서, 그래요 선생! 헤르츠 파보다 훨씬 더 빠르고 침투력이 강한 새로운 파동을 만드는 아주 기막힌 전기 장치 덕분에, 틀린 음을 가지고 사람들의 뇌막을 송곳처럼 찌르는 거요. 즉, 일반적으로 정상 음을 기대하고 있는 뇌에 아주 강한 쇼크를 가하면, 틀린 음을 실은 파동이 듣는 사람의 달팽이관 속으로 순식간에 흘러 들어가는데 바로 그때, 감히 말하자면 *파동의 칼에 찔린 것*처럼 즉사를 하게 되어 있다, 이 말이오. 아, 정말! 선생은 이 물건에 대해 뭐라 말씀하시겠소……! 예……? 아무 말씀도 없으시군요……! 전혀! 아무 말도……! 하긴 나도 마찬가지오! 여기에 대해 무슨 말이 더 필요하겠소……. 이 모든 것이 사람들의 목숨을 파리 떼처럼 죽일 뿐인데……! 아, 사실상 이건 내게도 곤란한 일이오……. 왜냐하면 내 평생 여기서 *만일 죽지 않고 있다면 나*를 구해주러 왔을지 모르는 사람들이 왔다가 가버리는 것을 보고만 있어야 하게 생겼으니……. 하지만 내가 그들이라면 이처럼 위험한 상황에서 어떻게 해야 하는지 알고 있소……."

"그게 뭡니까……? 그게 뭐냐고요……?"

처지가 딱하게 된 두 남자가 가쁜 숨을 몰아쉬며 물었다.

"파란색 안경을 끼고 솜으로 귀를 막을 거요."

"예? 예? 파란색 안경과 솜이오……?"

두 남자가 사내의 말을 따라하더니 이내 거지처럼 손을 내밀었다.

"나한테는 없어요……!"

데데 선생은 갑자기 소리를 질렀다.

"조심해요! 조심해! 들어보시오! 발자국 소리가……! 아마도 한 손에는 그 끔찍한 차광식 초롱을, 다른 한 손엔 내 소중한 작은 귀송곳을 들고 그 자가 오고 있는 거요……. 아! 아……! 단 한푼도……! 정말이지, 당신들 두 사람이 지금 이 세상을 하직하지 않을 수 있는 확률엔 단돈 한푼도 못 걸겠소……! 안 돼……! 안 돼……! 이번에도 또 실패로군……! 구출되기는 글렀다고……! 당신들도 다른 사람들과 마찬가지로 똑같이 할 거요……! *결코 다시 돌아오지 않을 거란 말이오……! 결코……!*"

실제로 발자국 소리는 아래로 향하고 있었다……. 누군가 지금 막 그들의 머리 위를 지나고 있는 참이었다. 발자국 소리는 뚜껑문 쪽으로 오고 있었다…….

파타르와 랄루에트는 몸을 일으켰고, 살겠다는 마지막 의지에서 솟아난 놀라운 힘으로 벌떡 일어서서 작은 계단으로 나 있는 문을 향해 내달렸다.

사내의 목소리가 그들을 뒤따랐다.

"결코……! 다시는 저들을 보지 못할 거야! *저들은 결코 다시 돌아오지 않을 거라고!*"

바로 그들의 머리 위에서 뚜껑문을 들어올리는 게 확실히 느껴졌다……. 그들은 본능적으로 고개를 옆으로 돌리고 어깨를 움츠리며, 눈을 감고 귀를 막았다.

너무나도 무시무시했다……. 정말이지 차라리 개한테 물려 죽는 게 나을 것 같았다……. 그들은 문을 열고 조심스레 계단을 기어 올라가기 시작했다. 오직 *살인 광선*이나 *살인을 하는 노래*한테 잡히지 않기를 바라느라고 개 같은 건 안중에도 없었다. 하지만 개들은 더 이상 짖지 않았다. 개들은 먹느라고, 먹이를 집어삼키느라 바쁜 것이 틀림없었다.

파타르와 랄루에트는 *데데*가 일러준 문에 자물쇠가 걸려 있는 것을 보았다……. 그들은 한달음에 그곳까지 갔다.

……그 다음은 들판을 가로지르는 정신나간 듯한 도주였다……. 들판 사이를 마치 미친 사람들처럼, 있는 힘을 다해, 그저 앞만 보고, 어둠 속을 뚫고……, 넘어졌다가 다시 일어나고, 달빛이 그들을 따라잡자 더욱 멀리 뛰면서……! 그 빛이 어쩌면 차광식 초롱에서 나오는 불빛일지도 모른다는 생각으로 달리고 또 달렸다……!

마침내 그들은 도로로 나왔다. 그때 마침 우유 배달차가 지나가고 있었다……. 그들은 운전사와 흥정을 하고, 죽기 일보 직전의 사람들처럼 진이 빠진 채 미끄러지듯 짐수레로 기어올랐다. 그리고 자신들의 신분을 숨기며 들판에서 길을 잃었고, 뒤를 쫓아오는 커다란 개들 때문에 혼이 났다고 말하면서 역까지 타고 갔다.

　바로 그 순간 저 멀리서 밤의 정적을 깨며 두 마리의 몰로스 종 개들이 소름끼치게 짖어대는 소리가 들렸다……. 개들을 풀어놓은 것이 틀림없었다……. 문을 열어놓은 채 줄행랑을 쳐버린 알 수 없는 방문객들을 찾으려는 것이 틀림없었다. 거인 토비가 정규적인 수색 작전을 벌이고 있으리라…….

　하지만 수레는 전속력으로 내달리기 시작했다……. 이폴리트 파타르와 랄루에트는 드디어 안도의 숨을 내쉬었다……. 그들은 이제 살았다고 생각했다……. 위대한 루스탈로는 징벌의 순간이 올 때까지…… 그는 자신의 비밀을 알아차린 방문객이 누군지 모를 게 아니겠는가?

18
위대한 루스탈로의 비밀

라피트 거리는 사람들로 들끓었다. 창문마다 삼삼오오 모인 사람들이 가스파르 랄루에트가 자택을 떠나 입회연설을 하게 될 아카데미 프랑세즈로 향하기를 기다리고 있었다. 그날은 그 일대의 주민들에게 축제였고 영광이었다. 일개 화상이며 골동품 수집가에 불과한 자가 아카데미 프랑세즈의 회원이 된 일은 역사상 일례가 없는 일이었는 데다, 이번 일을 둘러싸고 퍼진 영웅담은 사람들을 흥분의 도가니로 몰아넣는데 단단히 한몫을 했다.

신문기자들은 이미 인도를 장악했으며, 질서 유지의 필요성을 절감한 파리 경찰청장이 내린 이례적인 통제 조치로 인해 기사를 보도하는데 방해를 받지 않으려고 매순간마다 기자 자유통행증을 내보였다. 그 자리에 있던 많은 이들은 집에서 나오는 랄루에트에게 격려의 박수를 보내는 데서 끝내지 않고, 퐁 데 자르 끝까지 그를 따라갈 작정이었다. 그러나 그 계획은 실현 가능성이 전혀 없었다. 이미 몇 시간 전부터 퐁 데 자르는 사람들로 가득

차 꼼짝할 수 없는 형편이었다. 사람들의 마음 한구석에는 행여라도 **충분 히 예상해 볼 수 있는** 사망 소식이 들려 오지나 않을까 하는 두려움이 깔려 있기도 했다. 랄루에트가 계속 모습을 보이지 않은 까닭에 이러한 두려움 은 커질 수밖에 없었고, 매순간 근심은 증폭되고 있었다.

그런데 이 많은 사람들은 랄루에트가 지나가는 것을 끝까지 보지 못했는 데, 그 이유는 이 신입 회원 이 아침 9시에 이미 아카데미 프랑세즈에 가서 이폴리트 파타르와 함께 사전 편찬실에 틀어박혀 있었던 탓이었다.

아! 이 딱한 두 양반은 소름끼치도록 끔찍한 밤을 보낸 뒤, 아주 처참한 꼴로 바스티유 광장에서 작은 소매점을 경영하는 랄루에트의 사촌 집으로 갔다. 랄루에트 부인은 비밀리에 그곳에서 그들과 합류했다. 두 사람은 당 연히 그날 있었던 모든 얘기를 들려주었고, 세 사람의 협의는 그 뒤로 몇 시 간 동안이나 계속되었다.

랄루에트는 당장 경찰서로 가길 원했지만, 파타르는 그런 그를 달변과 눈물로 설득했다. 그리고 그들은 아주 신중하게 행동할 것과 가능한 소란 을 피해서 그 일로 인해 아카데미 프랑세즈의 명예에 누가 되는 일은 없도 록 하자는 쪽으로 합의를 보았다. 뿐만 아니라 파타르는 이제 랄루에트가 아카데미 프랑세즈의 회원이 된 이상 다른 사람들에게는 없는 의무를 지게 된 것이며, 마치 고대 로마의 베스타 여신의 무녀들처럼(베스타 여신은 로마 신 화에 나오는 화덕의 신이다. 여신의 무녀들은 여신의 제단의 불(신성한 로마의 화덕)이 꺼 지지 않도록 지켜야 할 임무를 지니고 있었다—옮긴이주) 프랑스 학술원의 제단에서 타고 있는 불멸의 불꽃이 활활 타오르게 할 책임이 있다는 사실을 이해시 키려고 노력했다.

이에 대해 랄루에트와 그의 부인은 이 영광스러운 직분에 집착하기에는

226

너무도 많은 위험이 따르는 것이 아니냐고 재차 물었다. 이폴리트 파타르는 이제 와서 왔던 길로 다시 되돌아가기엔 너무 늦었고, 한번 '불멸의 지성'이 되었으면 *죽을 때까지 그런 거라고* 응수했다.

"바로 그게 나를 슬프게 하는 거예요!"라고 랄루에트가 말했다.

어쨌든 위대한 루스탈로는 그들이 자신의 비밀을 알아차렸다는 사실을 모르고 있다고 확신하고 있었다. 더구나 상황은 이전보다, 그러니까 그들이 세 명의 앞선 아카데미 프랑세즈 회원 후보자가 무슨 이유에서 죽었는지 알지 못하던 때보다는 훨씬 더 안전한 것처럼 생각할 수도 있었다. 랄루에트 부인은 이 외에도 생각이 많았으나, 자기 집을 둘러싸고 있는 군중의 열광에 휩싸여 들떠 있는 상태였으며, 또 이렇게 빨리 명예를 포기한다는 것이 고통스럽기도 했다. 결국, 이 신사 양반들이 누구의 방해도 받지 않기 위해 꼭두새벽부터 사전 편찬실에 틀어박혀서 아무에게도, 그 위대한 루스탈로한테까지도 문을 열어주지 않기로 결정했다. *그리고 그들은 솜과 파란 안경을 구입했다.*

이폴리트 파타르와 랄루에트는 사전 편찬실에서 귀에 솜을 집어넣고 파란 안경을 코에 걸친 채 시간이 가기를 기다리고 있었다. 이제 몇 분만 있으면 랄루에트의 기억력이 문학의 승리를 위한 힘을 발휘해 영원히 빛날 기회의 순간이 될 터였다.

밖에서 초조함을 이기지 못한 웅성거림이 들려왔다.

"시간이 되었소!"

갑자기 파타르가 말했다.

"갈 시간이오!"

그리고는 결연히 새로운 동료의 팔짱을 끼면서 방문을 열었다.

그러나 갑자기 방문이 밀쳐지더니 다시 닫혔다…….

두 남자는 공포에 질린 소리를 내지르며 뒤로 물러섰다.

위대한 루스탈로가 그들 앞에 서 있었다.

"저런! 저런……!"

눈살을 찌푸리며 미세하게 떨리는 목소리로 그가 말했다.

"저런! 종신 서기 선생, 이제 안경을 끼십니까? 아니! 이럴 수가……! 가스파르 랄루에트 선생도 마찬가지군요……! 안녕하십니까? 가스파르 랄루에트 선생……. 오랫동안 못 뵈었군요……. 반갑습니다!"

랄루에트는 알아들을 수 없는 말을 더듬더듬 늘어놓았다. 반면 파타르는 조금이라도 냉정을 되찾기 위해 노력했다. 지금이야말로 매우 중요한 순간이었기 때문이다. 그를 걱정스럽게 만든 것은 바로 *위대한 루스탈로가 고집스럽게도 한 손을 등 뒤에 숨기고 있다*는 사실이었다. 그리고 그 무엇보다도 고약한 것은, '아무렇지도 않은 척해야 한다' 는 점이었다. 위대한 루스탈로가 뭔가 수상쩍게 생각하고 있음이 확실했기 때문이다.

이폴리트 파타르는 마른기침을 하더니 루스탈로의 움직임을 하나도 놓치지 않고 주시하면서 말했다.

"그렇습니다. 랄루에트 선생과 제가 요즘 시력이 좀 약해진 것 같아서요."

루스탈로가 한 발짝 앞으로 나서며 말했다.

"대체 어디서 그것을 발견했소?"

다른 두 사람은 움찔 두 발짝 뒤로 물러섰다.

루스탈로가 침울한 표정으로 물었다.

"혹시 어젯밤 우리 집에서 발견한 거 아닙니까?"

랄루에트는 거의 기절할 지경이었으나, 파타르는 있는 힘을 다해 따지듯이 말했다. 어젯밤엔 랄루에트와 자신은 파리에 있었으며, 자기가 무슨 말을 하는지도 정확히 모르는 것을 보니 위대한 루스탈로가 정말 정신이 없는 사람임이 분명하다는 말까지 했다.

위대한 루스탈로는 한 손을 여전히 등 뒤에 감춘 채 야릇한 냉소를 짓고 있었다.

그러던 그가 갑자기 한쪽 팔을 앞으로 뻗치자, 끔찍한 차광식 초롱이거나 아니면 소중한 작은 귀송곳이라고 믿은 두 남자는 극도로 공포에 질려 성급히 한 손으로는 안경을, 다른 한 손으로는 귀에 박은 솜을 눌러 고정시켰다.

유감스럽게도 위대한 루스탈로의 손에는 우산이 들려 있었다.

"내 우산!"

이폴리트 파타르가 외쳤다.

"선생 입으로 그렇게 말하시는군요!"

루스탈로가 들릴 듯 말 듯한 목소리로 말했다.

"종신 서기 선생, 선생께서 라 바렌 생 틸레르 역에서 오는 기차에 놓고 내린 바로 그 우산이오……! 당신을 알고 또 나를 알고, 우리가 종종 함께 여행하는 것을 보았던 충실한 역무원이 나한테 이걸 주더군요……. 아, 종신 서기 선생!"

위대한 루스탈로는 손에 든 우산을 마구 흔들어대며 점점 더 흥분하고 있었고, 이폴리트 파타르는 그 우산을 공중에서 잡으려 했지만 허사였다.

"아! 아……! 선생이 나더러 정신이 없다고 했지만…… 세상에서 가장 아

끼는 우산을 두고 내리는 선생만큼이야 하겠습니까……? 종신 서기 선생,
당신의 우산……! 아, 난 그것이 마치 내 우산이나 되는 것처럼…… 고이 간
수했습니다그려……!"

그러더니 루스탈로는 우산을 방 저편으로 힘껏 던졌다. 우산은 몇 번 회
전을 하더니 리슐리외 추기경의 초상에 부딪쳐 부러졌다.

이 같은 신성모독 앞에서 파타르는 고함을 내질렀다. 하지만 루스탈로의
얼굴이 어찌나 무섭게 변했던지 계속 고함을 지를 수가 없었다……. 고함
소리는 이폴리트 파타르의 목구멍 속에서 멈춰 있었다.

아, 악마의 번쩍이는 얼굴! 루스탈로는 여전히 문을 가로막고 서서 자신
의 몸에 날개가 있다고 믿게 하고 싶은지 무대 위의 메피스토텔레스처럼
두 팔을 흔들고 있었다. 진짜 학자가 이런 모습을 보이는 것은 전무후무한
일로써 모두 다 그가 돌았다고 믿을 판이었다.

파타르와 랄루에트는 그를 악마라고 생각했다. 그는 계속해서 한 발짝씩
앞으로 나왔고 그들은 계속 뒷걸음질쳤다.

"저런! 저런……! 도둑놈들 같으니!"

그가 높은 언성으로 소리를 지르자, 두 사람은 점점 더 무력해졌다…….

"내 비밀을 훔쳐간 도둑놈들 같으니! 내가 없는 사이에, 왜? 지하실에 내
려가야 했지요……? 가정교육도 제대로 못 받은 사람처럼……. 아님, 도둑
처럼 말이오! 후회할 일이 생길 뻔하지 않았습니까……? 개들이 당신들을
종달새처럼 집어 삼켜버리거나 파리 떼처럼 죽여버릴 수도 있었을 테구요!
*데데*는 늘 그런 식으로 말하지요. *데데*를 봤소? 이런 도둑놈들 같으니……!
그러니 그놈의 안경을 벗어 던지시오. 멍청한 인간들 같으니!"

루스탈로의 화가 절정에 올랐다. 그는 입을 닦더니 마치 자신의 따귀라

도 때리는 것처럼 손으로 이마에 흐르는 땀을 거세게 문질렀다.

　"제발 그놈의 안경 좀 벗으시오!(물론 그들은 안경을 벗지 않았다) 귀에는 솜을 넣고 있겠군요……! 그 밖에 모든 것들……! 그 모두가 *데데*의 허튼소리란 말이오……! 그 자가 빵 한 조각을 얻기 위해 나한테 발명품을 넘긴다고 하지 않던가요……! 그리고 토트의 비밀, 안 그렇소……? 사람을 죽이는 광선(?)이며 소중한 작은 귀송곳은 또 어떻고……! 모두 데데의 허튼소립니다, 허튼소리요……! 또 무슨 말을 하던가요……? 내가 아끼는 불쌍한 미치광이……! 불쌍한 미치광이……! 불쌍한 미치광이!"

　그리고 나서 루스탈로는 의자에 털썩 주저앉았다. 그리고 그가 너무도 절망적으로 흐느끼며 울자, *그 두 남자*는 마음에 심한 충격을 받을 정도였다. 조금 전까지만 해도 이 세상에서 가장 흉악한 범죄자로 보였던 이 딱한 남자가 갑자기 지극히도 측은해 보였다. 그러나 그들은 그처럼 우는 루스탈로를 보고 놀라면서도 여전히 안경은 벗지 않은 채로 아주 조심스럽게 그에게 다가갔다.

　루스탈로는 괴롭게 헐떡이면서 한탄했다.

　"불쌍한 미치광이……! 불쌍한 녀석……. *내 자식*……! 이보시오, 선생들……. 데데는 *내 아들이오*……! 이제 아시겠소……? 미쳐버린 내 아들이란 말이오……! 위험한, 아주 위험한 미치광이오……. 당국에서 명하길 내 집에 데리고 있으려면 그 녀석을 가둬놓아야 한다고 했소……. 어느 날 녀석의 손에서 거의 목 졸려 죽을 뻔한 어린 계집아이를 끌어냈는데, 그 계집아이가 노래를 잘 부르도록 하는 것이 목구멍 안에 있는 줄 알고 그걸 빼내려고 그랬다는 거요……! 아, 이 말을 해서는 안 되는데……. 그 녀석은 바로 하나밖에 없는 내 아들이란 말이오! 사람들이 내 아들을 빼앗아갈 거요……! 내 아들을 안 보이는 곳에 감금할 거란 말이외다……! 내 아들을 나한테서 훔쳐갈 거란 말이오……! 당신들 한 마디에 그들은 내 아들을 훔쳐갈 게 틀림없소……! 이런 도둑놈들 같으니!"

루스탈로는 계속 울었다……!

이폴리트 파타르와 랄루에트는 새로이 드러난 사실 앞에서 아연실색한 나머지 그 자리에 동상처럼 굳어져버린 채로 루스탈로를 쳐다보았다. 그들이 방금 들은 이야기와 노인의 진실 되어 보이는 절망감이 철창 뒤에 갇힌 사내의 기이하고 슬픈 수수께끼에 대한 해답이었다.

하지만 세 사람의 죽음은……? 파타르가 계속 눈물을 흘리고 있는 위대한 루스탈로의 어깨 위에 조심스럽게 손을 얹었다…….

"우린 아무 말도 하지 않을 겁니다!"

이폴리트 타파르가 말했다.

"하지만 우리 이전에 아무 말도 안 하겠다고 약속했다가…… 저 세상으로 간 세 사람이 있습니다."

그러자 루스탈로는 일어서더니 마치 세상의 모든 고통을 껴안으려는 듯 두 팔을 벌렸다.

"그 사람들은 저 세상으로 갔지요! 불쌍한 사람들……! 선생은 그러니까 제가 그들의 죽음을 두고 선생만큼 번민하지 않았다고 생각하는 겁니까……? 운명이 저의 공범자가 되려는 것처럼 보였어요……! *그들은 건강하지 못했기 때문에 죽은 겁니다!* 거기에 대해 제가 어떻게 했으면 좋겠습니까?"

그리고는 랄루에트에게로 다가갔다.

"이보시오, 선생……. 제게 말해 주시오……! 선생은 건강합니까?"

랄루에트가 미처 대답하기도 전에, 사전 편찬실은 더 이상 기다리지 못하고 이폴리트 파타르와 그의 영웅을 찾으러 온 동료들에 의해 장악되었다. 프랑스 학술원은 마당과 회의실 그리고 복도까지 열기와 소란으로 대단했다.

귓속에 솜을 깊이 밀어 넣었음에도 불구하고 랄루에트는 이 모든 영광의 소리들을 하나도 놓치지 않았다. 사실상 루스탈로의 마지막 속내를 들은 이 마당에 그는 후회 없이 편안한 마음으로 불멸의 지성의 왕국에 들어설 수가 있었다. 그는 공개 회의장 입구까지 그대로 군중에 밀려서 걸어갔다. 거기서 잠시 혼잡한 인파로 멈춰 섰고, 뜻밖에 루스탈로의 얼굴과 마주치게 되었다. 식장을 향해 걸어나가기 전에 최후의 예방조치를 취해야 한다고 믿은 그는 루스탈로의 귀에 대고 소곤거렸다.

"제가 건강하냐고 물으셨습니까……? 고마운 말씀입니다. 전 아주 건강합니다……. 전 선생님께서 우리한테 하신 얘기를 확실히 믿습니다만, 어쨌거나 선생님을 위해서라도 제가 죽지 않기를 바랍니다. 그래서 미리 대책을 세워서…… 선생님 댁에서 보고 들은 모든 얘기를 제 손으로 직접 상세하게 써놓았는데, 만일 제가 죽으면 그 즉시 그 이야기가 세상에 알려질 겁니다."

루스탈로는 신기하다는 듯 가스파르 랄루에트를 살피더니 한마디했다.

"그건 거짓말이오. *왜냐하면 선생은 글을 읽을 줄 모르니까요……!*"

19
가스파르 랄루에트의 승리

가스파르 랄루에트는 이제 더 이상 뒤로 물러설 수가 없었다. 식장에 모인 사람들이 이미 그를 알아봤다. 고막이 터져라 외쳐대는 환호성이 그의 입장을 환영하고 있었다. 첫번째 줄에 앉아 있는 그의 부인을 보자 아카데미 신입 회원인 그의 마음엔 약간의 용기가 되살아나는 듯했지만 방금 루스탈로가 한 말은 엄청난 충격이었다.

그는 아직도 망설이고 있었다. 대체 그 사람은 자신이 글을 읽을 줄 모른다는 사실을 어떻게 알고 있는 걸까? 비밀은 아주 조심스럽게 지켜지지 않았던가. 파타르가 이런 사실을 말했을 리는 만무했다! 글을 읽을 줄 모르는 사람이 아카데미 프랑세즈 회원이 되는 것을 보며 그렇게도 즐거워했던 엘리파스 역시, 비밀을 누설함으로써 자신의 복수 계획을 망쳐버릴 법한 인물은 절대 아니었다. 으랄리로 말하자면 무덤과 같이 입이 무거운 사람이었다. 그렇다면? 어떻게? 대체 누가? 그는 자기가 루스탈로를 *휘어잡았다고*

믿었지만, 마지막 순간에 오히려 루스탈로가 그의 무력함을 증명하지 않았던가.

하지만 어쩌면 루스탈로의 마지막 말엔 악의가 전혀 없을 수도 있었다. 그는 절망에 빠진 불행한 아버지요, 동정을 불러일으키는 저명한 학자가 아니었던가? 물론 그랬다. 그렇다면 랄루에트가 두려워할 게 뭐가 있단 말인가? 더구나 파란 안경을 쓰고 귀엔 솜을 막아 넣었으니 말이다!

랄루에트는 한 발짝씩 걸을 때마다 그를 따라오는 사람들의 찬사와 경의 앞에서 가슴을 쭉 폈다. 마치 로마의 승전 장군처럼 또 아르타방(프랑스의 소설가 라칼프레네드의 소설 〈클레오파트라〉의 주인공. 본보기가 될 만한 그의 자신감 때문에 '아르타방처럼 뽐내는' 이라는 불어 표현이 생겼다—옮긴이주)처럼 당당하게 보이고 싶었다. 그리고 그는 그렇게 보이는데 성공했다. 무엇보다 그의 눈에 서려 있는 약간의 근심을 감춰준 파란 안경을 쓴 덕분이었다.

그는 자기 옆에서 아주 조용하고 슬프게, 마치 이 회합의 자리로부터 천리만리 떨어진 곳에 홀로 있는 듯이 보이는 위대한 루스탈로를 보았다. 그 순간 그는 정말이지 완전히 안심이 되었다. 그리고 자기가 발언할 순서가 되자, 연습했던 대로 진짜 읽는 것처럼 부드러운 팔꿈치 동작으로 연설문을 넘겨가며 아주 침착하게 연설을 시작했다. 그의 기억력은 실로…… 대단히 뛰어나서…… 머릿속으로는 다른 생각을 하면서도 입으로는 *찬사*를 낭송하고 있었다.

그는 생각했다.

'대체 위대한 루스탈로가 어떻게 내가 글을 모른다는 사실을 알았단 말인가?'

그리고는 갑자기 연설 도중에 이마를 세게 치며 소리쳤다.

"알았다!"

이런 뜻밖의 몸짓과 설명할 길 없는 외침 소리에 청중석에서는 함성이 터져나왔다. 형언할 수 없는 근심이 하나로 묶인 청중이 일제히 일어서서 연단 위의 남자 쪽으로 몸을 숙인 채……, 그가 다른 사람들처럼 빙그르르 돌다가 고꾸라지는 모습을 상상하며 바라보고 있었다.

하지만 가스파르 랄루에트는 목청을 가다듬기 위해 크게 한번 기침을 하고는 말했다.

"여러분, 아무것도 아닙니다……! 연설을 계속하겠습니다……! 그러니까 어디까지 얘기했던가요……. 제가 말씀드리기를…… 아! 그처럼 일찍 세상을 떠난 가엾은 마르탱 라투슈에 관한 얘기를 하던 중이었죠……."

아, 랄루에트! 그가 얼마나 멋지고 침착했던지! 그리고 얼마나 확신에 차 있었던지……! 그는 결코 죽지 않을 사람의 평온함을 유지하며 다른 사람의 죽음에 대해 얘기했다……. 청중은 창문이 깨져라 환호성을 지르며 박수를 쳤다! 그야말로 광란의 도가니였다. 특히 여인들은 거의 반쯤 미친 것 같았다! 그녀들은 그 작은 손으로 박수를 너무 세게 친 나머지 나중에는 장갑까지 벗어 던졌고, 부채를 부러뜨렸는가 하면, 열광과 환희 그리고 만족의 표시로 날카로운 외침들을 내질렀다. 이는 아카데미 프랑세즈 입회식 같은 곳에서 보기 드문 광경이었다.

한편 랄루에트 부인은 충실한 두 친구에 의해 부축을 받고 서 있었는데, 사람들은 다시금 생기가 도는 그녀의 얼굴 위로 두 줄기 눈물이 강물처럼 그치지 않고 흘러내리는 것을 보았다.

한마디로 랄루에트는 멋들어지게 연설을 끝냈다.

그는 수수께끼의 해답을 찾아냈고, 이제 더 이상 그의 연설문에는 막힘이란 없었다. 목소리와 팔과 상체를 이용해서 연설의 효과를 높이기까지 했다.

그가 "알았다"라고 외친 이유는 바로 이것이었다.

'이제야 알았다. 내가 혼자서 라 바렌 생 틸레르에 갔다가 샤랑통 정신병원에서 탈출하는 사람처럼 정신없이 루스탈로의 집에서 도망쳐 나왔던, 잊을 수 없는 바로 그날……, 그날 막 역에 도착해서 파리로 향하는 기차에 뛰어 올라탔지. 그런데 내가 들어간 칸막이 객실에 있던 부인 하나가 날카롭게 소리를 질러댔어. 그 칸막이 객실은 복도로 통하지 않은 밀폐된 칸이었는데, 내가 자기를 암살이라도 할까 봐 그런다고 생각했지. 부인을 달래려고 했지만 그럴수록 부인은 더 크게 소리를 질러대는 거였어. 그러더니 다음 역에서 차장을 불렀고 차장은 나에게 '여성 전용' 칸에 올라탔다고 나무랐지. 표지판을 확인시키더니 조서를 꾸미겠다고 하면서, 내가 재판을 받게 될 거라고 말했어. 다행히도 내 주머니 속엔 군인 수첩이 들어 있었고, 그 덕에 내가 *글을 읽을 줄 모른다*는 사실을 증명할 수가 있었지. 바로 그거야……. 그 역무원이 바로 파타르 씨의 우산을 찾아서 루스탈로에게 돌려준 바로 그 사람이었던 거야. 인상착의를 묻는 루스탈로에게 역무원은 분명 종신 서기 선생님이 *글을 읽을 줄 모르는 남자*와 함께 여행 중이었다고 대답했을 테니까!'

"여러분……, 아베빌 주교도 저와 마찬가지로 민중의 아들이었습니다……."

연설이 이 대목에 이르렀을 때, 새로 들어온 프랑스 학술원의 사무직원이(전부터 있던 사무직원들은 도저히 유감스러운 전례를 연상시키는 그 같은 행위를 감히 할 수가 없었다) *한 손에 편지를 들고 발끝으로 살금살금 실내를 가로질러 연단* 쪽으로 걸어왔다. 다시 한번 극심한 불안감이 모든 사람들을 사로잡았다……. 사람들은 이 편지가 신입 회원 앞으로 보내진 거라고 믿었고, 곧 여기저기서 고함 소리가 들리기 시작했다.

"안 돼요……! 안 돼……! 편지는 안 돼요……! 열지 말아요……! 편지를 열어서는 안 됩니다!"

그리고는 가슴을 에이는 듯한 비명이 들렸다. 몸 상태가 나빠진 랄루에트 부인이었다.

랄루에트는 사무직원 쪽으로 고개를 돌려 손에 들린 편지를 보았다……. 그는 상황을 이해했다……. 아마도 *보다 더 비극적인 향기가* 자신을 노리고 있을 거였다……. 마지막으로 그는 랄루에트 부인의 절망에 찬 소리를 들었다……. 그래서 그는 발뒤꿈치를 들고 일어서서 그 어느 때보다 자신의 키를 크게 보이게 하고는, 놀라운 정신력으로 질겁하여 정신을 잃은 청중을 제압하면서, 전혀 떨리지 않는 손가락으로 운명의 편지를 가리키며 말했다.

"아! 안 돼요! 저한테만은……, 저한테는 안 통할 겁니다……! *저는 글을 읽을 줄 모릅니다!*"

순간 그야말로 미친 듯한 희열의 감정이 폭발했다. 아! 적어도 이 남자는 재치 있는 사람이었다. 용감할 뿐만 아니라 재치도 있었던 것이다. *그가 글을 읽을 줄 모른다니!* 아주 근사한 말이었다. 랄루에트의 완전한 승리였다. 동료들이 그에게로 다가와서 그의 손을 잡고 격렬하게 흔들었다.

입회식은 굉장한 열광과 흥분 속에서 끝이 났다…….

가스파르 랄루에트의 승리는 결국 그가 죽지 않고 살아 남았다는 것이었다. 그리고 그것은 글을 읽을 줄 모르는 이 남자가 어떤 형태로든 중독 되지 않은 채 확정적으로 아베빌 주교의 의석에 앉을 수 있게 되었던 만큼 더욱 더 완전한 것이었다.

편지는 랄루에트에게 보내진 것이 아니었다. 랄루에트 부인은 남편이 이 세상 어느 남자보다도 더 멋져 보였고, 곧 살아 있는 그를 만나기 위해서 아래로 뛰어 내려갔다.

훗날 그들은 사내아이를 낳았고 이름을 *아카데무스*라고 지었다.

위대한 루스탈로로 말하자면 그는 우리의 관심사였던 사건이 있은 지 얼마 안 되어 엄청난 고통을 겪어야 했다. 그는 아들을 잃었다. *데데*가 죽은 것이다.

어느 날 저녁, 이폴리트 파타르와 랄루에트는 비밀리에 열린 장례식에 초대되었다. 장례식에 간 랄루에트는 묘지 뒤쪽, 위대한 루스탈로가 있는 쪽으로 미끄러지듯 다가가는 신비에 싸인 인물의 존재가 몹시 마음에 걸렸다. 미지의 한 남자가 무릎을 꿇고 앉아 있는 저명한 학자에게 다가가, 아들을 잃은 고통을 위로하려는 듯 그를 향해 몸을 구부렸다. 그 남자의 얼굴은 모자와 외투로 가려져 있어서 보이지 않았다. 랄루에트는 장례식이 진행되는 동안, 그 사람에 대한 궁금증을 떨쳐버릴 수가 없었다. 남자의 전체적인 모습이 그에게 그리 낯설게 보이지 않은 탓이었다.

마침내 남자는 밤의 어둠 속으로 사라졌다.

이폴리트 파타르와 랄루에트는 함께 돌아왔다. 랄루에트가 '흡연석' 에 간다는 걸 '여성 전용' 칸에 올라탈 뻔한 기차 속에서 두 아카데미 프랑세즈 회원들은 담소를 나누었다.

"불쌍한 루스탈로가 몹시 슬퍼하는 것 같더군요."

이폴리트 파타르가 말했다.

"예, 꽤 슬퍼하는 것처럼요."

랄루에트는 고개를 끄덕이며 대답했다.

그로부터 이 년 후, 가스파르 랄루에트는 아카데미 프랑세즈에 가기 위해 이폴리트 파타르의 팔을 붙잡고 퐁 데 자르를 건너고 있었다.

갑자기 그가 걸음을 멈추었다.

"저기, 선생 앞에…… 외투 입은 남자를 좀 보세요……."

"그런데요?"

이폴리트 파타르는 몹시 놀라서 물었다.

"저 모습이 눈에 익지 않으십니까……?"

"글쎄요. 잘 모르겠는데요……!"

"종신 서기 선생, 그건 선생께는 저만큼 저 사람에 대한 인상이 깊이 박혀 있지 않아서입니다……. 저 남자는 예전 데데의 장례식 날 위대한 루스탈로의 뒤를 잠시도 떨어지지 않고 계속 따라다녔던……. 그때 저는 저 사람을 분명 어디선가 본 게 확실하다고 생각했거든요……."

바로 그 순간 외투를 입은 남자가 돌아섰다.

"엘리파스 드 라 녹스 선생!"

랄루에트가 소리를 질렀다. 바로 그 마술사였다. 그가 두 불멸의 지성에게로 다가오더니 랄루에트의 손을 잡았다.

"선생을 여기서 뵙게 되다니!"

랄루에트가 외쳤다.

"어떻게 저희 집에 한번도 오시지 않고! 제 부인이 선생님을 뵈면 무척이나 좋아할 텐데요! 그러니 며칠 내로 가볍게 저녁 식사나 한번 하러 들르십시오!"

그리고는 파타르를 향해 돌아섰다.

"친애하는 종신 서기 선생, 엘리파스 드 생텔름 드 타이유부르그 드 라 녹스 선생을 소개합니다. 언젠가 이분의 편지를 받고 우리 두 사람 다 무척 걱정을 했었지요. 그건 그렇고! 친애하는 드 라 녹스 선생, 어떻게 지내십니까……?"

"*친애하는 아카데미 회원 선생*, 저야 여전히 토끼 가죽을 팔고 있지요."

한때 '진리를 깨우친 사람'이었던 자가 미소를 지으며 대답했다.

"아카데미 프랑세즈에는 전혀 아쉬움이 남지 않습니까?"

랄루에트가 용감하게 물었다.

"아니오! 선생께서 거기 계시는걸요!"

엘리파스가 부드러운 목소리로 말했다.

랄루에트는 이 말을 칭찬으로 알아들었고 그에 감사했다.

이폴리트 파타르는 기침을 했다.

랄루에트가 말했다.

"말이 나온 김에 말인데요……! 제가 좀 전에 선생님을 보고 선생님이 누군지 알아보지 못한 상태에서 종신 서기 선생님께 '참 이상하군요. 저 남자를 위대한 루스탈로의 아들 장례식 때 본 것 같습니다'라고 얘기를 했다면 말씀입니다……."

"거기 갔었지요."

엘리파스가 대답했다.

"위대한 루스탈로와 아는 사이였습니까?"

그때까지 아무런 말이 없던 파타르가 물었다.

"개인적으로는 전혀요……."

엘리파스 드 라 녹스가 갑자기 너무나 심각한 어조로 대답을 했기 때문에 듣고 있던 두 사람은 불편함을 느꼈다.

"개인적으로는 그 사람을 몰랐습니다. 하지만 종신 서기 선생, 예전 언젠가 아카데미에서 사람들이 많이 죽어가던 시절에 여론을 장악했던 몇 가지 사실과 관련해서 개인적으로 알아볼 게 있어서 조사하던 끝에 그 사람에 대해서 좀 알아볼 기회가 있었답니다……."

이 얘기를 들으면서 이폴리트 파타르는 자신의 초라하지만 선량한 인생에서 가장 암울했던 시절에 대한 기억을 되살리는 이 대화를 끝내기 위해 차라리 퐁 데 자르가 갈라져 버리기를 간절히 희망했다. 그리고는 말끝을 흐리며 말했다.

"그러고 보니 저도 선생을 묘지에서 본 기억이 납니다……. 위대한 루스탈로는 아들을 잃고 퍽이나 괴로워했지요……."

랄루에트가 바로 덧붙였다.

"그분의 괴로움은 하나도 줄어들지가 않았어요. 그 고통스런 장례식 이후로 아카데미에서 한번도 그분을 뵌 적이 없는 데다 사전 작업도 저희끼리 하도록 놔두고 계시니까요……. 아! 그 딱한 분에게 충격이 너무 컸지요……!"

"충격이 너무 커서…… 너무 커서……."

갑자기 '진리를 깨우친 사람'은 귀티 나고 신비스러운 그의 얼굴을, 떨고 있는 두 아카데미 회원에게로 숙이면서 응수했다.

"충격이 너무 커서 데데가 죽은 뒤로는 전혀 아무런 발명도 내놓지 못하고 있지요!"

그처럼 끔찍한 말을 내뱉은 후 엘리파스 드 생텔름 드 타이유부르그 드 라 녹스는 프랑스 학술원의 반대방향으로 몸을 돌려 퐁 데 자르의 끝으로 사라져갔다…….

……그 사이에, 서로를 부축하려는 듯이 서로에게 몸을 기댄 이폴리트 파타르와 가스파르 랄루에트는 영웅적으로 불멸의 왕국의 문턱을 향해 비틀거리며 걸어가고 있었다.

밖에 있는 동안 그들은 한 마디도 하지 않았지만, 이폴리트 파타르의 사무실로 들어와 둘만 있게 되자 가스파르 랄루에트는 돌연 기력을 되찾았고, 엘리파스 드 라 녹스의 비극적인 말에 눈을 뜬 자신의 양심이 더 이상은 침묵을 허용하지 않는다고 선언했다. 파타르가 울먹이는 목소리로 그의 입을 막으려고 하면서 아카데미 프랑세즈의 명예를 위해 파렴치한 루스탈로를 의혹 속에 남게 하자고 설득하려 했지만 소용이 없었다.

랄루에트는 더 이상 아무 말도 들으려고 하지 않았다.

"안 됩니다! 안 돼요!"

그가 외쳤다.

"마르탱 라투슈가 옳았던 겁니다! 그 사람이 진실을 간파한 거예요. 세상에 그보다 더 큰 범죄가 어디 있겠습니까!"

"있지요, 있고 말고요! 이 세상에 그보다 더 큰 범죄는 얼마든지 있어요!"

이번엔 이폴리트 파타르가 버럭 화를 내며 말했다.

"대체 그게 뭡니까?"

"글을 읽을 줄 모르는 자를 아카데미 프랑세즈에 입회시킨 죄요! 이 중죄를 바로 내가 저질렀단 말이오!"

그리고는 분노에 사로잡혀 온몸을 떨면서 덧붙였다.

네가 날 고발할 테면 어디 한번 해봐라!

이폴리트 파타르가 대화 중에 '너'라고 칭하면서 말을 놓은 것은, 그의 나이 아홉 살에 어머니를 여의는 불행을 겪은 이후 처음 있는 일이었다. 이 위협적이고 허물없는 말투는 그들의 언쟁을 가라앉히기는커녕 오히려 더 자극하는 결과를 초래했고, 두 불멸의 지성은 이제 볏을 꼿꼿이 세운 싸움닭처럼 서로에게 대들고 있었다. 그때 갑자기 들리는 노크 소리가 두 사람에게 예의를 차려야 한다는 사실을 상기시켰다. 랄루에트는 벽난로 옆 한쪽 구석에 있는 안락의자에 털썩 주저앉았고, 파타르는 문을 열어주러 갔다. 누군가 신신당부를 하며 꼭 종신 서기 선생에게 전해달라고 했다는 꽤 두꺼운 편지를 들고 수위가 서 있었다. 수위가 떠나자 파타르는 편지의 내용을 검토했다.

봉투에는 이렇게 써 있었다.

"종신 서기 선생께. 아카데미 프랑세즈의 비공개 회합에서 개봉할 것을 부탁드립니다."

파타르는 글씨체를 알아보고 몸을 떨었다.

"무슨 일입니까?"

랄루에트가 물었다.

하지만 몹시 동요된 이폴리트 파타르는 대답하지 않았다. 그는 손에 편지를 들고, 자기가 지금 뭘 하고 있는지 모르는 사람처럼 사무실 안을 서성거렸다. 갑자기 그가 결단을 내린 듯 편지의 봉인을 뜯어내고 꽤 두꺼운 노트를 펼쳤다.

맨 첫머리에는 *"이것은 나의 참회록입니다"*라는 문구가 써 있었다.

랄루에트는 그 수수께끼 같은 노트를 한 장씩 넘길 때마다 생겨나는 엄청난 충격에 대해 이해하지 못한 채, 편지를 읽고 있는 파타르를 바라보고 있었다. 지금까지 가장 영예로운 기관에 헌신한 그 존경할 만한 아카데미 회원의 얼굴은 이제껏 그의 침울한 감정을 대변해 주곤 하던 예의 그 아름다운 노란색을 조금씩 잃어갔다. 이제 파타르의 얼굴은 언젠가 그가 죽은 후 그의 불멸의 표정을 기념하기 위해서 사전 편찬실 입구에 세워질 자신의 대리석 조상보다도 더 창백했다.

랄루에트는 파타르가 돌연 결연한 몸짓으로 손에 든 편지를 불 속으로 집어던지는 것을 보았다. 그리고 파타르는 미동도 없이 편지가 불에 타는 것을 지켜보더니, 랄루에트를 향해 걸어와 손을 내밀었다.

"랄루에트 선생, 피차 지난 일은 잊읍시다!"

그가 말했다.

"더 이상 다툴 일은 없습니다. 선생이 옳았어요. 위대한 루스탈로는 무엇보다 딱한 사람이었어요. 그 사람 일은 이제 잊어버립시다. 그 사람은 죽었어요. 그 사람은 자신이 진 빚을 치른 거지요. 그런데 친애하는 가스파르, 당신은 언제 당신의 빚을 갚을 거요? 사실 그리 배우기 힘든 것도 아닌데 말이오. 비(B)에 에이(A) 하면 바(BA), 비(B)에 이(E) 하면 베(BE), 비(B)에 아이(I) 하면 비(BI), 비(B)에 오(O) 하면 보(BO), 비(B)에 유(U) 하면 부(BU)!" 〈끝〉

대중소설을 혁신한 작가 '가스통 르루'

아카데미 프랑세즈의 회원은 '불멸의 지성'이라고 불린다. 그렇다고 그들이 보통 사람들보다 장수를 누린다는 뜻은 아니다. 이미 고인이 된, 선장 막심 돌네(《나의 선실 주위로의 여행》의 저자)와 주앙 모르티마르(《비극적인 향기》를 쓴 시인)와 마르탱 라투슈(5권으로 된 《음악의 역사》의 편찬자)는 오히려 그것과 반대된다고 증언할 수도 있을 것이다. 막심 돌네와 주앙 모르티마르는 아카데미 프랑세즈에서 입회 연설을 하는 가운데 급사했고, 마르탱 라투슈는 입회식이 거행되기 바로 직전에 갑자기 죽었다.

매우 충격적인 상황이었다. 취약한 불멸성을 누린 이 세 명의 후보자는 모두 아베빌 주교의 의석에 지원한 후보자들이기 때문이다.

작고한 마르탱 라투슈의 가정부 바베트는 주인의 입후보 소식을 듣고는 다음과 같은 말로 조심하라고 충고한다.

"미리 꾸민 일이 아니라믄, 사람이 갑자기, 같은 곳에서, 그것도 두 사람이나, 비슷한 연설을 하믄서, 몇 주일에 한 명씩 그렇게 죽을 수는 없에여!"

그러나 가스통 르루가 특별히 신경을 써서 이탤릭체로 표기한 이 경고는 모두 허사로 돌아간다.

마르탱 라투슈를 앞선 두 명의 후보가 프랑스 학술원에서 연설을 하려는 찰나에 받은 익명의 편지 역시 이탤릭체로 써 있었다. 막심 돌네가 받은 편지에는 *"자신의 선실 주위로 하는 여행보다 더 위험한 여행이 있다!"* 라고 적혀 있었다. 〈비극적인 향기〉를 쓴 섬세한 시인 주앙 모르티마르는 *"향기는 사람들이 생각하는 것보다 더 비극적인 경우도 있다"* 라는 경고를 받는다.

세 명이 급사했다는 비보가 전해지자, 급기야는 아베빌 주교의 의석에 앉으려는 모든 사람에게는 불행이 따른다는, 즉 일반 대중의 상식에 의해서 급조된 여론이 형성된다. 도저히 빠져 나올 구멍이 보이지 않는 상황이다.(그러나 독자들은 안심해도 된다. 실제로 그런 상황은 절대로 일어나지 않는다) 더 이상 아카데미 프랑세즈에 입후보하려는 사람이 나타나지 않았고, 그 결과 불멸의 지성의 왕국 아카데미 프랑세즈는 조롱과 모욕과 업신여김을 고스란히 감수해야 할 상황에 이른다.

"아카데미 프랑세즈에 서른아홉 개의 의석밖에 없다면 그 무슨 수치입니까!"

"39인의 아카데미!"

"불멸의 지성의 왕국에 *한 회원*이 줄어들었다. 이 사실 하나만으로도 아카데미 프랑세즈는 영원한 조롱거리가 되기에 충분했다. (……) 만일 불멸의 지성들에게 머리카락이 있었다면 그 머리카락을 쥐어뜯어야 할 판이었다……. 그들은 일반적으로 대머리였다."

그러나 다행히도, 자칭 〈표구 기술에 관하여〉의 저자이자 고예술품 수집가라고 하는 선량한 골동품 상인이 저주받은 의석에 지원함으로써 불멸의 지성의 왕국은 자신이 받은 수모를 씻을 기회를 맞는다. 그 후보자는 불가사의한 사건에 대한 보다 합리적인 설명을 제시함으로써 그 저주를 푸는데……. 그가 제시하는 설명은 그리 평범한 것은 아니었다!

용감한 랄루에트는 우선 사르라는 인물과 관련된 가설을 말소한다. 왕년에는 올리브유 장사를 했으며 신비의 전수자가 된 이 인물에 대해 범죄의 혐의를 두는 사람들이 있었다. 그가 문제의 의석에 앉으려다 실패했으며 그 후로 종적이 묘연하다는 것이 그들이 내세우는 이유였다.

랄루에트는 엘리파스 드 생텔름 드 타이유부르그 드 라 녹스라는 인물을 찾아내 사람들이 그에게 혐의를 두고 있음에도 불구하고, 사르에게 죄가 없다는 증거를 입수하기에 이른다. 그러나 사건 조사에 나선 사르는 이 골동품상에게 그 어느 때보다도 신비주의자답게 이 한 마디를 던진다.

"내 자신이 살인자가 아니라고 해서 지구상에 더 이상 살인자가 없으란 법은 없지 않습니까?"

충격적이기는 하지만 섣불리 물리칠 수 없는 이 논리는, 〈피로 물든 인형〉(La Poupée sanglante)에서 제본공 베네딕트 마송이 토막난 여자 시체를 태우다 들키자 반박하는, 이탤릭체로 표기된 대사에서도 나타난다.

"그것은 이유가 못된다. 여자의 시체를 토막내서 자신의 난로에서 태운다고 해서 그 여자를 살해했다는 법은 없는 것이다."

이렇게 되면 배경이 설정되고 사건이 도입된 셈이다. 이제 작가가 할 일은, 문장을 이탤릭체로 강조해 가면서 독자를 도취시키고 함정을 파고 하다가 적절한 때에 초자연적인 힘을 개입시키는 것이 아니라, 초자연적인 상황에서 자연적인 것을 중지시켜 불가사의가 생기는 비상식적인 상황으로 독자들을 몰아붙이기만 하면 되는 것이다. 그런 것이 바로 〈아카데미의 유령〉(원제는 〈유령 들린 의석〉(Le Fauteuil hanté)—옮긴이주)에서 불가사의한 사건을 역추적해 가는 과정이다.

가스통 르루는 독자를 어리둥절하게 하다가 갑자기 깜짝 놀라게 만드는 재주를 갖고 있어서, 마치 조르주 멜리에스(Georges Méliès 1861~1938 : 아마추어극에 열중한 취미인으로서 특히 요술을 좋아하여 로베르우댕극장이라는 만담 흥행극장을 스스로 꾸려나갔다—옮긴이주)류의 환상적인 익살극의 성격을 띤 외젠느 마랭 라비슈(Eugène-Marin Labiche 1815~1888 : 프랑스의 극작가. 당시의 부르주아 풍속의 바탕이 되는 인간성을 탐구하여, 경희극(輕喜劇)에 본격적인 구성을 부여했고, 경묘한 대사와 날카로운 관찰력을 드러내면서 때로는 깊은 사상을 내포하고 있다—옮긴이주)풍의 희극처럼 이야기를 전개하다가, 갑자기 데카르트적 합리주의 방식을 따르는 추리소설로 변모시킨다. 이는 예측 불허의 전개방식이다!

1909년 월간 잡지 '주 세 투'(Je sais tout : 나는 모든 것을 안다)에 연재된 〈아카데미의 유령〉은(바로 이 작품에 앞서 동 잡지에 연재된 작품은 1905년의 〈아르센 뤼팽〉이다) 가스통 르루의 다섯 번째 소설이다. 그는 죽기(1927년) 전까지 29권의 소설을 더 썼으니, 모두 합쳐서 34편 총 41권에 달하는 소설을 쓴 셈이다.

부드러운 유머와 연극적인 대사, 연출 기법, 조연에 대해 기울이는 관심,

기상천외한 취미와 엄청난 상상력을 고루 갖춘 가스통 르루의 작품은 가히 20세기 연재소설의 전형이라고 할 수 있다. 세헤라자데(첫날밤을 지낸 후 신부를 죽이는 왕에게 재미있는 이야기를 들려주어 목숨을 이어간 천일야화의 주인공—옮긴이주)로부터 물려받은 이런 이야기의 기법은 산업사회의 도래와 함께 사라진 것으로 보였으나, 일간 신문 덕분에 매일 아침(매일 밤이 아니라) 서스펜스를 담은 〈파리의 비밀〉(Les Mystères de Paris : 프랑스의 대중소설가 외젠느 쉬가 쓴 프랑스 최초의 신문 연재소설—옮긴이주)과 〈몽테크리스토 백작〉(Le Comte de Monte-Cristo : 프랑스의 작가 알렉상드르 뒤마의 장편소설—옮긴이주)을 통해서 1840년경에 소생한다.

가스통 르루는 1914년 8월 2일에는 정적인 사회를 겨냥해서 나온 박진감 넘치는 이 문학 장르를 소생시켰고, 1927년 사망하기 전까지 이 장르의 생명을 연장시키면서 새로운 생기와 색채를 부여했다.

그는 추리소설과 그 뒤를 이은 첩보소설에 의해서 겨우 연명하던 이 장르의 단점을 개인적인 재능을 가지고 승화시켰고, 그 작업은 가히 성공적이었다. 등장인물의 운명에 기상천외성을 부여함으로써 운명에 시달리는 기형적인 인간을 만들기도 하고(1913~1925 〈셰리 비비〉 시리즈 5권), 매혹적인 인물을 창조하기도 하고(1925~1927 〈룰르타비유〉 9권), 여왕이나 황녀가 되는 신데렐라(또는 집시)의 이야기(〈안식일의 여왕〉(La Reine du sabbat), 〈집시의 집에 간 룰르타비유〉(Rouletabille chez les bohémiens), 〈태양의 부인〉(L' Épouse du soleil))도 탄생시켰다.

르루의 작품에는 도망다니는 왕자나 납치 당한 공주 곁에 언제나 거인이나 난쟁이 또는 냉혈한이 있는데, 그는 이런 부수적인 인물들이 형체를 갖고 있지 않을 경우 새로운 인격을 만들어낼 만한 특성이나 이상한 역할을 부여했다. 예를 들어 말처럼 빠른 속도를 가지고 바퀴처럼 굴러다니는 다리가 다섯 개 달린 평행육면체의 난쟁이(〈안식일의 여왕〉)도 있고, 다리가 달린 음악 상자를 들고 다니는 눈에 보이지 않는 사람(〈아카데미의 유령〉)도 있는데, 이 음악 상자에서 들리는 '범죄의 노래의 손잡이가 작동하기 시작하는 날카로운 소리'는 '유령 들린 의석'에 지원한 세 번째 후보자를 죽이고 만다.

르루의 붓 아래에서 그려지는 냉혈한은 위기에 처한 제국에 해를 끼치는 인물로 둔갑(〈침울한 여인들〉(Les Ténébreuses)의 라스푸틴)하기도 하고, 눈이 먼 학대자(희생자 중 한 명이 그의 눈에 밤(夜)을 집어넣고 금실로 꿰매서 장님이 된 카를 르루주〈안식일의 여왕〉)가 되기도 한다. 그러나 결국에는 착한 사람은 권력과 명예를 얻게 되고, 악한 사람은 감옥에 가거나 자기도 모르는 사이에 죽을 운명에 처하게 된 사람들을 위해 집전되는 죽은 이를 위한 미사에 불려가게 되니 이 무슨 상관이랴…….

대중소설의 하염없이 흐르는 눈물의 자리에 잔인함을 집어넣은 르루는 그 잔인한 면을 블랙코미디나 경이로운 사건으로 누그러뜨린다. 파리 오페라극장에서 다소간 어수선하게 끝난 공연이 있은 후에 한 일간지에는 다음과 같은 제목의 기사가 실렸다.

"수위의 머리 위로 20만 킬로그램이 떨어지다."

이것은 오페라의 유령을 대적할 만한 분별력이 없는 감독들이 오페라의 유령이 좋아하는 여인을 수위 자리에 앉히기 위한 목적으로 불행한 여자 수위의 머리 위로 떨어뜨린 커다란 샹들리에의 무게이다!

또한 르루는 대중소설에 단골로 등장하는 우스운 상황 중 하나인 등장인물의 모호성이라는 상황을 매우 극악적이며, 재치 있는 솜씨로 다룬다. 그 솜씨는 선한 인물인 동시에 악한 인물이라든지 또는, 이중의 신분을 갖는다든지 하는 인물 묘사를 통해서 교묘하게 발휘된다. 그리하여 〈안식일의 여왕〉에서 오스트리아—헝가리 제국을 분할하려는 음모를 꾸미는 수괴는 바로 비엔나 황제의 시종이다. 그와 동시에 그는 파리에서 시계방을 하며 '2와 4분의 1'이라는 종파의 지도자가 되기도 한다.(그들은 살인을 저지를 때에는 자정이 2시 15분이 되어 울리도록 시계를 조작한다) 이처럼 파리의 시계상과 비엔나 황실의 시종이라는 두 가지 활동을 동시에 시행할 수 있으려면 그것들이 동시에 존재해야 하는데, 빠른 변장술과 교묘히 조작된 수많은 비밀 왕래만으로는 그에 대한 설명이 충분하지 않다. 그것을 제트여객기의 빠른 속도 때문이라고 설명하면 일리가 있어 보이겠지만, 날아다니는 융단을 동원해서 설명한다면 분명 웃음거리가 될 것이다. 하지만 동화나 대중소설의 특권은 바로 이런 점에 있는 것이다.

그러나 르루는 이런 특권을 누리지 않고, 같은 역할을 하는 두 인물의 유사한 외모를 이용하는 것에 그치고 있으며 〈미스터 플로〉(Mister Flow), 〈셰리 비비〉에서는 두 인물의 유사한 외모를 소재로 대담한 시도를 하고 있다.

무고한 혐의를 쓰고 감옥에 갇혀 있던 셰리 비비는 탈출에 성공하고, 그 후 합법적인 방법으로 자신의 신분을 바꿀 생각을 한다. 그 목적을 달성하기 위해서 그는 끔찍한 수술을 받아서 다른 사람의 모습으로 변한다. 아뿔싸! 그런데 성형으로 얻은 새 얼굴은 어느 살인자의 얼굴이었다. 우리는 흔히 끊임없이 자기 것이 아닌 남의 역할을 해야만 하는 사람에게 "팔자다!"

라고 말하는 것이 욕이라는 것을 알고 있다. 극적인 방법으로 유명한 카르투수의 영혼이 몸 속에 들어가 자리를 잡은 어느 한 선량한 인간의 운명도 바로 그런 것이다.(《테오프라스트 롱게의 이중생활》(La Double Vie de Théophraste Longuet)—옮긴이주)

탁월한 등장인물에게는 훌륭한 무대장치가 필요한 법. 대중소설의 어두운 면을 강조하기 위해서 르루는 지하 구조물을 많이 이용한다. 지하 호수에 있는 오페라의 유령의 집은, 솜씨 좋게 사람의 목을 조르는 손의 모습으로만 나타나는 눈에 보이지 않는 요정인 '물 속의 목소리'에 의해서 보호된다.

파리의 지하에 펼쳐진 꾸불거리는 지하의 미로를 사용하는 〈신비 왕〉(Le Roi Mystère : 알렉상드르 뒤마의 〈몽테크리스토 백작〉을 모델로 쓴 르루의 작품—옮긴이주)의 주인공은 지하납골당의 몽테크리스토 백작이 된다. 지하납골당은 현재의 과학으로는 밝혀지지 않은 인종인 주맹(밝은 데서의 시력이, 어두운 데서의 시력보다 더 나쁜 눈을 가진 사람—옮긴이주)족으로 가득한 〈테오프라스트 롱게의 이중생활〉에도 다시 등장한다. 〈발라오〉(Balaoo)의 주인공인 잡종인도 미지의 인종이다. 르루는 기분 전환 삼아서, 어두운 분위기의 작품인 허버트 조지 웰즈(Herbert George Wells 1866~1946 : 영국의 소설가. 문명비평가—옮긴이주)의 〈모로 박사의 섬〉을 각색하여 기분 좋고, 심지어 명랑하기까지 한 분위기의 작품을 내놓기도 했다.

초기 시절 대중소설은 일일 연재 형식을 취했다. 따라서 저자는 독자의 흥미를 그 다음날까지, 또 가능하면 더 길게 연장할 수 있게 하기 위해서 매일 연재분을 서스펜스에 넘치게 끝맺어야 했다. 주인공을 위험 속에 방치했다가, 그 다음날에는 대담한 생략법을 동원해서 주인공을 전과 전혀 관계가 없는 상황에다 갖다 놓는 식이었다. 그에 대한 설명은, 그 주인공의 구출 현장을 목격한 새로운 인물에 의해서 며칠 후에나 제시되는 것이었다. 이와 같은 기법으로, 주인공을 매우 위험한 상황에 방치해 두고 다른 이야기로 넘어갔다가는 며칠이 지난 후에 독자로 하여금 이야기의 결말을 직접 목격하도록 하는 방식이었다.

르루는 물론 이런 종류의 기법을 솜씨 좋게 연출해 냈다. 그는 '내일 계속……' 에 이르기 전에 행동이나 설명을 잠시 중단하고 옆길로 빠져서 재미난 이야기(이것은 독자에게 장난스런 눈짓을 보내는 거라고 할 수 있다)를 늘어놓곤 했다.

예를 들어 〈셰리 비비〉에서 왕년에 셰리 비비의 공범자였던 라 피셀은 선량한 기결수가 지내온 끔찍한 생활에 대한 이야기를 하다 말고 대서양 대구의 스페인식 요리법을 한참 늘어놓는다. 그 요리는 고인이 된 셰리 비비가 좋아했던 음식이며, 그것을 조리할 때 나는 냄새가 셰리 비비를 죽은 자들 가운데서 일어나도록 할 것이라는 이야기다.

〈먼 곳으로부터 돌아온 남자〉(L' Homme qui revient de loin)에서는 사람들이 신비학의 전문가인 무티에 박사 집으로 달려가서 자기들을 공포에 떨게 하는 피 흘리는 얼굴을 가진 유령에 대한 궁금증을 풀게 해달라고 청한다. 그러자 화덕 앞에 서 있던 의사는 이렇게 대답한다.

"지금 이 냄비 안에서는 영계 한 마리가 150그램의 생크림과 120그램의 버터와 파므산 치즈를 만나 연하게 익어가고 있다는 것을 알아두십시오."

이것은 르루가 최고조의 홍분 상태로 몰아갔던 상황을 유머러스하게 뒤집기 위해서 생략법과 극적 반전과 도발적인 대위법을 얼마나 잘 다루는가 하는 것을 단적으로 보여주는 두 가지 예이다.

대중소설의 혁신자 르루는 또한 자신의 재능과 상상력과 유머를 동원해서 전쟁을 이유로 시대에 뒤쳐진 장르로 전락한 이 문학 장르를 구출하기 위한 공동 노력에 전념했다. 이런 노력은 그보다 조금 앞선 시기에 미국에서 태동한 것이었다. 미국인들은 주제를 근대화하면서, 연재물 독자들의 흥미를 끌기 위해서 대중영화(즉 액션영화)와 대중소설을 결합하는 시도를 했다.

그 기법은 극적 반전과 새로운 상황 전개가 들어 있는 4~5시간짜리 영화의 소재가 될 수 있는 줄거리를 구상하는 데에 있다. 그 줄거리를 20분 내지 30분 정도로 끊어 한 회 상영분으로 해서 10주, 12주 또는 15주 동안에 걸쳐서 상영하는 것이다. 영화관에서 상영이 이루어지는 동시에 영화의 이야기를 충실하게 그대로 반영하는 소설을 유명 일간지에 매일 연재했다. 미대륙에서는 이런 장르를 '시리얼'(serial) 또는 '챕터 플레이'(chapter play)라고 불렀으며, 프랑스에서는 처음에 '필름 아 에피소드'(film à épisodes : 에피소드로 이루어진 영화)라고 하다가 나중에는 '시네로망'(cinéroman : 영화소설)이라고 불렀다.

1915년 12월, 이 장르는 〈뉴욕의 미스터리〉(Les Mystéres de New York)의 상륙과 함께 프랑스를 휩쓸면서 놀라운 열기를 불러일으켰다. 그 영화를 〈두 소녀〉(Deux Gosses)의 작가이며, 연재물의 베테랑인 피에르 드쿠르셀(Pierre Decourcelle)이 소설화했으며, 그 작품은 '르 마탱' 지에 실렸다.

프랑스 감독들이 직접 제작에 뛰어든 것은 1917년 루이 푀이야드(Louis Feuillade)의 〈쥐덱스〉(Judex)부터이며, 이 영화는 아르튀르 베르네드(Arthur Bernède)가 12회에 걸쳐서 '르 프티 파리지엥' 지에 연재했다. 〈아르센 뤼팽〉의 저자 모리스 르블랑(Maurice Leblanc)은 '르 주르날' 지에 미국 작품

인 〈붉은 서클〉(Le Cercle rouge)을 연재했으며, 기 드 트라몽(Guy de Teramond)
과 특히 마르셀 알랭(Marcel Allain)은(이들은 피에르 수베스트르(Pierre Souvestre)와 함
께 〈판토마스〉(Fantomas)를 지은 공저자이기도 하다) 이는 발성영화가 나오기 전까
지 '르 프티 주르날' 지에 다수의 미국 작품을 번역해서 실었다.

르루는 단순히 외국 연작영화를 신문에 연재하던 동료들보다 더 나은 작
업에 매달렸다. 처음에는 시나리오 작가로서, 나중에는 연재 소설가로서,
자신이 1918년에 니스에 설립한 시네로망 협회에 의해서 제작된 연작영화
네 편의 작업에 친구들과 함께 참가했다. 그때 그와 함께 작업을 했던 사람
들 중에는 1913~14년에 푀이야드의 〈판토마스〉의 배역을 맡았던 르네 나
바르(René Navarre)와, 〈쥐덱스〉를 시작으로 미국의 연작영화를 프랑스인의
구미에 맞게 각색한 아르튀르 베르네드가 있다.

이처럼 르루는 삼중(제작자, 시나리오 작가, 연재소설가('르 마탱' 지)의 역할을
담당하면서 시네로망사가 파테시네마에 팔리기 전에 내놓은 네 편의 초기
작품 제작에 참가했다.

그 네 편의 작품은 다음과 같다.

〈새로운 여명〉(La Nouvelle Aurore 1919) : 셰리 비비의 모험의 두 번째 파트
를 이루는 이야기로 16회의 에피소드로 구성된다.

〈죽음을 죽여라〉(Tue-la-mort 1920) : 12회의 에피소드로 된 영화인데 그의
13살 된 딸 마들렌이 캉조네타 역으로 출연한 영화이다.

〈클로버 2번 카드〉(Le Sept de trèfle 1921) : 12회의 에피소드로 구성된 영화
이다.

〈집시의 집에 간 룰르타비유〉(Rouletabille chez les bohémiens 1922) : 10회의

에피소드로 된 작품인데, 르루는 이 작품 안에서 '비범한 기자' 룰르타비유의 모습을 마지막으로 우리에게 보여주었다.

르루는 대중소설의 혁신자의 생애를 완성하기 위해서 자신의 직업을 바꿔야 했으며, 과로에 시달려야 했고, 때로는 냉정함을 상실하는 등의 값을 치러야 했다. 이로써 20세기 대중소설을 훌륭하게 구현한 이 인물이 너무도 늦게 그 일을 시작했다는 것을 알 수 있다. 동떨어진 습작(〈테오프라스트 롱게의 이중생활〉, 1903년) 하나를 제외하고 보면, 그는 39살인 1907년에 〈노란 방의 수수께끼〉(Le Mystère de la chambre jaune)를 시작으로, 1927년에 생을 마감할 때까지 매년 한두 편의 작품을 내놓았다.

이런 변신을 하기 전에 르루에게 어느 표현 수단이 가장 마음에 드느냐고 물었다면, 그는 틀림없이 연극이라고 대답했을 것이다. 그는 1897년과 1918년 사이에 쓴 희곡이 7편이나 되지만 그것들은 그가 쓴 소설만큼 잘 알려지지는 않았다.

초년 시절부터 그가 대중소설 작가의 꿈을 가진 건 아니었다. 르루는 1868년 파리에서 토목 공사 사업자인 아버지 밑에서 태어났으며, 노르망디에 있는 외 중학교(collège d'Eu)에 다녔다.(훗날 그의 소설의 주인공이 되는 룰르타비유도 이 학교 학생이었다) 그는 캉에서 대학입학 자격시험 문과에 합격한 다음에 법학 대학에 진학하기 위해서 1886년에 파리에 정착한다. 그리고 1890년 1월 22일에 변호사 선서를 하고 1893년까지 변호사업에 종사한다.

르루는 힘든 생활형편에 보태기 위해서 '파리' 지에 재판 현장 기고문을 보내는데, '르 마탱' 지의 모리스 뷔노바리아(Maurice Bunau-Varilla) 국장이 국회에 폭탄을 던진 무정부주의자 바이양의 재판에 대한 그의 보고서를 보게 된다. 그 국장은 르루에게 당시 파리에서 가장 권위 있던 '르 마탱' 지의 법정 담당 칼럼니스트가 되어 줄 것을 부탁한다. 그때부터 르루는 나중에 자기 소설의 등장인물의 전형이 된 인물들, 특히 폭탄 투척범 같은 이들의 소송을 미리 지켜볼 수 있었다.

1901년, 유명 기자가 된 그는 프랑스 국내뿐 아니라 외국에까지 돌아다니게 되고, 어떤 때는 대통령 수행 기자로 해외 출장을 가기도 한다. 1904년 6월에서 1906년 3월에 이르는 동안 그는 '르 마탱' 지의 러시아 주재 상주 특파원으로 활동하면서 차르(제정 러시아 때 황제의 칭호—옮긴이주)의 제국이 무너지기 직전의 처참한 상황을 직접 목격하게 된다.

1907년 어느 날 밤에는 그의 삶에 새로운 전기가 되는 사건이 일어난다. 치열한 전쟁의 와중에 있는 모로코에서 녹초가 되어 돌아와 잠든 그를 '르 마탱' 지의 신문배달원 하나가 달려와서 깨운다. 소함대 중에서 최고로 멋진 전함에 불이 났는데 즉시 툴롱(지중해 연안에 위치한 프랑스 제1의 군항—옮긴이주)으로 가보라는 것이었다. 피곤함 때문에 이성을 잃은 그는 그 배달원의 얼굴에 대고 "빌어먹을!"이라고 소리치고는, 그 말을 그의 막강한 독재자 국장에게 그대로 전하라고 한다.

평소 "내가 앉은 국장 자리는 왕좌 둘에 해당하는 자리다!"라고 말하기를 좋아하는 국장이 가만 있을 리가 없었다.

두 사람은 몇 해가 지나서야 화해를 했고, 르루는 그 후에 '르 마탱' 지에 14권의 자작 소설을 발표한다. 그러나 그는 그 동안 먹고살기 위해서 주간 잡지 '일뤼스트라시옹'에 기자라는 근대적 인물을 주인공으로 한 새로운 풍의 소설을 연재하게 된다. 그것이 바로, 일명 룰르타비유라고 불리는 조제프 조제팽 기자의 놀라운 모험담을 그린 〈노란 방의 수수께끼〉의 첫번째 이야기이다.

　그 소설은 대성공이었고, '일뤼스트라시옹' 지는 곧 그에게 후속편을 쓰라고 주문한다. 그 후속편이 〈검은 드레스를 입은 여인의 향기〉(Le Parfum de la dame en noir)였으니, 그렇게 해서 새로운 대중소설가 한 명이 탄생한 것이다. 르루의 예를 보더라도 성공하기 위해서는 재능뿐 아니라 때로는 한 마디 욕설을 그 재능에 양념으로 칠 필요가 있다는 것을 알 수 있다.

—*프랑시스 라카생

*프랑시스 라카생(1933~ . Francis Lacassin : 프랑스의 기자, 편집인, 작가이며 또한 영화 및 텔레비전용 시나리오 작가로서 환상 문학, 추리소설 및 만화에 관한 평론을 다수 발표한 바 있다—옮긴이주)

옮긴이 · 김혜경

연세대학교 불어불문학과 졸업. 외국어대학교 통번역대학원 한불과 졸업.
통번역학교(ESIT, Ecole Supérieure d'Interprètes et de Traducteurs) 번역부 졸업(한국어-불어)
현재 한불 통번역 프리랜서로 활동하고 있으며, 교육방송 프랑스 명화 한국어 번역을 맡고 있다.
번역서로는 〈모든 지식의 대학〉, 어린이테마백과 중 〈농장〉 〈바다〉 〈지구〉 등이 있다.

아카데미의 유령

초판 1쇄 | 2002년 2월 23일
초판 2쇄 | 2002년 2월 26일
지은이 | 가스통 르루
옮긴이 | 김혜경
펴낸이 | 김영재
펴낸곳 | 책만드는집

주소 | 서울 마포구 합정동 449-7 인옥빌딩 202호 (121-888)
전화 | 3142-1585 · 6
팩시밀리 | 336-8908
E-mail | chaekjip@chol.com
등록 | 1994. 1. 13. 제10-927호

잘못된 책은 구입하신 서점에서 바꾸어 드립니다.
ⓒ 책만드는집 2002

ISBN 89 · 7944 · 143 · 6 (03860)